カノンレディ
Cannon Lady

～砲兵令嬢戦記～

1

村井 啓

ill.※Kome

Contents

【目次】

北方大陸
~東部地方図~
ローヴィレッキ
Lanvellec
ノール帝国
ル・シャトレ
Le Chatelet
N
E
S
W
フルザンヌ
Plouzane
オルシュビリミ
Olszwilimy
ラシーヌ山脈
ストシン
Stoszyn
アトリ山脈
コリードンバーグ
Corydonburg
旧ヴラジド
大公国領
シフィエリピン
Swierypin
コロンフィラ
Columphila
国境峠
Border Passing
オーランド連邦
パルマ
Palma
ラーダ
王国
タルウィタ
Tulwita
リヴァン
Rivan
リマ
Lima
ドンサム
Dontham

第一章：パルマ有事

プロローグ：出立、もとい家出

昨晩からの小雨により、リマの街は雨霭《あまもや》に覆われていた。

霧雨のカーテンが降り注ぐ大通り。

濃霧に色彩を奪われた石造りの家々。

人も、街も、草木も、来たる日の出を待ち侘《まわ》びて、今はただ眠りについていた。

「さぁエレン、日が昇る前にさっさと出発するわよ！」

それ程大きな声を出したつもりでは無かったが、透き通る空気と静寂のせいか、思った以上に声が通る。夜警中の保安隊に見つかったら面倒だ。

「ういうい、もうちょっとで連結完了するから待ってー」

いつもの間延びした妹の声が、ガチャガチャとした金属音と共に、馬車の後ろから聞こえてきた。

あくびを噛《か》み殺《ころ》しながら馬に跨《また》がる。自分と違って朝に強い妹が羨《うらや》ましい。

「おっけー、準備完了ー」

馬車に乗り込みながら合図を出す妹。それを聞いて無意識に手綱を強く握り込む。

後は出発するだけだ、と自分に言い聞かせようとするが、心残りが全く無いと言ったら嘘《ころ》になる。

「エレン。本当に付いてくるのね？　これはただの私のワガママなのよ？」

父に何も言わず家を出る事や、父の商売道具である馬車を勝手に持ち出す事に対しては、とっくに罪悪感など無くなっていた。

しかし妹を一緒に連れて行く事について考えると、いささか心を引《ひ》っ掻《か》かれるような気持ちになる。

「わたしがお姉ちゃんに付いて行くのは自分の意志だもん。お姉ちゃんが居ない家はつまんないだろうし～」

それが本心から出た言葉なのか、自分を気遣っての言葉だったのか。

結局真意の程はエリザベスには分からなかったが、最後の心残りを押さえつけるには十分な言葉だった。

「さあ、行くわよ！　先《ま》ずは計画通り、国境を越えてオーランド連邦に入るわ！」

〝カロネード商会〟と題された倉庫から、馬車が勢い良く大通りに飛び出す。

通り向かいの軒先で寝ていた犬が目を覚まし、首をもたげ、目を細めて音の方角を見つめる。

犬の目には走り去る馬車の姿と、馬車の後ろに牽引《けんいん》された鈍色《にびいろ》に光る大砲の姿が映っていた。

第一話：カロネード商会

朝日に照らされた街道を馬車が走る。街道といっても舗装は全くされていない為、辛《かろ》うじて出来ている馬車道を縫う様にして進む他ない。更に悪い事に、昨晩の雨により道が泥濘《ぬかるみ》と化していた為、牽引している大砲が泥に捕まり身動きが取れなくなるアクシデントがしばしば発生した。

「エレン、一旦ここで休憩するわよ」

何度目かの泥濘を脱した姉妹は、比較的乾いた道の上で小休止を取ることにした。

「お姉ちゃん、何でわざわざ普段は通らない旧街道を進む事にしたの？　オーランドに行くんだったら、新しくて綺麗な街道がつい最近出来たじゃん！」

家から持ってきた黒パンを食べながら、何度も馬車を手押しする事になった不満を姉にぶつけるエレン。

「新街道はオーランドとの国境に検問があるのよ。家出同然で出てきた私達をそう簡単に通してくれる筈《はず》ないわ」

モソモソと黒パンを食べながらエリザベスが答える。

「それに、何度かお父様とこの道を通った事があったから、新街道よりは土地勘があるのよ。あくまで付き添いとして、だけどもね」

「それってオーランドに不法入国するって事だよね？　お姉ちゃん大胆だねー」

言いながらエレンは、馬車に積んでいた水筒をエリザベスに手渡す。

ありがとう、とエリザベスは水筒の水をふた口程飲む。

堅い黒パンに持って行かれた口内の水分が復活し、安堵《あんど》の溜息が出る。

すると同時に、身体中《からだじゅう》に張り巡らされていた緊張の糸が一気に緩み、疲労感と心地よい眠気に包まれる。

朝日に照らされた水溜まりを見つめながら、ぼーっと、しばし物思いに耽《ふけ》る。

武器商、カロネード家の長女として生まれた私は、父の経営するカロネード商会の跡取りとなるように、経営者としての教育を徹底的に叩き込まれた。商談があれば必ず同行させられたし、読み書き計算も三歳の頃から教え込まされた。

お陰で八歳になる頃には商談の内容を大体理解できる様になったし、ちょっとやそっとの事では物怖じない術《すべ》を身につける事ができた。

「実はね、お姉ちゃんが家出するって言った時、正直やっぱりか～って思ったよ」

エレンの声で我に返り、自分が半分眠りかけていたことに気付く。

勿体無《もったいな》いが水筒の水で顔を洗う。まだ道程は長い、気を引き締めなければ。

「流石《さすが》にエレンにはバレてたのね」

手拭いで顔を拭いながら応えるエリザベス。

「いつも一緒だったからね。お姉ちゃんは商人になりたくないんだろうなって、何となく雰囲気で感じてたよ～」

エレンの言う通り、私は商人の仕事が嫌いだ。言葉遊びに終始する商談や、常に相手の顔色を窺《うかが》う姿勢、裏の裏を読んで立ち回る商人特有の陰鬱《いんうつ》な駆け引きが堪《たま》らなく嫌だった。むしろ、銀貨の枚数を数えたり、帳簿をつけたり、在庫の品数を数えたりといった細々とした作業をしている方がよっぽどマシだった。

「それで、決め手は何だったの？」

黒パンを水筒の水で湿らせながらエレンが尋ねる。

「決め手って、何のよ？」

「家を出るって決めたキッカケだよ！　まさか昨日の喧嘩《けんか》が原因ってこともないでしょ？」

「えぇ、まぁそうね……最近はお父様と毎日喧嘩しっぱなしだったから」

そう言うとエリザベスはうーん、と腕を組んだ。

「キッカケねぇ、どこから話そうかしら……五年前に、王国軍の軍事演習を観に行ったの覚えてる？」

「覚えてるよ！　十歳の時にお父さんと観に行ったヤツだよね？　あれ凄かったよね〜！　兵隊さんの数もそうだけど、練度も凄かったね！」

「ええ、私はそれに一目惚《ひとめぼ》れしたの」

「え、ソレってどれ？」

エリザベスはパンを食べる手を止め、エレンに姿勢を向き直し、答えた。

「軍隊そのものよ。私は軍隊に一目惚れしたの」

「……軍隊に一目惚れしたのが家出のキッカケなの？」

頭に大量のハテナを浮かべるエレンの姿を見て思わず苦笑するエリザベス。

「ええそうよ。私はあの時、軍人になる決意をしたの」

父に連れられて見た演習の光景。

まるで焼きついたかの様に、今でも私の中で燻《くすぶ》り続《つづ》けている光景だ。

戦列歩兵の整列射撃と、切先を揃えた銃剣突撃。砲兵の一斉発射に合わせて、サーベルを掲げ突撃する騎兵部隊――兵器を売る側ではなく、使う側に立ちたいと思った瞬間だった。

「え、え⁉　ちょっと待って！　じゃあもしかして後ろの大砲ってお姉ちゃんが自前で使う用なの⁉」

姉の突拍子もない発言に喫驚《きっきょう》するエレン。

「そうよ？　小娘一人が軍に入った所で何のメリットも無いけど、大砲一門が付いてくるとなれば話は別でしょ？」

「家出する為に大砲が必要だなんて言うから何事かと思えば！　密入国の件もそうだけど、大胆というか大雑把というか、流石お姉ちゃんというか……」

鳩が豆鉄砲を食ったような顔をしているエレンを見て、少し意地の悪い笑顔を見せる。

「あら、やっぱり帰る気になった？」

「ううん、全然！　むしろ俄然興味が湧いてきた！　続き聞かせて！」

ここからは大して面白く無いわよ、と無意味な予防線を張りながらエリザベスは話し始めた。

「演習の直《す》ぐ後、こっそり取引先でもあった王国軍の軍需物資担当に相談してみたの。そしたら従軍経験が無いからダメだと言われたわ」

そう言うとエリザベスは黒パンを千切って一口食べた。

「その一年後、王立士官学校へ入学の嘆願書を出したら、年齢が若すぎるからダメだと言われたわ」

彼女はまた黒パンを千切って、一口食べた。

「そのまた二年後、軍練兵場で志願兵として立候補したら、女の兵士は募集してないからダメだと言われたわ」

そして、残りの黒パンを口に放り込む。

「で、不本意ながら去年、お父様に相談した結果がこの通りよ」

咀嚼《そしゃく》中の口を手で隠しながら、エリザベスは一枚の紙をエレンに手渡す。

「ん！　なにこれ。えーと、なになに」

誓約書、と仰々しく題された文を読み上げるエレン。

「私、エリザベス・カロネードは、カロネード家の嫡女《ちゃくじょ》である事の責任を深く受け止め、これにあっては、カロネード商会の跡取りとして、その責務を全うする事をここに誓います……？　いつもお父さんがお姉ちゃんに口酸っぱく言ってるやつじゃん、これ」

「その下の但書《ただしがき》の部分よ、問題なのは」

「下の但書？　えーと。上記責務を全うするには余りある瑕疵《かし》を認むる時、私エリザベス・カロネードは、直ちに自らのカロネード家に付随する権利及び財産を放棄する事をここに誓います……」

「信じられる？　商人じゃなくて軍人になりたいって言ったら、無言でこの紙持ってきて、サインしろって言われたのよ？」

「要するに家を継ぐ気が無いなら出ていけって事じゃん……お父さんも頭固いなぁ」

エレンが誓約書を返すと、エリザベスはそれをビリビリに破り捨てた。紙片が泥濘に浸かり、白から茶に変色していく。

「なるほど、これが家出のキッカケね」

バラバラになった誓約書を見つめるエレン。

「ほとほと呆《あき》れたわよ、大方予想はしてたけど。結局自分の力で軍人を目指す他無かったってわけ」

誓約書を破り捨てて少しスッキリしたエリザベスは、馬に飼料を食べさせ、出発の準備を始める。

幸い、軍人になる為の教科書は家の中に山程あった。

武器商である我が家の倉庫には常に大砲が鎮座していたし、そこらの木箱を開ければ前装式マスケット銃が一ダースは入っていた。本棚には兵器取扱書や戦史書が並び、次々に新しい本が運び込まれていた。

両親は多忙で家を空けている事が殆《ほとん》どだったから、教育の合間に軍事書籍を散々読《よ》み漁《あさ》ることもできた。

エレンはエレンで大砲を弄《いじ》るのが好きで、よく倉庫に籠《こも》っていたらしい。

「さぁ、出発するわよ！　記憶では国境はもうすぐの筈ね。あ、国境を越えたら新街道に戻るから、今よりは大分移動が楽になる筈よ」

エレンを鼓舞し、これからの道すがらを話すエリザベス。

「オーランドに入ったらどうすんのさ？　地方領主様と仲良くなって、軍人として取り立ててもらう感じ〜？」

「その通りよ！　先ずは国境に近いパルマ市にでも行ってみようかしら。最近、ノール帝国との国境紛争が激化してるらしいの。きっと領主が志願兵を募集してる筈だわ！」

私達の母国、ラーダ王国は南にオーランド連邦、東にノール帝国の二国と国境を接している。

この三国国境が交わる中心に位置する街が、オーランド領、パルマ市だ。

立ち上がって紺色のペティコートに付いた泥を手で振り落とし、黒のメッシュが入った銀髪を後ろで結うと、エリザベスは再び輓馬《ばんば》に跨った。

エレンも姉に倣《なら》って髪を後ろで結おうとしたが、腰まで届く癖毛のブロンドではどう頑張っても結うことができず、結局そのままの髪型で馬車に乗り込むことにした。

二人と一門を載せた馬車が、街道に新しい轍《わだち》を引きながら、昇る太陽に向かって進んでいく。

第二話：砲門、開け！

なだらかな丘陵地帯と、その稜線を縫う様にして続く石畳《いしだたみ》の街道。最近出来たばかりの道である為か、街道沿いには民家どころか、人の気配すら感じられない。

丘陵の遥《はる》か彼方に聳《そび》える山々を眺めながら、エリザベスは無事オーランド連邦へ侵入出来たことに胸を撫《な》で下《お》ろしていた。

「確かアレがアトラ山脈ね。オーランドとノールを隔てる自然国境……か」

手で額を拭う動作を見せながらエリザベスが呟《つぶや》く。

実際は汗などかいていなかったが、名実ともに不法入国をしている状態の為、無意識の内に手が動いてしまう。

「ねぇねぇお姉ちゃん」

馬車の荷台からひょっこり顔を出していたエレンが呼びかける。

「なに？　パルマの街ならまだ先よ」

「いやそうじゃなくて、前前。なんか煙モクモクしてない？」

振り返ってエリザベスが目を凝らすと、確かに丘を三つ四つ越えた先から煙が上がっている。

「狼煙《のろし》じゃ、ないわね、黒煙だし。他になにか見える？　目は良いでしょ、貴女《あなた》」

「うーん……丘のせいで見えないや。あとなんか焦げ臭いかも」

と、エレンが言い終わるのと同時に、丘を越えて騎兵が約十騎、こちらに向かって来るのが見えた。

「エレン、旗手の持ってる旗が何色かわかる？」

いままでの少し間延びした声とは違い、やや息が詰まった様な早口で話すエリザベス。それに対しエレンの口調は先程と全く変わらない。

「青色に緑の横線が入ってて、金色の葉っぱだから、えーと」

「オーランド連邦の国旗ね、なら少なくとも敵じゃないわ。ここで待機するわよ、簡単にすれ違いさせてはくれない様だし」

どうどう、と馬の手綱をひいてスピードを落とす。その間にも、騎兵はかなりのスピードで近づいているのが蹄《ひづめ》の音で判断できた。

距離が近づくにつれて、兵士の表情が険しい表情であること、騎兵の中には出血している者もいることが分かってきた。

「これは、なんだか穏やかじゃなさそうね。エレン、荷台の幌《ほろ》を降ろしておいて」

「これも家出作戦のプランに入ってるの～？」

巻かれた幌をくるくると解きながら尋ねるエレン。

「入ってないけど想定の内よ、私が話すから貴女は口を閉じて――！」

「そこの馬車、止まりなさい！　我が方はパルマ軍第一騎兵小隊である！」

言い終わる前に先頭の指揮官らしき騎兵がサーベルを高く掲げながら近づいてきた。

「もう止まってるわよ。見た所、またノール帝国との小競り合いがあったようね」

両手を上げたエリザベスに、短銃を構えた副隊長らしき騎兵が近づく。

「いらぬ口を叩くな小娘、隊長の質問にだけ答えろ」

「女性に銃を向けるの？　よほど焦ってるようね？」

臆せず答えるつもりだったが、銃を向けられ若干声が上ずってしまう。

馬車の周りを一周した隊長が、短銃を構えた副隊長に目配せをする。副隊長は短銃を下ろし、後ろの騎兵達に下馬するよう命じた。するとそのまま地面に倒れ込む様にして、何名かの騎兵が地に腰を下ろした。

手当が始まる様をしばし見つめた後、隊長らしき人物は口を開いた。

「御者、聞きたいことが幾ばくかある。主人は馬車の中か？」

群青色《ぐんじょういろ》の肋骨服に、飾り羽根の付いた円筒形の制帽。

加えて比較的軽装な装備を纏《まと》っていることから軽騎兵《ハサー》だと判断できた。

「ご機嫌よう、軽騎兵《ハサー》の隊長さん。主人は私よ、中にいるのは私の妹ですわ」

エリザベスが答えるのと同時に、幌の中からエレンが顔を出してみせた。

ふむ、と眉をひそめながら立派なカイゼル髭《ひげ》をいじる隊長。

「積み荷の火砲は貴様らのものか？」

「いいえ、商品よ。パルマに売りに行こうと思ってた所」

「商人か、どこからだ」

「リマ市からよ。ラーダ王国の」

「ラーダ王国？　国境を越えてきたのか」

「ええ、リマから一番近くて大きな街がパルマだと聞いていたから」

一問一答、受け答えを交わしていく。

ここは正直に言うよりも、なるべく不審に思われない様、それらしい嘘も織り交ぜた方が良いとエリザベスは判断した。

いつの間にか、火砲という言葉を耳にした兵士何名かが、牽引している大砲を見物しに集まってきている。

馬車に積まれた砲弾も目にした隊長は、しばし目を瞑《つぶ》ったあと、最初に会った時よりも更に厳しい目つきで命令した。

「只今《ただいま》より、パルマ領主の命に基づき、貴様らの馬車及び積荷を徴収する。即刻馬車から降《お》り給《たま》え」

そう言うと騎兵の何名かが、牽引している大砲を馬車から外そうと動き始めた。急で、あまりに横暴な命令に思わず口が動いた。

「ちょっと！　私達はラーダ王国の人間よ！　なんでオーランド連邦の一領主風情《ふぜい》の命令に従わなくちゃいけないの!?」

「国境を通過する時に通告は受けた筈だ。連邦では各都市の領主が定めた法に従うようにと、な」

「こんなの領主の法じゃなくて、唯のアナタの独断じゃない！　せめて徴収理由と徴収目的をお聞かせ願えないかしら？」

「小娘、隊長の命令に従え。時間がない、降りろと言っているんだ」

ある程度手当を終えた副隊長らしき人物が、再度短銃をエリザベスに向けた。その銃口を隊長が手で遮りながら早口で答える。

「あの黒煙が見えるだろう？　最初にお前が言った通り、パルマ市はノール帝国の攻撃を受けた。今までは小競り合いに毛が生えたような物だったが、今回は完全な正規軍による軍事行動だ」

「パルマがノールに？　噂《うわさ》には聞いてたけど、オーランド連邦とノール帝国ってホント仲悪いのね」

これじゃ大砲をパルマに売りに行けないわね、と肩をすくめるエリザベス。

「やめてよー！　無理矢理外さないでよー！」

荷台の後ろでは無理矢理大砲を馬車から外そうとする兵士達に対して、エレンがささやかな抵抗を見せていた。その姿を見た隊長は少し言い淀むと、先程よりはゆっくりとした口調で、エリザベスに現在の戦況について話し始めた。

「誠に遺憾《いかん》だが、パルマ軍はノール軍に敗北した。我が隊はパルマ軍本隊の退却を援護する為に、殿《しんがり》の任に就いている」

「市民は避難済みなの？」

「無論無事だ。領主様が市民を真っ先に逃してくださった。付け加えると、街自体も無事だ。市街戦ではなく、野戦に打って出たからな。負けじとも、パルマの街を灰にしたくないという領主様のお達しだ」

誇らしげに答える隊長の姿に、パルマ領主の人望が見て取れた。

「ふーん、何となく分かってきたわ。つまり貴方達は少しでも兵力をかき集めて、パルマの街を取り戻す作戦を実行したいって事ね」

「そうだ。今パルマ地方は有事に直面している。故《ゆえ》に少しでも多くの武器が必要なのだ。分かってくれるな？」

「大変なのは分かったわ。だけど答えは変わらずよ」

少しは状況が飲み込めてきたエリザベスだが、大砲を譲る気は毛頭無い。

「第一、騎兵である貴方達が火砲をマトモに扱えるとは思えないわ」

「君達の様な一介の商人よりは、大砲に関して心得があると自負している」

「一介の商人、ねぇ？」

哀れみと不遜《ふそん》が混じった、不敵な笑みを浮かべるエリザベス。

銃を向けられても。

剣を向けられても。

この地が既に戦地である事を伝えられても。

あまつさえ年上の兵士達に囲まれていても、全く臆せず相手の目を見て話せるのは、他でもないカロネード商会の教育の賜物だった。

一歩も譲らないエリザベスに対して、とうとう押し黙る隊長。その姿を見て痺《しび》れを切らした副隊長がエリザベスに銃を突きつけて叫んだ。

「いい加減にしろ小娘！　貴様がゴネている間にも、ノールの追手がすぐそこまで迫っているのだぞ！」

銃を眉間《みけん》に突きつけられながらもエリザベスは間髪入《かんぱつい》れずに反論する。

「いいえ絶対に渡さないわ！　それに騎兵用の乗馬じゃこの大型砲は牽引出来ないわ！　この子みたいな輓馬《ばんば》じゃないとね」

「その輓馬《ばんば》ごと徴収すると言っている！」

「この子は私の言う事しか聞かないわ！　テコでも動かないわよ！」

自分が跨るどっしりとした体格の馬を撫でながらエリザベスは言い放つ。

「ちょっと、ちょっとお姉ちゃん！」

「何よ！　まさか貴女まで大砲渡した方が良いとか言うんじゃないでしょうね!?」

いつの間にか幌の天辺から顔を出していたエレンが、二つ向こうの丘を指差して叫んだ。

「ノールの兵士が来てる！」

ノールという単語に、隊長をはじめ、地面に座り込んでいた兵士達が一斉に反応して振り向くと、丘を越えて鎧を纏った騎兵が二十騎程度迫ってくるのが見えた。

「くそ、もう追手が来たか！」

「もうダメだ、みんな殺される！」

「隊長！　どうすれば！　ご指示を！」

ノールの騎兵を見ただけで、兵士達は恐慌状態に陥ってしまった。エリザベスの目から見ても、初戦で相当手酷くやられているのは明らかだった。

「狼狽《うろた》えるな！　先ずは全員騎乗しろ！　まだ生き残る道はある！　このまま西に進み、リヴァン市に援軍を求めれば十分に勝機は──！」

そう言い兵士達を奮い立たせようとした隊長だったが、怪我《けが》の所為《せい》で再騎乗もままならない兵士や座り込んだまま動こうとしない兵士、どうして良いか分からずただ呆然《ぼうぜん》とする兵士……部下を奮い立たせる言葉を見つける事ができず、顔をしかめたまま黙る隊長。

「隊長さん？」

エリザベスが押し黙る隊長に声をかける。

「……君達も早く逃げなさい。敵は重騎兵だ、騎兵とはいえ足は遅い。大砲と馬車を捨てて馬で逃げればまだ──!?」

顔を上げてエリザベスを説得しようとした隊長は、彼女の表情を見て目を丸くした。

「何言ってるのよ！　二十数騎の突撃くらい、この砲でどうとでもなるわよ！」

輓馬《ばんば》に跨り、火砲を指差しながら自信満々に断言するエリザベスの姿を見て、一瞬呆気《あっけ》に取られた隊長だったが、直ぐに窘《たしな》めるように反論した。

「何を言っている！　火砲の扱いには高度な専門知識が必要なのだぞ！　商人の、しかも小娘に扱える代物では――」

「ええ、只の商人ならね！」

そう言うとエリザベスは待ちかねた様に、指を鳴らしてエレンに合図を出した。

「火砲装填用意《Cannon,prime and Load》！」

するとエレンが馬車から飛び出したかと思えば、素人《しろうと》とは思えない手つきで馬車と大砲の切り離し作業を始めた。

「なっ……!?」

「お姉ちゃーん、大砲どの位置がいい？」

「この地形ならもう少し前進して、丘の真下に陣取った方がいいわね」

「弾種はー？」

「敵は騎兵二十弱だから、えぇっと、散弾でお願い！」

お構い無しにどんどん準備を進めていく二人。

オーランド兵達は、ただの小娘二人が熟練砲兵の様な手際の良さで砲を組み立てている姿を、呆気に取られながら見つめていた。

「さぁ隊長さん、時間がないわよ？　私達と協力する？　それとも軽騎兵《ハサー》の速力で逃げ切ってみせる自信が、まだ残っておいでかしら!?」

大砲の設置が終わったエリザベスが、再び隊長の前に立ちはだかる。

腕を組み、仁王立ちで真っ直ぐ相手の目を見ながら話すエリザベス。自分に絶対の自信があることを、これでもかと相手に示す。

「むっ、ぐぅ……」

唇に手を当て、伏し目で思案する隊長を、エリザベスは無言でじっと見つめる。

無理もない。つい先ほど出会ったばかりの少女と協力して敵の重騎兵を撃破するなど、余りに突拍子も無い、無謀すぎる作戦だ。そんな作戦の為に自分の部隊を危険に晒《さら》すことなど出来るわけがない。

ただ一方、隊長の言う様に逃亡する案を選択した所で、負傷して動くことの出来ない部下は確実に殺されるだろう。

「散弾装填よーし！　あれ、込め矢何処《どこ》やったっけなー？」

「お嬢ちゃん、込め矢ってこのデカい綿棒みたいなヤツかい⁉」

「あーそれそれ、助かるー」

エリザベスの後ろでは、切羽詰まった兵士達がエレンの砲撃準備を手助けするという、何とも奇妙な光景が繰り広げられていた。

この隊長は、良くも悪くも軍人に向いていない性格をしている。それは、私に向けられた銃を下ろしてくれた事、部外者である私にパルマの戦況を教えてくれた事から容易に推測できる。こういった人物は、部下の一部を見捨てるような作戦を実行する事は滅多に無い。

だからこそ、あと一歩で自分の案に傾いてくれると、エリザベスは確信していた。

「隊長！　敵はもう手前の丘まで迫っております！　私共は最期まで隊長について参ります！　どうかご指示を！」

その副隊長の言葉が、エリザベスの案を採用する最後の一押しとなった。

「えぇい！　もう良し！　副長、その言葉に二言はあるまいな!?　おい、小娘ども！　只今よりパルマ軍第一騎兵小隊は貴様らの臨時指揮下に入る！　上手く使ってみせたまえ！」

「さっすが話が分かるじゃない隊長さん！　協力だけでなく指揮権まで渡してくれるなんて！」

エリザベスが馬車に戻りながら叫ぶ。

「さぁ、負傷者は馬車の中に隠れて！　動ける騎兵は囮《おとり》になってもらうわよ！」

「ハッ！　早速囮扱いか！」

そう言いながらも動ける騎兵をすぐさま集結させる隊長。

「敵は文字通り勝ち馬に乗ってるわ！　特に策もなくこの丘に突っ込んでくる筈よ」

丘の頂点を指差しながら作戦を説明するエリザベス。

先程まで恐慌状態になっていた兵士達も、いつの間にか自信満々に作戦を説明するエリザベスの声に聞き入っている。

「うむ、私が敵騎兵の立場であっても同じ事をするだろう。丘の頂点に到達したならば、その衝力を維持したまま一気に坂を下る命令を出す筈だ。敵の掃討作戦ともなれば尚更《なおさら》である」

「ええ、その為に丘の真下に大砲を設置したの。敵からすれば、丘を駆け降りる体勢になるまで完全な死角になるわ！」

「その真っ直ぐ駆け降りて来る敵騎兵に真正面から散弾を叩き付けてやろうという訳だな！　小娘の癖に中々に容赦無い案を思い付くではないか！」

皆まで言うなとエリザベスの作戦の真意を理解した隊長は、動ける騎兵数騎と共に丘の向こうへと消えていった。くれぐれも味方ごと撃ってくれるな、と言い残して。

「……お姉ちゃん、これも計画通りなの？」

エレンの問いには答えず、エリザベスは黙って丘の頂上を見つめている。

「うん、だと思った！」

火薬と散弾を込め矢で砲身内部へ押し込みながらエレンは叫んだ。

「お姉ちゃんが何にも答えない時は、大体先のこと何も考えてない時だもん！　あと火薬漏れちゃうから点火口押さえて！」

「そ、そんな事無いわよ！　これには緻密《ちみつ》にして完璧な作戦がちゃんとあるのよ！　さあ、火を用意しなさいな！」

「もう用意してるよー。あと導火線だとタイミング的に難しいから、直接点火口に道火桿《みちびざお》突っ込むからねー」

道火桿《みちびざお》と呼ばれる、穂先に火縄が巻き付いた槍を担ぎながらエレンが述べる。大砲から安全な距離を保ちつつ点火できる、とても便利な道具だ。

「貴女ホント涼しい顔で危ない事するわよね！　導火線の燃焼時間を考えなくて良いのは助かるけど――っ！　来たわねっ！」

地鳴りと共に丘の上から第一騎兵小隊が飛び出し、大砲を避《さ》ける様に左右二手に分かれた。

「正面！　射角三十度！　散弾《Canister Shot》！　発射用意《Present》！」

丘の斜面を利用して、カノン砲の仰角を無理矢理にでも稼ぐ。

自分の射撃号令に続いてエレンの復唱が飛ぶ。

「散弾《Canister Shot》！　発射用意《Present》！」

間髪入れずに、今度はノール帝国の重装騎兵が現れた。エリザベスの目論見通り、密集したまま一直線に丘を駆け降りてくる。

先頭の指揮官らしき兵士が叫ぶ。

「!?　敵方に火砲アリ！　こちらに指向中！」

「撃てェッ《Fire》！」

エリザベスの号令と共に、砲口から轟音《ごうおん》と、火花と、幾百もの小口径弾がばら撒かれた。最前列で先導していた騎兵指揮官は散弾を正面から浴び、馬諸共《もろとも》弾け飛んだ。後ろに続く騎兵達も扇状に展開していた為、散弾の散布界に入った騎兵から次々に散弾を食らい、倒れて行った。

流石に陣形後方の騎兵まで散弾が届く事は無かったが、戦意を撃ち砕くには十分すぎる戦果であった。加えて先程二手に分かれた第一騎兵小隊が、エリザベスの援護に戻りつつあった為、ノール兵は追撃を諦め、丘の向こうへと踵《きびす》を返した。パルマ軍第一騎兵小隊も、反転追撃する余力は残っておらず、敵を見送る形となった。

「記念すべき初勝利〜」

ガコン、とエレンが砲角度を水平に戻しながらパチパチと拍手をすると、オーランド兵からも一斉に拍手と歓声が上がった。

「うおおおおお！　勝ったぞ！　勝利だ！」

「オーランド万歳！　第一騎兵小隊万歳！」

「大砲見た時のノール兵の間抜け面見たか!?　傑作だったぞ！」

歓声の中、砲の清掃をするエリザベスの元に隊長と副隊長がやってきた。隊長が暫《しばら》く何を言うべきか悩んでいる様子であった為、代わりに副隊長が口火を切った。

「オーランド連邦軍、並びにパルマ市を代表して、ここにその助力を讃《たた》え……」

「あー、そういうのいいから。もっと直接的なお礼でいいから」

何か言い返そうとした副隊長であったが、実際命を救われたも同然の為、振り上げた拳を居心地悪そうに収めた。暫《しば》しの沈黙の後、ようやく隊長が口を開いた。

「そういえば、まだ名前を聞いていなかったな」

そう言うと隊長はグローブと制帽を外し、右手を差し出した。

「私は第一騎兵小隊長のクリス・ハリソン少尉だ。そちらの御二方の名前は？」

「私はエリザベス、エリザベス・カロネード。こっちは妹のエレンよ。さっきは色々指示しちゃってごめんあそばせ？」

「見事に勝ってみせたではないか、構わんよ」

握手を交わす二人。

「さて、先程の作戦についてだが、まぁ、その年齢で、急な指揮権委譲による混乱の中においてだな、それでいて的確な指示を砲兵、騎兵双方に飛ばし、尚且《なおか》つ斜面を利用した効果的な陣形を築き……」

「あーあー、もう良いわ。この小隊って回りくどい言い回ししか出来ない人だけ採用してるの？」

言葉の着地点を見失った挙句、着地先を刈り取られたクリスは、大きく咳払いをして、改めてエリザベスに向き直った。

「見事な指揮と砲術だったぞ、カロネード嬢。我が隊を救ってくれて心から感謝している」

「おーっほっほっほ！　ちゃんと言えるじゃない！　どういたしましてよ！」

得意げに高笑いしながら馬に跨るエリザベス。

「よし、聞け！　想定外の戦闘も発生したが、我々は当初の目的通り、リヴァン市に退却中のパルマ軍本隊と合流する。カロネード嬢、君も来るか？」

兵士達に再度命令を下達《かたつ》しつつ、エリザベスに同行を促すクリス。

エリザベスはキョトンとした後、一、二拍おいて年相応の意地悪い笑顔で答えた。

「馬車の中に負傷者を乗せたままにしておいて、君も来るか？　ですってぇー!?」

「わかったわかった。引き続き負傷者後送の手助けをしてほしい、我が隊には君の馬車が必要だ」

「よろしい！」

エリザベスは馬車の向きを百八十度変えると、隊列の中央に入り込んだ。

「移動中の砲兵はただの的なんだから、しっかり守ってね！」

「騎兵さん達お願いね〜」

前と後ろに向かって拳を振り上げながら話すエリザベスと、幌から顔だけ出して手を振るエレン。

隊列は昇る太陽に背を向けて、粛々と丘向こうに消えていった。

第三話：リヴァン市への退却

リヴァン市とパルマ市を結ぶ街道に沿って、騎兵と馬車がひた走る。日は既に頭上高くまで昇ってはいたが、比較的大陸の北方に位置するオーランド連邦では、汗ばむほどの気温にはならない。

「おじさん達の部隊はどうして他の部隊とはぐれちゃったの？」

「いや、はぐれたんじゃねぇ、殿を務めてたんだ。要するに本隊退却までの時間稼ぎだな」

エレンは馬車の隅っこで体育座りの姿勢になりながら、比較的傷の浅い兵士と話をしていた。

暗めの茶髪と深い青色の目。無精髭と気怠《けだる》げな雰囲気に目を瞑ればそれなりの美形である。

「その人数で軍の一番後ろを任されたの～？　すごいねぇ」

「おう、なんたって第一騎兵小隊だからな。進む時は一番前、下がる時は一番後ろが定位置だ」

そう言うと兵士は窮屈そうに伸びをした。

幾らか砲弾を捨てたとはいえ、軍人数名を寝かせている事もあり、馬車の中はかなり手狭な状態だ。

「そんなに強いのになんで重装騎兵に捕まっちゃったの？　足は軽騎兵《ハサー》の方が速いのに」

「そりゃまぁ、向こうの方が数は多かったからな。どれだけ速くても、囲まれたらどうしようもねぇわ」

頭を掻きながら制帽を深く被り直す兵士を、じっと見つめるエレン。

「……速力で優る癖に何で囲まれたんだよ、とでも言いたいのか？」

「うん、そう」

ふーっ、と深く息を吐きながら兵士は背もたれに身を預ける。

「あんまりノール野郎を持ち上げたかねぇが、これぱっかりは向こうの用兵が一枚上手だったよ。気付いた時には退路を塞《ふさ》がれちまってたさ」

「でも最後にはちゃんと脱出できたんだよね？　凄いと思うよ」

寝ている負傷者に気を使って、指先で小さくパチパチと拍手するエレン。

「見ての通り、士気も装備もズタボロだけどな。今から中隊長殿に会うのが怖いぜ」

「えー、仕事はちゃんと達成してるのにー。そんなに中隊長さんて怖い人なの？」

「怖《こえ》えってても、分かりやすくおっかねぇタイプじゃねえぞ？　あれは何考えてんのか分かんねぇタイプの怖さだな」

「じゃあ中隊長さんてあんまり喋《しゃべ》らない人なんだねー」

気の抜けた語尾に、無言の頷《うなず》きで応える兵士。彼が少し疲れている事を察したのか、エレンは話を続けようとして口をつぐんだ。少しの間、馬車の揺れる音と、馬の息遣いだけが流れた。

「……おじさんって騎兵になってから結構経つの？　見た目はベテランぽいけど」

「おじさんじゃねぇ、イーデンだ。さっきも自己紹介したろ」

イーデンという名の兵士は凭《もた》れ掛けていた上体を起こして、服の内側をポンポンと探り始めた。

「十八の時に入隊して最初は歩兵砲要員で十年。その後隊長に拾われて騎兵で五年くらいか。十五年以上は経つかな、もう何年も軍曹やってるよ……パイプどこやったかな」

「イーデンおじさんは士官を目指す気はないの？」

「ないね、下っ端やってるほうが気楽だよ。あとこの馬車ってパイプ積んでるか？」

「火気厳禁でーす」

腕でバツを作るエレンを見て、また深い溜息を吐《つ》くイーデン。

「イーデンおじさんは出世欲無いんだね。お姉ちゃんとは話が合わないかも」

「かもじゃなく、確実に話が合わないだろうな。ああいう手合いが近くにいると、エネルギー吸われんのか知らんがすげぇ疲れる」

「エレン、呼んだ？」

幌の外からくぐもったエリザベスの声が聞こえた。

「呼んだけど呼んでないから大丈夫だよー」

「何よそれ。前方偵察に出てた副隊長が戻ってきたわ。無事本隊と接触出来たみたいよ、そう遠くないみたい」

「そりゃなによりだねぇー」

イーデンも口には出さないが、帽子の下で安堵の表情を浮かべる。

「カロネード嬢、少し良いか？」

副隊長と話し終わったクリスが、エリザベスの馬車に横付けするように並んできた。

「エリザベスでいいわ、名字だとエレンと紛らわしいから」

「ふむ。ではエリザベス、副長がお前の事を中隊長に報告したそうだ。したらばな、是非直接顔を見てみたいとの仰せだ」

「あら～中隊長さんが会いたいっていうのなら吝《やぶさ》かではないわねぇ～」

顔のニヤつきが抑えられず、思わず手を口に当てるエリザベス。

「何を考えているのか分からんが、褒賞は期待できんぞ。なにせ退却中の軍だからな」

褒賞を出す余裕すら無い自軍の不甲斐《ふがい》無さから、語尾が苦笑混じりになるクリス。

「心配しなくても、敗軍の将に褒美なんて求めないから安心しなさい」

「ほう、商人の割には無欲だな」

予想外の返答に怪訝《けげん》な顔をするクリス。

「えぇ、私は富よりも名声が好きなの」

「商人にとって、富と名声は不可分なモノではないのかね？」

「ふふん！　隊長さんは何か勘違いをしている様ね。私が求めるのは商人としての名声じゃないわ！」

エリザベスは大砲を指差しながら高らかに叫ぶ。

「私は！　砲兵として！　軍人として！　歴史に名を残すわ！　平民から軍団長まで成り上がった女としてね！」

隊列の全員に聞こえる声で、自分の目標を宣言する。さぁ存分に笑うが良い。笑っていられるのも今のうちだ。

「おぉ、軍団長とは大きく出たな。頑張り給え」

正直、笑われると思っていた。

応援されるとは微塵《みじん》も思っていなかった。

お前には無理だ、と言われるのが関の山だと思っていた。

だから頑張れと言われたのは素直に嬉しかった。

そう、確かに嬉しかったのだが。

「な、な、なんなのそのッ！　我が子の将来の夢を聞いた時の父親みたいな顔は〜ッ！」

「いやはや、別に馬鹿にしている訳ではないぞ。誰しも大きな夢を持ちたがる年頃というものはある。かくいう私も君の様な年の頃はな……」

「昔話はいいから！　いっそ笑って！　笑え！」

生暖かい同情の目を向けられる事が、こんなにも恥ずかしい物だったとは。

要するに子供扱いをされている事に気付き、顔がカーッと熱くなるエリザベス。

「若い奴らの夢は笑うモンじゃ無くて、見守るモンだからな」

馬車の中から、イーデンの甲高い咳の様な笑い声と共に追撃が飛んできた。

「笑ってるじゃない！　あ、いや笑えとは言ったけど。そんな同情みたいな笑いは要らないわ！」

「こんなに余裕のないお姉ちゃん久しぶりに見た〜！」

全方位を敵に囲まれている事を悟ったエリザベスは、観念して無言の降伏を申し出るしか無かった。

◆

「それで、あの話はどこまでが本当だったのか説明してくれるか？」

「あの話って、どの話よ？」

無事、リヴァン市の手前でパルマ軍本隊と合流したエリザベス達は、本隊と一緒に大休止を取っていた。

「取り急ぎ、貴様は本当にラーダ王国から来た商人なのか否《いな》かが知りたい。中隊長に報告せねばならんからな」

リヴァン市の近くを流れる川で水を汲《く》んだ二人は、本隊の野営地に徒歩で向かっていた。

「あー、一番初めに会った時の質問のことね？　軍人らしく細かいことを気にするのね」

誰何《すいか》も軍人の仕事だからな、と水が入った桶を持たせようとするクリス。淑女に物を持たせるなんて正気かと、手を後ろに回して拒否の構えを見せるエリザベス。

「それでは立派な軍人になれんぞ。砲兵なら重い砲弾を運ぶ事もあろう」

そんな事じゃ立派な大人になれないぞ、と言われてるのとほぼ同義である事に気付き、また全身にむず痒《がゆ》さを感じるエリザベス。

エリザベスは、自分の中に漂う不快な羞恥《しゅうち》を吐き出す様に、

「子供扱いはしないで！」

と言い放つと、クリスの腕から桶を奪い取り、大股で先を歩き始めた。

暫くの間、二人は無言で歩いていたが、結局この空気に耐えられなくなったエリザベスの方から、ぽつりぽつりと話し始めた。

「……ラーダ王国から来た商人なのは本当よ」

正しくは商人の娘だけどね、と振り返らずに付け足すエリザベス。

「ラーダ王国にいるご両親は、君が今ここにいることを知っているのか？　大砲は自分達が持ち出したものか？」

「両親がこんな大それたマネを許すわけ無いでしょ、無許可よ無許可。大砲も家に置いてある中から一番大きいやつを持ってきただけよ。今頃、家では私の絶縁手続きでも始まってるんじゃないかしら？」

「ふむ、両親の許諾なしに妹と家を飛び出し、そのまま越境行為をした訳だな。その様子だと、正規の手段で国境を越えたかどうかも怪しいな」

「あら御名答。カンがいいわね」

「直球で答えてくれて助かるよ。大砲をパルマに売りに行く予定だったというのも嘘だな？」

「ええ。あくまで自分達が使う為に持ってきた物だもの」

特に驚くわけでもなく、淡々とメモを取りながら話すクリス。

「で、不法入国のお咎《とが》めは幾らで消えるのかしら？」

「これまた直球な物言いだな。私が賄賂《わいろ》の効かない軍人だったらどうするつもりだったのかね？」

「賄賂の効かない軍人なんていないわよ。それに貴方、子供もいるでしょう？　家族の為にも色々と入用なのではなくって？」

そう言うと銀貨を何枚かポケットから取り出し、クリスに握らせる。

「……家族がいると言った覚えは無いんだがな」

「握手する時にグローブを外してくれたでしょ？　指輪が見えてたわよ」

「目敏《めざと》いな。小娘といえどやはり商人か」

クリスは受け取った銀貨を自分のポケットにしまう素振りを見せたかと思えば、その後すぐにエリザベスへ突っ返してきた。

「部下の命を助けてくれた礼をしようと思っていたのだが、ちょうど今臨時収入が入ってな。受け取ってくれ」

クリスの対応を鼻で笑いながら銀貨を受け取るエリザベス。

「失礼！　さっきの言葉、取り消すわ」

「賄賂の効かない軍人もいる事を知ってもらえて何よりだ」

初めてクリスが物腰の柔らかい笑顔を見せる。

「ふむ……それで、エレンと貴様は姉妹だと言ったが、それも嘘か？　髪色もそうだが、顔立ちも違う様に見えるが」

「そ、それは本当よ！　信じてもらえるか分からないけど……」

クリスの言う通り、エレンは丸っこい童顔なのに対し、エリザベスは歳《とし》の割には大人びた顔立ちをしている。目の色も妹は琥珀色《こはくいろ》、姉は紫色である。

「差し障るなら無理して答える必要は無いぞ、私の個人的な質問だからな」

そう言うとクリスは手元のメモを一通り眺め、胸内のポケットに仕舞った。

「さて、こんなものか。あと一点、重要な質問があるが、それは中隊長から直々に聞いてもらうとしよう。さあ着いたぞ」

何よ勿体ぶるように、と言いつつ前を見ると、パルマ騎兵中隊司令部の立て看板が置かれたテントが目に入った。

「おお隊長殿、お早いお戻りで。樽をそこに置いておきましたんで、水はその中へ」

「お姉ちゃんお帰りー！」

「イーデン、エレン、中隊司令部の設営ご苦労だった。大尉殿はお戻りか？」

「歩兵の連隊長さんと会議中だったみたいですが、今さっき戻ってきましたぜ」

「おねえちゃん！　私中隊長さんの顔見たんだけど、きっとすごいびっくりすると思うよ！」

エリザベスに駆け寄りながら興奮した様子で話すエレン。

「びっくり？　中隊長さんってどんな方なの？」

と、クリスの顔を見たエリザベスだったが、見れば分かるの一言で一蹴されてしまった。

「なにそれ？　いいわ、どんな顔か拝んでやろうじゃない！」

肩で風を切る姿勢でテントの中に入っていくエリザベス。エレンとクリスは、彼女の反応を楽しむ為、やや後ろに続く形で付いて行った。

「失礼しますわ、中隊長さん。エリザベス・カロネード、只今参上してございますわ」

「エレン・カロネードもいますよ～」

「大尉殿、お待たせ致しました、例の姉妹をお連れしました」

「あぁ、君達か。副隊長から話は聞いている」

机に広げられた作戦図を見ていた中隊長は顔を上げた。

「えっ、嘘……？」

短めの銀髪であった為か、顔を下げていた時は初老の男性のように見えた。

「本当に、貴女が？」

「期待通りの反応をありがとう、ミス・エリザベス。パルマ騎兵中隊長、フレデリカ・ランチェスター大尉だ。この度は、クリスの隊を救ってくれて感謝している」

ややぎこちない笑顔とともに握手を求めてきたのは、妙齢の女性だった。

「聞く所によると、大砲を巧みに操りノールの重装騎兵を撃退したとか。改めて聞く事ではないかもしれんが、これは誠《まこと》か？」

「え？　あ、え、ええ。わたくしとエレンで丘の斜面を利用して、その、敵を撃退いたしましたわ」

全く予想外の人物像が出てきた為、エリザベスは握手と質問に応えるのが精一杯だった。

「それは素晴らしい。正直、報告を聞いた時は半信半疑だったが、本当に小娘の姉妹とはな。いやこれは驚いた」

それはこっちのセリフだ、と目を皿のようにしてフレデリカを見つめるエリザベス。

戦史を扱う本の中ですら女性軍人、ましてや女性指揮官の活躍など殆ど描かれる事はない。砲兵士官を目指すエリザベスにとって、兵科は違えど自分の目標となる人物が突然現れたのだ。狼狽《ろうばい》するのは当然だった。

「本来であれば、相応の褒賞を以《もっ》てその助力に報いたい所だが、いかんせん、我々にも余裕は無くてな」

フレデリカは左肩に掛けたマントを翻《ひるがえ》して、一丁のピストルを腰から引き抜くと、机の上に置いた。

ゴトリ、と金属の重い音がテント内に響く。

「今や銃の殆どはフリントロック式が主流になってしまったが、銃としての価値はコレの方が高い。売ればそれなりの値が付くだろう」

それは、引き金近くに鉄のカタツムリの様な部品がついた、珍妙な形をしたピストルだった。

護身用の武器を手放す事を危惧《きぐ》したクリスが、自前のピストルを腰から抜こうとする。それに対し、腰に下げたもう一丁のピストルを見せ、問題ない、と小さく呟くフレデリカ。

「ホイールロック式ピストルですわね、高価な品であることは存じております。ご厚志に感謝致しますわ」

サッとピストルを受け取るエリザベスと、それを半目で見つめるエレン。貰えるものは貰っておいてもいいじゃない、と目でエレンに訴えるエリザベス。

「さて――――ここからが本題なのだが、君達姉妹が如何《いか》にして、砲術指揮の知識を身につけたのか是非とも聞かせてほしい。ラーダ王国の王立士官学校か？　それとも軍の砲兵教育隊か？　君達の見た目年齢からすると、その可能性は薄そうだが」

フレデリカの琥珀色の目が一層輝く。口調の速さからも彼女が興味津々であることは十全に感じ取れた。それに対しエリザベスは、申し訳無さと、恥ずかしさを帯びた表情で答えた。

「えぇ、私にはその、特に恩師と呼べる御仁はいらっしゃいませんの。つまり、本で学んだ限りでございますの」

その言葉にフレデリカが眉をひそめる。

「本だと？　独学という事か？　いや待て、となると、先のノール軍との戦闘が初陣《ういじん》か？」

「ええ、そうですわね」

「なんと……」

エリザベスから目をそらし、顎《あご》に手を当てるフレデリカ。当然初耳だったクリスも言葉を呑む。

「家に沢山本があって、小さいときから色んな本を読んでたんですー。普通の品物よりも武器を売る事が多い商人だったから、本も軍隊の事について書いてる物が多くて。だからちょっと知識が偏ってるんです～」

エレンが姉の補足として言葉を繋《つな》げるが、フレデリカの耳には半分も届いていない。

「実戦及び従軍経験なし……民兵扱いであれば。いや、しかし……初戦でこれなら、あるいは……」

「大尉殿、いずれにせよこの二人に周知すべき事項かと」

思考の袋小路に嵌《はま》りかけたフレデリカを、クリスが救出する。そうだな、と暫し目を瞑った後、改めてエリザベスに向き直るフレデリカ。

「単刀直入に言おう。我が軍はパルマ奪還の為、砲兵指揮官を必要としている」

歩兵連隊長との作戦会議の内容を、フレデリカは事細かく話してくれた。

パルマ軍残存部隊と、増援であるリヴァン軍を用いる形で、パルマ奪還作戦を立案中である事。両軍には独立した砲兵部隊がおらず、全軍が騎兵と戦列歩兵のみで構成されている事。

防衛ならともかく、攻勢となると戦略的な砲兵の支援が必要不可欠である為、歩兵連隊内で使用されている歩兵砲をかき集めて、臨時の独立砲兵部隊を編成しようとしている事。

そして目下の課題は、両軍内で砲兵指揮に長《た》けた軍人がおらず、指揮官を誰にするかで悩んでいるとの事だ。

「ふむふむ！　要するに私達の力が必要ってことね！」

話を聞いていくにつれて、エリザベスの鼻息がどんどん荒くなる。

「うむ、そこで君達の力を借りようと思ったんだが」

目つきは変えずに、眉だけ困り眉になるフレデリカ。

「従軍も、軍学校経験もない者が指揮官となれば、配下の砲兵達への説得が中々難しくなるだろうと思うてな」

うーん、とまた顎に手を当てるフレデリカ。

「説得が必要という事でしたら、その砲兵達に私の砲術を直接披露して差し上げますわ！　有無を言わさず納得させる自信がありましてよ！」

「いや、そういう話ではないのだ。エリザベス」

クリスがエリザベスの肩に手を置きながら、フレデリカと並ぶ様に机の対面に回った。

「まだ子供……あいや従軍経験のない貴様には想像しにくい事だろうとは思うが、どれだけの技術を持っていたとしても、一介の市民が兵士の上に立ち、指揮を執るというのは非現実的なのだ。どうしても下地となる信頼を、地道に築いていく必要があるからな」

「そ、それでも貴方はパルマの丘で、唯の小娘である私達を信用してくれたじゃない！」

「むう……」

それを言われてしまうと、と言葉を濁すクリス。

「実際に街が一個占領されてるのよ？　そんな悠長な事を言ってられる程の余裕が、貴方達にありますの⁉」

エリザベス自身も、唯の小娘が砲兵指揮を執る事など到底不可能である事は十分承知していた。しかし、それでも目の前に転がり出て来た千載一遇のチャンスを見逃す事など到底出来なかった。

「君の言いたい事も分かる。しかしな、軍隊は何よりも結束力を第一に優先しなければならない。如何に武器や戦術が優れていようとも、士気統制が低ければ如何《どう》にもならんのだ」

黙っていたフレデリカが、クリスの言《げん》を援護する様に言葉を連ねる。

「そ、そんなこと――」

そんなことない、と反論しようとしたエリザベスだったが、思わず語尾が掠《かす》れる。

部隊の規律、士気、結束力が重要だと説く教本など幾らでも見てきたのだ。

フレデリカの言う事は全くもって正論であると、エリザベスはこの場に居る誰よりも分かっていた。

「あのー、私から少し良いですか～？」

今まで黙って三人のやり取りを窺っていたエレンが口を開く。

「お姉ちゃんが直接の隊長になる事が問題なんですよね？　だったらハリボテ隊長さんを別に用意して、実質はお姉ちゃんの指示で動く感じにしちゃえば良いんじゃないかな～と」

突拍子もない案に暫くポカンとしていた軍人二人であったが、

「ま、まぁ。それが出来れば苦労をしないがな？」

と、フレデリカを見るクリス。

「……ミス・エレン。砲兵指揮官をやる気概があり、兵からの信頼も厚く、尚且つエリザベスの実質的な指揮下に入る事を厭《いと》わない兵士について、貴女は心当たりがあるのかい？」

「あるよー！」

「「ええッ!?」」

思わず驚愕《きょうがく》する二人。

「そ、それは誰かね？」

「付いてきてー！」

そう言うとエレンは手招きしながらテントの外へ出て行った。慌てて三人が後を追って外に出ると、樽に水を注いでいる一人の軍人に向かって、エレンが突撃して行くのが目に入った。

「イーデンおじさ～ん！」

この後自分の身に降り注ぐ悲劇について、イーデンはまだ知る由《よし》も無かった。

第四話：臨時カノン砲兵団結成！

「砲兵長さん！　戦場において砲兵は、騎兵的役割と歩兵的役割、どっちに分類されると思う？」

「騎兵的役割だろ？　あくまで砲兵は補助的な火力支援しか果たせねぇ。歩兵みたいに軍の中核を任せるにゃ不向きだ」

「正解！　流石は一時期といえど歩兵砲部隊に所属していただけの事はあるわね！」

「じゃあ次はエレンの番ね！　今度はちょっと難しいよ～？」

「なんで俺が砲兵隊長やってんだか《こんなこと》……」

両脇を歩くカロネード姉妹から怒濤《どとう》のクイズ爆撃を食らいながら、イーデンは大砲集積所に向かって歩いていた。

◆

遡《さかのぼ》る事三十分ほど前。

「なにっ！　イーデン軍曹が士官への就任を望んでいるだと!?」

思っても見なかった幸運が舞い込んで来たと、クリスは胸前で拳を握る。

「いやはやアイツめ、口では士官就任を疎《うと》んでいながら、やはり心の奥では功名心を燃やしておったか！」

「イーデンの名は私も何度か耳にした事がある。確か騎兵となる前は優秀な歩兵砲要員だったとか」

「えへへ〜」

クリスとフレデリカが話している所に、エレンが無邪気に笑いながらイーデンを連れてきた。

「へい、小官に何か御用でしょうか？」

まるで状況が飲み込めていないイーデンは、後頭部に手をやりながら佇《たたず》んでいる。

「いや済まなかったイーデン。私は隊長として貴様の真意を汲み取れていなかった」

突然クリスから謝られて更に困惑するイーデン。そしてフレデリカから放たれた言葉にその困惑は頂点へと達する。

「イーデン軍曹。只今を以て、貴様を第一騎兵小隊の任から解き、新たに臨時カノン砲兵団指揮官への任官を命ずる」

「…………はい？」

頭におびただしい数のハテナが浮かぶイーデン。

「いやめでたい！　何にせよ貴様は近いうちに士官へと推薦する予定だったのだ！」

「おめでとーイーデンおじさん！」

「やるじゃないイーデン！」

「いや、いやいや！　いやいやいや!!　ちょっと待ってくださいよ！」

後退《あとじさ》りしながら年甲斐もなく周章狼狽するイーデン。

「えー。イーデンおじさん、さっき馬車の中でオレは本当は士官になりてぇんだって言ってたじゃん～」

「言ってねぇわ！　むしろ真逆の事言ってただろうが!?」

「素直じゃないんだから～良いじゃん！　大昇進だよ大昇進！」

「安心して欲しい、部隊長の私から見ても君は指揮官の素質がある。常に冷静に戦況を見極める力がある事を保証しよう」

エレンが事実の捏造《ねつぞう》と丸め込みに掛かると、それに乗じてフレデリカも拍車をかける。

「いやいや！　普通に現役の歩兵砲要員の中から指揮官を選抜すれば良い話じゃないですか！」

苦し紛れの対抗案を出すイーデン。

「今の歩兵砲要員は皆従軍歴が短く、部隊を率いるには年齢的にも若すぎるのだ。その点お前は歩兵と騎兵、合わせて十五年以上従軍しているベテランだ。連隊内にも知り合いは多い。加えてそれなりに人望もある。そして一番重要な事に、カロネード姉妹が実質的な指揮を取る事への理解もある！」

「頼む。パルマを救うにはカロネード姉妹、もといイーデン、お前の力が必要なのだ」

尤《もっと》もらしい理屈を並べるクリスと、勢いに任せて懇願するフレデリカ。

「中隊長殿まで頭を下げないでくださいよ！　事情は分かりましたから！」

上官と、そのまた上官に頭を下げられては、さしものイーデンも観念して話を聞く他無かった。

◆

「……まったくあのガキンチョ共は」

先走る姉妹に続いて、大砲集積所に向かいながら思案に暮れるイーデン。

恐らく少尉も大尉も、エレンの事実捏造には薄々気づいていたのではないか。それに感づいた上で、強引に指揮官の役を押し付けたのではないかと、イーデンは考えていた。

「要は、砲兵姉妹《あのガキども》が活躍する為の生贄《いけにえ》みたいなもんか……」

軍人である手前、指揮官の命令には従わなければならない事は承知していたが、それにしても余りに無情な人事に嘆息を漏らすイーデン。傍《はた》から見れば下士官からの大抜擢な為、表立って不平を言い散らす事も出来ない。

「ちょっと隊長さーん！　来てくださるー？」

へいへい、と乗馬ズボンに手を突っ込みながら前傾姿勢で歩くイーデン。

「隊長さん！　これを見てくださいな！　この、あんまりにもっ！　雑多過ぎる砲の数々をッ！」

エリザベスが指差す先には、口径や砲身長が異なる様々な種類の大砲達が鎮座していた。

「こっちは六ポンド砲、あっちは八ポンド砲、そしてコレは四ポンド！　連隊内でサイズがバラバラの砲を運用してるなんて、一体何考えてるのかしら!?」

「すごいねー、大砲の見本市みたーい」

べしべしと、物言わぬ大砲達を叩きながら文句を言い続ける姉妹。

「コラッ!!　勝手に火砲に触るんじゃない！」

大砲に近づくイーデンの後方から、若い将校が怒鳴りながら走り込んで来た。距離にしてイーデン達から約五十メートルは離れていたが、その大声量は容易に三人全員を振り向かせた。

彼は勢いのままイーデンを追い越したが、咄嗟《とっさ》に自分の隊長を追い越してしまったと気付き、一気に急ブレーキをかけると、踵を返してイーデンに向き直った。

「これはイーデン殿！　この度は臨時とはいえ、砲兵隊長へのご昇進、おめでとうございます――あ！　こら！」

勝手に触れるなと言ってるだろう！　と大砲に腰掛けようとしていたエレンをつまみ上げる青年将校。

「ちょっ、ちょっとアナタ誰ですかー!?　降ろしてー！」

首根っこを掴《つか》まれて小動物の様に暴れるエレン。

騒ぎさんざめく二人の姿を目の当たりにし、みるみる自分のエネルギーが吸われていくのを感じるイーデン。

「あー、なんだ。そいつらは好きにさせてやってくれ。俺の付き添いみたいなもんだ」

「はっ！　それは大変失礼致しました！」

首根っこを持ったまま、ひょいとエレンを地面に降ろす青年将校。降ろされたエレンは猫背姿勢のまま走り出したかと思えば、素早くイーデンの後ろに隠れた。

「コイツらはカロネードって名前の姉妹だ。俺の従卒みたいなポジションだな。何かと任務の補佐をしてもらう予定だ」

両手で自分の後ろに隠れていた姉妹をずずいっ、と前に出すイーデン。

「はっ！　了解致しました！　それにしてもイーデン殿、小娘二人を従卒として雇うとは、中々の趣味でいらっしゃいますね」

黒髪黒目の青年将校がカロネード姉妹をしげしげと見つめる。

「別に俺の趣味で選んだ訳じゃねぇ。どっちかって言えば俺がむしろ指名された側だよ」

左様でございますか！　とイーデンの訴えを適当に流す青年将校。

「……で、アンタは誰なのよ？　見たところ士官候補生《カデット》の様だけど」

エリザベスはこの様な騒がしいタイプの人間が大の苦手の様で、こめかみを押さえ、顔を横に背けている。

「これは申し遅れました！」

再度三人に向き直ると、彼は士官候補生《カデット》らしい教科書通りの敬礼をした。

「連邦士官学校から派遣されて参りました、士官候補生《カデット》のオズワルド・スヴェンソンと申します！　この度は栄えある臨時カノン砲兵団に事務官として着任させて頂きました！　砲術運用に関する知識についてはまだ疎いものです故、何卒《なにとぞ》御指導の程、よろしくお願い申し上げます！」

「へいへい、ご丁寧にどーも」

悪い意味で自分と対極に位置するタイプの人物が部下に入ってきた事を知り、早くもやる気が切れかけのイーデン。

「では早速、我が軍の大砲事情についてご説明させて頂きます！　どうぞこちらへ！」

これからはこんな太陽みたいな奴と四六時中過ごさなきゃならんのか、と三人は早くもうんざりした顔でオズワルドの後に続いた。

オズワルドによると、リヴァン及びパルマの歩兵連隊からかき集めた大砲は全部で四門。

大砲は各大隊内で管理している為、どの大砲を採用するかは各大隊長の気分次第となる。砲種がバラバラなのはその所為との事。

歩兵砲要員が大砲ごと、この部隊に移籍してきた為、人員はなんとか定数を確保している。

ただし、局地的な歩兵支援しか行ってこなかった為、騎兵部隊への援護も含めた戦術的な火力支援は、全くの未経験との事。

「これは中々骨が折れるわね……」

「お、初めて意見が合ったな」

一通りの説明を受けた三人は、半ば厄介払いとして、オズワルドへ伝令任務を押し付けた後、各大砲を観察していた。

「規格化のキの字もないわね、ホント。せめて砲弾重量ぐらいは統一して欲しかったわ」

各大砲の特徴をメモしながら歩くイーデンとエリザベス。エレンは少し離れた所で、堆《うずたか》く積まれた砲弾を虚《うつろ》な目で数える仕事に就いている。

「六ポンドが一門、八ポンドが一門、四ポンドが二門、そんでエリザベスが引っ張ってきた十二ポンドが一門の計五門か。へっ、俺がいた頃よりも更にバリエーションが豊かになってやがる」

鼻で笑いながら砲腔内部のキズの有無を確認するイーデン。対するエリザベスはいつの間にか足を止め、並べられた砲を見つめながら何やらブツブツと呟いている。

「んでお嬢さんよ、何かいい案は湧きましたかい？」

一通り砲の点検を終えたイーデンが、腕を組みながら呪文を唱えているエリザベスの元に戻ってきた。

「……ちょっと付け焼き刃なのは否めないけど、それなりに案は浮かんだわ。ちょっとこれ見てくれる？」

そう言うとエリザベスは手近な机を引き寄せると、いつの間にか手に持っていた紙地図を広げる。

そこにはパルマの街とその周辺地形が描かれていた。

「お前この地図どっから拾って来たんだよ……」

「役に立つと思ってね。家から持ってきて正解だったわ」

「何だってラーダの武器商人がパルマの地図なんて持ってんだ？」

「地図も立派な兵器よ。兵器の名が付くモノなら大体ウチに置いてあったわ」

そんな事より、とパルマ市内を指差すエリザベス。

「まず私の予想だけど、敵は籠城戦ではなく、野戦に打って出てくる可能性が高いわ」

「先行偵察の情報じゃ、彼我《ひが》の戦力差は一対一って話だったぜ？　同数なら籠ってた方が有利じゃねぇか」

その辺に落ちてた石ころを敵軍と見立てて、地図上中央にあるパルマ市内に石を置くイーデン。

「多分だけど、敵はパルマを足掛かりにしたいと思っている気がするのよねー。ほら、連邦の東側ってあんまり大きな街が無いじゃない？　もしノールが本気でオーランド侵攻を考えているんなら、重要な戦略拠点であるパルマを灰にする様なマネはしないと思うのよねぇ」

　市内に置かれた石を、木の棒でぺしっと西側に、つまりリヴァンへ続く平原地帯に置き直すエリザベス。

「まぁ考えられなくは無いけどよ――っと」

　言いながら木箱を二つ引っ張ってきて、エリザベスと自分の椅子を用意するイーデン。子供には少々大きめだった様で、座ると足が浮いてしまうエリザベス。

「隊長も言ってたが、今までにも何度か小競り合いみてぇな争いは起きてたんだ。ただ、その度にラーダ王国《アンタの故郷》が仲裁に割り込んで来てな。双方ごめんなさいで終いよ。今回も大方、同じ様な展開になりそうでな」

「都市一つ落とされるレベルの争いは今までにあったの？」

　いやそれは無《ね》ぇけどよ、と言いながら服の内側を漁り始めるイーデン。

「あぁクソっ、やっぱ初戦でどっかに落としてきたなこりゃ」

　悪態を吐きながら足を組むと、貧乏揺すりを始めるイーデン。

「パルマで何か落とし物でもしてきたの？」

「ああ、暫くパイプが吸えなくてな。気にしなくていいぞ」

「その超高速貧乏揺すりを気にするなっていうのは大分無理があるわね……」

「おっとすまねぇ、つい無意識でな」

膝を手で押さえ、話の続きを促すイーデン。

「……都市を一つ落とすって事は、それだけ相手も本気で来てるって事よ。拠点保持の為にあえて不利な野戦を選択しても可笑《おか》しくないわ。それに――」

肘をつき、地図に置かれた石ころを見つめるエリザベス。

「正直、ノール正規軍が相手じゃ、最低でも野戦に持ち込ませないと勝てる気がしないわね」

珍しく弱気な発言だったが、その表情には、恍惚《こうこつ》とも言える程の笑みが浮かんでいた。

「……発言と表情が噛み合ってねぇぞ？」

「あら失礼、顔に出てたかしら？　だって、この上なく楽しみなんですもの！　あの軍国とも評されるノール帝国の正規軍と対峙《たいじ》する事が出来るだなんて！」

興奮した表情で石ころを見つめるエリザベス。自軍の不利を自覚しながらも、強敵と戦う事に楽しみを抑えきれない彼女の姿に、イーデンは若干の不気味さを覚えた。

「劣勢だと分かっていながら、何とまあ士気の高いことで。それじゃまぁ、具体的な戦術を伺《うかが》いましょうかね？」

「ええ！　耳かっぽじって特に聞くがいいわ！」

紙とペンを取り出すと、彼女はまるで明日の遠足の計画でも立てるかの様に、ウキウキした様子で砲撃計画を説明し始めた。

二人を頭上で見守っていた太陽は既に西へ傾き、いよいよリヴァンの街並みの中へと沈み始めていた。

◆

「砲兵長殿ー！　イーデン隊長殿ー！　作戦開始日時が決まりました！　明朝薄暮と共に出撃であります！」

地平線に沈む太陽の方角から、代わりにと言わんばかりに今度は人工太陽が昇ってきた。

「バカタレ、大声で作戦要領を話すな。敵が盗み聞きしてるかも知れねぇだろうが」

はっ！　失礼致しました！　と更なる大声で返事をするオズワルド。

「イーデンおじさ〜ん。砲弾の点検終わったよ〜疲れた〜お腹すいた〜」

オズワルドと時を同じくして、わざとらしくヨロヨロとした足取りでエレンも戻って来た。

「よし、二人ともご苦労だった。連隊長殿が言うには、今晩はここで野営をしろとの事だ。各員、テント設営準備に取り掛かってくれ」

「はっ！　承知致しました！　直ちに取り掛かります！」

「えーまたテント建てるのぉ!?　私はさっきやったから次はお姉ちゃんがやってよー！」

「一度も二度も大して変わらないでしょうに。アナタの方が身体付き良いんだから向いてるわよ」

確かにイーデンが見た限りでは、妹のエレンは肉付きが良く、身長も姉より僅《わず》かに高い。対して姉のエリザベスは細身であり、年齢を加味しても華奢《きゃしゃ》な印象を受ける。

「……エリザベスお前、野営テント建てた経験はあるか？」

「あるわけないじゃ無い。だからエレンの方が適任よ」

「じゃあエリザベス、お前がテント係だな」

「何でよっ⁉　建てた事無いって言ったじゃない！」

「建てた事が無いなら、建てる方法を学んでおかないとな。自分の寝床すら作れない軍人なんて聞いた事ねぇぜ」

「むむぐぅ……」

軍人を目指すと高らかに宣言した為に、色々な事項を避けて通れなくなってしまった事を悔悟するエリザベス。

「わーかったわよ！　やればいいんでしょやれば！　オズワルド！　私にテントの建て方を教えなさいっ！」

イーデンは僅かながら、彼女のあしらい方について覚えを得た気がした。

第五話：オーランド砲兵懇親会

「よし、皆席に着いたな――まず、メシ食ってお前らの頭が緩々《ゆるゆる》になる前に、俺からの命令という名のお願いを聞いて欲しい」

夕刻、西日に照らされたパルマ軍野営地の一角に、イーデン率いる七十名の臨時砲兵隊の面々が集結していた。

リヴァン市内から拝借してきた長机に身を寄せ合いながら、砲兵達はイーデンに傾注の姿勢をとっている。

「昨日のノール軍によるパルマ襲撃に関して、お前らも言いたい事は山程あるだろう。ただ、お前らの愚痴や文句を一々聞いてたらキリがねぇ」

そこで、だ。と一つの樽を皆の前に出すイーデン。

芳醇《ほうじゅん》なブドウの香りを醸し出す樽を目にした砲兵達は、思わず席を立って色めき立つ。

「……コイツ一杯に免じて、愚痴を言い合うのは明日ノール野郎を吹っ飛ばしてからにしてくれねぇか？」

その言葉を待ってましたと言わんばかりに砲兵達が一斉に沸き上がる。

「さすがイーデン隊長！　俺達の扱い方を心得ていらっしゃる！」

「飯時まで敗軍ムードになる必要は無ぇわな！」

「久しぶりのワインだ！　今日はよく眠れそうだ！」

そんなジョッキを持って殺到する砲兵達を、エリザベスは片肘を突いてじっと見つめていた。

「敗軍の兵士達には、これまでの戦いと、これからの戦いは、完全に別個である事を認識させなければならない、か……」

いつか読んだ兵法書に、確かそんな事が書いてあった。

緒戦の敗退を引き摺《ひず》ったままにするのは士気の観点から見てもよろしくない。敗軍の将が真っ先にするべき事は、兵士達の厭戦《えんせん》気分を断ち切る事である。その方法として一番手っ取り早いのが、兵士達に激励と褒美を与える事である。

そういう意味では、イーデンの採った策は悪く無いと思った。

「ほらよ、お前らもこれで景気付けしとけ」

人数分のジョッキを持ちながら、カロネード姉妹の対面に座るイーデン。

気を利かせて、野郎砲兵達とは別のテーブルを用意してくれていた様だ。

「ありがと、でも私十五歳よ？」

蒸したジャガイモを口に運びながら答えるエリザベス。

「ありゃ、まだ十六にもなってねぇのか。じゃ、これ飲んどけ」

ワインを下げ、代わりに水の入ったコップを差し出すイーデン。

「……これまさか、昼に私が汲んできた水じゃないでしょうね？」

クンクンと、水の匂いを嗅《か》ぐエリザベスを見て、イーデンは苦笑した。

「安心しな、リヴァン領主の井戸から汲んできた水だ。お前の汲んだ水は今頃、馬達が美味《おい》しく飲んでるぜ」

それを聞いて安心し、コップの水を飲むエリザベス。

エレンの方はというと、既に粥《かゆ》とパンを交互に貪《むさぼ》り始めている。

「……そういや馬車ん中で聞いたが、エレンも確か十五だったよな。双子の姉妹なのか？」

と、エレンに目を向けながら尋ねるイーデン。対してエレンが何かを言おうとするが、口一杯に頬張ったパンのせいでモゴモゴとしているのみで、一向に要領を得ない。

見かねたエリザベスが口を開く。

「姉妹ではあるけど双子ではないわね。エレン！　食べるか話すかどっちかにしなさい！」

んー！　と手でパンを押し込みながら返事をするエレン。

「同い年なのに双子じゃないって事は、異母姉妹ってやつか？」

「ええ。ちゃんとカロネード家の血を継いでるのは私だけよ。エレンは父の再婚相手の連れ子ね」

「再婚？　じゃあエリザベスの実母と親父は婚約解消したのか？」

「婚約解消じゃなくて死別よ。私を産んだ直後にお母様は他界したらしいわ。その後にお父様はエレンの母親と再婚したの。因《ちな》みにエレンの父親も、彼女が小さい時に亡くなってるそうよ」

豆のスープを豪快に飲み干すエレンを見つめながら話すエリザベス。

「そうか。すまなかったな、土足で色々聞いちまって」

「別に、慣れてるから構わないわ」

そう言いながらパンを半分エレンに譲り、テーブルに置かれた干し肉を少し齧《かじ》ってみる。

案の定、舌が塩味の暴力に晒され、思わず口をすぼめる。

「これはお酒と一緒じゃなきゃ無理ね……」

酒が回ってきた砲兵達が互いに肩を組み、パルマ地方の民謡らしき曲を合唱しているのを見つめながら、エリザベスは呟いた。

「さっき作戦会議してた時もそうだけどよ、お前独り言凄いよな？」

「自分を落ち着かせたり、頭の中の状況を整理する時に便利なのよ、独り言って。商会にいた時にそう習ったわ」

「あぁ！　そうだ商会だ！　それについて聞きたかったんだ！」

膝を叩いて突然思い出した様に話すイーデン。

「俺の小隊長……あー、元俺の小隊長のクリス少尉から聞いたんだが、お前の実家、カロネード商会だったか？　ラーダ王国じゃ、それなりに名の通った看板だったみたいじゃねぇか。なんで——」

「なんでそんな裕福な所から家出したんだって聞きたいんでしょ？　答えは簡単、仕事と、ついでに父親との相性が最悪だったから、以上っ！」

これ以上自分の身の上話を語ったところで、大して面白くならない事は目に見えていたので、さっさと会話を打ち切ることにした。

一方で発言を被せられ、さらにエリザベスに捲《まく》し立《た》てられたイーデンは流石に面食らっていた。

「わーったよ。直球で色々聞いちまうのは俺の悪い癖なんだ、気を悪くしたなら謝る」

「別に悪くしてないわよ……じゃあ今度はこっちが質問する番ね！　準備は良い？」

「おう。俺で分かる範囲で良ければ答えるぜ」

意味も無く姿勢を正すイーデン。

「ふふん、聞く姿勢としては百点ね！　……えぇと、初めて会った時から気になってたんだけど、貴方達ってオーランド連邦軍なの？　それともパルマ市の市民軍なの？　掲げてる旗はオーランド国旗みたいだけど」

「あー、それな。先に答えを言っちまうと、俺達はパルマ市民軍だ。ただパルマ市の旗を揚げるのは都合が悪くてな。代わりにオーランド連邦軍の旗を掲げてる」

「はーん、なるほどね。都合が悪いっていうのは、ノール帝国と戦う上で不利になるから、って意味合いでしょ？」

「おっ、流石に察しがいいな。さすが軍団長を志望するだけの事はある」

「お姉ちゃん、どうしてパルマの旗だと不利になっちゃうの～？」

とうとう周りに食べる物が無くなったエレンが会話に参戦してきた。

「エレン、オーランド連邦ってどんな国か知ってる？」

「それは流石に知ってるよ！　沢山の小さな王国が集まって誕生したのがオーランドなんでしょ？　名前も連邦だしー」

エレンがふんすと鼻を鳴らす。

「ええその通り。じゃあもう一つ質問だけど、もし貴女がノール軍の指揮官だったら、パルマの旗とオーランドの旗、どちらの方が強そうに見えるかしら？」

姉から二つ目のクイズを出され、今度は腕を組んで視線を宙に浮かせる。

「うーん。どっちが強そうって、そりゃもちろんオーランドの旗だよね？　パルマは只の一都市だけど、オーランドは一国だもん……あ、そっか！　オーランドの旗にしておけば、敵が勝手にビビってくれるんだ！」

「お、エレンの方も勘付いたみたいだな」

イーデンは二人の問答が終了したのを確認し、改めて回答を述べた。

「オーランドの旗を掲げれば、ノール軍は連邦軍本隊が後ろに控えてると勘違いしてくれるからな。奴らがリヴァンまで追撃してこない事を鑑みると、一応まだバレてないみてぇだ」

　そう言うと、彼はパルマの方角を細目で見つめた。

「ふぅん、そのオーランド軍本隊とやらは本当に存在してるのかしら？」

　エリザベスが意地の悪い笑顔を浮かべる。

「その顔なら流石に察してんだろ……ハッタリだよ。今ノール軍と戦える戦力はここに居る奴等で全部だ」

　イーデンは軽く息を吐きながら、制帽を指でクルクルと回し始めた。

「他の都市からの援軍とかは呼べないの？　元々は別の国だけど、今はオーランド連邦っていう一つの国なんでしょ～？」

　エレンが手を挙げて質問を投げかける。

「正規のオーランド連邦軍を編成するにゃ、連邦議会の承認が必要不可欠だ。全会一致で承認が下りて初めて、各都市から連邦軍が動員される仕組みなんだ」

「でも、事実としてリヴァン市からは援軍を呼べてるじゃない？」

　片肘を突きながらエリザベスが質問する。

「俺も詳しい事は知らねぇが、リヴァン領主とパルマ領主は昔から仲が良いんだとよ。リヴァン砲兵の奴らから聞いた限りじゃ、今回はリヴァン領主が善意で援軍を出してくれたって話だぜ」

　向こうの長机で騒いでいる砲兵達を指差しながら答えるイーデン。

「でもでも、どっちにしたって連邦議会に動員のお願いをしに行かなきゃダメでしょ？　ノール軍相手にいつまでも耐えられる戦力じゃ無いんだよね？」

机をペシペシと両手で叩きながら話すエレン。

「そりゃあまぁそうだが。お願いしに行くのはパルマ領主様の役目だからな。俺達でどうこう出来る話じゃ――」

「イーデン殿ー！　カロネード御令嬢ー！」

砲兵達と同じ長机に座っていたオズワルドが、急に三人のテーブルに走り込んできた。

「砲兵達から、イーデン殿にカロネード姉妹を是非紹介して欲しいと陳情が入っております！　小官としても、この際にカロネード姉妹の素性についてはお話ししておくべきかと存じます！」

「わかったわかった。俺は隣に居るんだからそんなデカい声出さなくても伝わるだろ、全く……エリザベス、エレン、ちょっといいか？」

そう言うとイーデンは姉妹を手招きし、砲兵達の方を指差した。

「そうね。明日一緒に戦う人達なんだから、自己紹介の一つくらいはしておかないとね。ほらエレン、行くわよ」

塩漬け肉を頬張るエレンの手を引きながら砲兵達の前に立つエリザベス。

「いよっ！　待ってました！」

「これがイーデン隊長の隠し子ですか！　いい意味で顔似てないっすね！」

「可愛《かわい》いけどまだちょっと若いな！　もう五年くらい経ったら俺の所に来てくれ！」

方々から野次が飛んでくる。兵士達は大分酔っ払ってる様だ。

「へいへい、本当に俺の子供だったらお前みてぇな奴らの前には一切出さねぇから安心しろ」

兵士達の野次を適当にあしらうイーデン。

「さて、オズワルドから話を聞いてるかもしれんが、このカロネード姉妹には俺の従卒として働いてもらう。銀髪の方がエリザベス、金髪の方がエレンだ」

「エリザベス・カロネードと申しますわ。この度はよろしくお願いしますわ」

「エレン・カロネードでーす！」

「そして俺はジョン・アーノルド伍長！」

「お前はお呼びじゃねぇぞアーノルド！　引っ込めバカ！」

二人の名乗りに合わせて兵士達の野次と黄色い声援が飛ぶ。

ある程度野次が収まった所で再度イーデンが口を開く。

「それで一点お前らに伝えておきたいんだが、明日の戦闘時には、俺の代わりにコイツらが戦闘指示を出す時がある。悪いがその時は大人しく従ってくれ。俺がなんらかの理由で指示が飛ばせない状態に陥る事もあるからな」

「「了解です！　イーデン隊長殿！」」

酔っ払っていても指示はちゃんと聞こえている様で、座りながら敬礼する兵士達。

「おっし、それじゃ今度はお前らが自己紹介する番だな。アーノルド！　先ずはお前からだ！」

「待ってやした！　……お嬢さん方、俺がジョン・アーノルド伍長だ！　隊長殿から聞いたぜ？　なんでもノール重騎兵を真正面から散弾で撃破したんだってな！　見かけによらずアツい戦い方するじゃねぇか！」

ゴリゴリの熊みたいな体格をした兵士に頭をよしよしと叩かれるエリザベス。叩かれる度に頭がクラクラする。

「その話ってマジなんすか⁉　俺達も詳しく聞きたいっす！」

あれよあれよと言う間にすっかり砲兵達に取り囲まれるカロネード姉妹。

「……って訳よ。お嬢さん方、二度手間ですまねぇがコイツらにもアンタの武勇伝を話してやってくれねぇか？」

エリザベスは自分を取り囲んでいる砲兵達を見回す。皆自分の話を聞きたくてウズウズしている様だ。砲兵で騎兵を撃破した事が相当衝撃的だったのだろう。

「……コホン！　そこまで期待されてるんなら話さない訳にはいかないわねぇ～！」

「あ、お姉ちゃんが調子乗るモードになった～」

エリザベスは大袈裟《おおげさ》に身振り手振りを織り混ぜながら、パルマの丘での出来事を話し始めた。

時折入るエリザベスのオーバーな身振り手振りに対して、砲兵達からは一層の笑い声が漏れる。エレンも他の砲兵達と一緒に、鈴の音の様な笑い声を上げながら聞き入っていた。

「……あいつらとテーブル分ける必要無かったかもな」

砲兵達の喧騒から一歩引いたところで、イーデンは腕を組みながらそう呟いた。

第六話：出陣前夜

日は既に西へ沈み落ち、パルマ軍野営地も徐々に夕闇に支配されつつあった。リヴァン市内も大部分は夜の帳《とばり》が下りており、街のシルエットに沿って黒いペンキを塗りたくったかの如く、黒々とした様相を呈していた。

そんな漆黒の背景とは対照的に、野営地にはポツポツと人の営みを感じる燈《あかり》が焚かれ、たまに警備兵が持つ松明《たいまつ》が不規則に、ゆらゆらと野営地内を漂っていた。

「フレデリカお姉さんから貰った鉄砲見せて見せて〜」

「あぁこれ？　はいどうぞ」

規則正しく整然と並ぶテントの一幕が、カロネード姉妹用として割り当てられていた。

「こんな形のピストル初めて見たよ。どうやって撃つのー？」

「カタツムリみたいなパーツにネジが付いてるでしょ？　それを巻くと、中に入ってる鉄輪が巻かれていくのよ。引き金を引くと、丸まった鉄輪が一気に解放されて、その時に発生する摩擦熱で、火薬に着火する仕組みなの」

紺色のペティコートを脱ぎながらホイールロック式ピストルの解説をするエリザベス。慣れないテント構築作業で疲れており、時々息をつかないと満足に服も脱げない。

「不発に強いって利点はあったけど、再装填が面倒なのと、機構が複雑だったのもあって、今じゃ芸術品の仲間入りね。あーもう疲れた！」

コルセットを外した所で体力の限界を迎え、下着の白いワンピース姿のまま寝袋に倒れ込むエリザベス。

「そんな面倒な仕組みなのに、どうしてフレデリカお姉さんは大事そうに持ってたのかなぁ？」

「言ったでしょ、今は芸術品扱いだって。それで戦おうなんて中隊長さんも思ってない筈よ。どちらかと言えば御守りの一種みたいな感じで持ち歩いてたんじゃないかしら」

「はえー。じゃあお姉さんからお姉ちゃんへの御守りでもあるんだね～、あ！　売るなんて酷いことしないであげてね！」

流石にそこまで金の亡者じゃ無いわよ、とエレンからピストルを受け取るエリザベス。寝る気満々のエリザベスに対して、エレンはまだ着替える素振りすら見せようとしない。

「それにしても寝袋一枚で寝ろだなんて……確実に明日は寝不足確定だわ～！」

青臭い雑草の匂いが染み付いた寝袋を手足で無理矢理伸ばしながら、何とか自分好みの触感にしようと奮闘するエリザベス。

「どうしてリヴァン市内に入れてくれないのよ～！　せめて土の上じゃ無くて板の上で寝たかったわ！」

「リヴァン市内は、避難してきたパルマの人達でもう一杯なんだって。イーデンおじさんが言ってたよ」

「ぐぬぬ～！　避難民が羨ましいー！」

暫く姉が寝袋の上でグネグネしているのを見つめていたエレンだったが、突然、何かを思い出したかの様に立ち上がった。

「な、何よ急に？」

「ちょっとイーデンおじさんの所に行ってくる～！」

言い終わる前に靴の踵《かかと》を潰しながら、エレンはテントを飛び出していった。

「なるべく早く戻って来なさいよ～」

引き止める気力も残っていないエリザベスは、寝袋に突っ伏したまま妹を見送った。

◆

「そんでテントを飛び出してきたって訳か。消灯後の外出は軍務規定違反だぞ」

「わたし民間人だもんー」

兵士達の物よりも一回り大きな将校用のテントにイーデンは居た。明日の作戦図を書いていた所の様で、夕刻エリザベスから渡された紙地図に、詳細な砲撃予定地点を書き込んでいた。

「あ、こんな夜遅くまで砲撃予定地点のマーキングやってるの～？」

「生憎《あいにく》、あんたの姉様みたいに熟《こな》れた砲撃指揮は出来そうになくてな。予《あらかじ》め砲撃地点に番号を振っておけば少しは指示が楽になるだろうと思ったんだ」

「偉いっ！　そんなイーデンおじさんにはこれをあげちゃう！」

そう言うとエレンはポケットからパイプを取り出し、イーデンが向かう机の隅にちょこんと置いて見せた。

「お、クレイパイプじゃねぇか。幾らだ？」

「あげるって言ったでしょー。お代はいらないよ！」

財布を取り出そうとした手を制止するエレン。商人の割には欲が無ぇな、と言いつつもパイプを受け取るイーデン。エレンは彼がパイプに火を点けるまでの間、じっと黙ったまま、イーデンの顔を見つめていた。

「……黙ってガン飛ばしてくるって事は、聞き辛い質問を抱えてんだろ？　別に遠慮しなくていいぞ」

「あはは〜、よくわかったねぇ」

手を口元に当てながら参った様子で愛想笑いを浮かべるエレン。後ろめたさを感じてるのか、イーデンが椅子に案内しても、遠慮して立ったまま話し始めた。

「あの、その……お昼の時はゴメンなさい。おじさんから見たら無茶苦茶な命令になっちゃうのは分かってたんだけど――」

「姉様の為だろ？　俺も曲がりなりにもパルマで命を助けられた身だ。恩を感じてない訳じゃねぇよ……だから一旦座れな？　立ちっぱなしじゃこっちも話がし辛《つれ》ぇから」

ずっと机の横で直立したままのエレンに可笑しさを覚えたのか、咳き込む様な笑い声を上げるイーデン。それでもエレンが申し訳なさそうにしているのを感じたイーデンは、半ば無理矢理彼女を椅子に座らせた。

「事前に聞いてたのかどうかは知らんが、クリス隊長からも散々せっつかれてたんだよ。早く士官になる決意を固めろ、ってな。結局遅かれ早かれこうなってたさ」

幾日かぶりのパイプを味わいながら椅子に足を組んでもたれかけるイーデン。

「そんなにオーランド連邦って将校さんが足りてないの？」

「オーランド《この国》の軍隊は常に士官が不足してるからな。それだけ職業軍人に魅力を感じる奴が少ねえってことだ。俺も成り行きで軍に入ることになっただけで、最初っから職業軍人になるつもりは毛頭なかったぜ」

それでも砲兵指揮官になるなんて完全に想定外だったけどな、と鼻に掛けた笑いを漏らすイーデン。

思っていた程彼が士官への昇進を嫌っていた訳では無い事を知って、エレンは胸を撫で下ろした。

「でも、どうしてイーデンおじさんは士官になりたくなかったの？　単純に面倒事が増えるから？」

「まあ、それも理由としてはあるな」

一時中断していた地図作業を再開しながらイーデンが答える。

「一番の理由は、単純に部下の面倒を見切れる自信が無いからだ」

「部下の面倒って、今までは騎兵軍曹だったんでしょ？　既に部下は何人か居たんじゃないのー？

あ、そこの書き方違うよ～」

イーデンの隣に立ち、アレコレと砲撃図の書き方を教えるエレン。年齢は全く逆だが家庭教師の図である。

「確かに数人部下と呼べる奴等はいたけどよ。まだ数人ならギリギリ面倒見切れるぜ？　それが士官になったら一気に数十人規模の面倒を見なきゃならねぇだろ？　それが俺には無理って話よ」

「別に全員の面倒を士官一人が見る訳じゃないと思うよ？　その為に下士官がいる訳だし」

「俺が嫌なのは責任を持つ対象が一気に増える事だよ。下士官のうちは、自分とその周りだけ見てりゃいいから気楽だったんだ」

「あー、面倒って責任が増すのが面倒って事ね～。その点お姉ちゃんは凄いよ！　お姉ちゃん基本的に自分の起こした事に責任取ろうとしないから！」

「だろうな。正直嫌味でも何でもなく、見てて羨ましいよ、アイツの性格は……」

暫く無言で砲撃図を書き込んでいたイーデンは、ふと羽ペンを脇に置いてエレンを見つめた。

「そういや、エレンはなんでエリザベスに付いて来たんだ？　まさか、姉妹揃って軍団長志望か？」

「あははは！　違うよー！　私は面白そうだから付いて来ただけだよー」

無邪気に笑いながら答えるエレン。

「面白そうだから、ってお前、そんな軽い気持ちで紛争地帯までやってきたのか⁉」

「そうだよー、まぁ、家にいても面白くなさそうだからっていうのもあるかな。血の繋がってない私じゃ、カロネード家の跡取りにもなれそうになかったしねー」

ちぇっ、と口を尖らせるエレン。

「……お前は面白いか面白くないかで人生の選択を決められるんだな。姉妹揃って羨ましい性格してるぜ、ホント」

◆

「――っくしょい!!」

テントの中に盛大なくしゃみが響く。エレンがテントを飛び出してから数十分、エリザベスは一向に寝付けずにいた。

「う～やっぱり寝心地最悪だわぁ～ッ！　大地の起伏が如実に背中に伝わってくるわコレ!!　よくこんなペラペラ寝袋でみんな寝られるわね！」

余りの寝苦しさに一人悪態をつくエリザベス。

「あぁ、もう、叫んだら余計に目が覚めちゃったわ……顔でも洗ってこようかしら」

むくりと起き上がり、ワンピース姿のまま外へ出るエリザベス。道脇に置いてあった松明を拝借すると、彼女は昼に水を汲みに行った川に向かっていった。

川のすぐ近くに布陣していたこともあり、特に迷わず川にたどり着くことが出来た。夜の川は、しばしば雲から顔を出す月の明かりに照らされて、青黒く、てらてらとした光沢を放ちながら静かに横たわっている。

よっこらしょ、と持ってきた桶で水を掬《すく》おうとすると、下流の方から水を掻き分ける様なバシャバシャという音が聞こえてきた。

好奇心から、下流に向かって少し歩を進めてみるエリザベス。普段であれば聞き流してしまう類《たぐ》いの音だったが、静まり返った川辺というシチュエーションのせいか、やけに耳に残る環境音と錯覚してしまう。

幸いにもその音の正体は直ぐに分かった。川下に数十歩進んだ所で、誰かが一人水浴びをしていたのだ。

「こんな時間になんて物好きな……」

好き者の顔を拝む為に接近しようとしたエリザベスだったが、雲の切れ目から顔を出した月明かりによって、その必要は無くなった。

「え、中隊長さん⁉」

月光と水滴の反射により青白く光る銀髪。そして昼間の華美な肋骨服を着用していた姿とは対照的な、女性らしい、しなやかな体躯を露《あら》わにしているフレデリカの姿があった。

「――――ッ⁉」

考えるよりも先に言葉が出てしまったエリザベス。水浴び中に声を掛けられたフレデリカは、警戒した様に素早く毛布を取りながら振り返った。

「あ……エリザベス・カロネード……？」

「ご、ご無沙汰しておりますわぁ～？」

松明と桶を両手に持ったまま手を振ろうとして、かえって不気味なポーズになってしまう。不審者にしか見えない風貌の彼女を見たフレデリカは、取《と》り敢《あ》えず川から上がると、毛布で自分の身体を包んだ。

「少し話をしようか、ミス・エリザベス」

◆

「成程、水を汲みに来たら偶々《たまたま》、水浴びの音がしたから向かってみたと、そういう事だな？」

「左様ですわ……」

フレデリカに調書を取られながら、体育座りの姿勢になっているエリザベス。一般的な誰何《すいか》の場面である。

「まぁ、なんだ。こんな夜中に水浴びをしている私が言えた話ではないが、怪しまれるような真似は控えるべきだな」

そう言うとフレデリカはたった今まで記入していた調書を川に放り投げた。

緩やかな川の流れに沿って、エリザベスの事案を記した紙が川下に流されてゆく。

キョトンとするエリザベスを前に、僅かに口元が緩むフレデリカ。

「この調書を連隊長に渡してしまうと、深夜に無許可外出をしている私も裁かれてしまうからね。お互い何も見なかった事にしようじゃないか」

首を上下に振るエリザベス。

別れの言葉を交わすタイミングを失った二人は、暫く微妙な距離を保ちつつ、川に向かって座っていた。

「どうして中隊長さんはこんな時間に水浴びをしていたんですの？」

川を見つめたままエリザベスが問う。

「この時間帯くらいしか水浴びが出来ないんだ。日中は男の目が多すぎるからな」

「あ〜、軍隊って男ばかりですものね。異性の事を考える余裕なんて無いのかしらね」

「私が無理言って男社会に居候《いそうろう》させてもらっている訳だから、贅沢は言えないんだけどね」

たまには太陽の下で水浴びがしたいね、と月を仰ぎ見ながら話すフレデリカ。

「中隊長さんは、どうして軍人になろうと思ったんですの？　入隊するまでの道もかなり険しかったのではなくって？」

エリザベスとしては後学の為、というか自分の夢を実現する為に是非聞いておきたい質問だった。

「私の場合はコネ入隊みたいなモノだから、あまり参考にはならんと思うぞ？」

「構いませんわ！　参考にして見せますわ！」

そこまで言うなら、とフレデリカは視線を宙に浮かせ、懐かしそうに語り始めた。

「私を軍人として登用してくれたのは、パルマ領主様だ。当時は女官として領主様の馬の世話なんかをしていたよ」

日中、馬達が飲んでいた水樽を一瞥するフレデリカ。

「ただ、次第にノールとの衝突が激しくなってきて、士官不足が叫ばれる様になると、身分や出自で制限されていた志願要項が撤廃されてね。誰でも、という訳ではないが、領主様の信用を得た人物であれば士官への任官を許される様になったんだ」

「それで、自分から軍人になることを志願しましたの？」

「いやいや、確かに領主様のお役に立ちたいとは思っていたけれど、女性将校なんて前例が皆無だったからね。士官なんて考えもしなかったよ」

話しているうちに、徐々に顔に感情が表れてくるフレデリカ。

「結局、志願要項を撤廃しても一向に志願者が増えなくてね。最後は領主様から半分泣きつかれる形で騎兵士官候補になったんだ」

その後は成り行きさ、と初めて自然な笑顔を見せながら話すフレデリカ。

「そんなに士官の人気が無いんですのね、ラーダ《故郷》とは大違いですわ」

「職業軍人自体が人気無いからなぁ。まぁ、軍人以外の働き口が沢山あるって事だから、むしろ良い事なんだけどね。ラーダ王国《君の国》みたいに上手いこと軍人のカッコ良さをアピールできれば良いんだけど……」

「私が軍団長になった暁《あかつき》には、ちゃんと軍人の良さをアピールできる軍隊にして差し上げますから安心してくださいまし！」

「ぐ、軍団長……？」

フレデリカは目を丸くして、エリザベスの言葉の意味を咀嚼しようと復唱する。

「あっと！　中隊長さんにはまだ話してなかったわね」

そう言うとフレデリカに向かって姿勢を正し、リヴァンへの道すがらに宣言した時と同じ様に、自分の夢を語るエリザベス。

「私は軍人として歴史に名を残したいんですの。大砲一門から軍団長へと成り上がった女としてね！」

夜中である事を考慮し、昼の時よりは声のトーンを抑え目にして叫ぶエリザベス。

「……応援する。厳しい道になるだろうけど、君なら越えられると信じている」

「あ、あれ？　ひ、否定しないんですの？」

若者の妄言だと笑おうともせず、本心からエリザベスの夢を応援したいと、フレデリカは言い放った。

「なぜだい？　素晴らしい夢だと思うけどね……」

「えーっと、いやその、この夢を語った所で、みんな本気にしてくれなかったんですもの。むしろ馬鹿にされる方が多かったものでして……」

思わぬリアクションにしどろもどろになるエリザベス。

その反応を見て何かを察したフレデリカは、無言でエリザベスの頭を撫でた。

「……いい夢であればある程、周りからは理解されず馬鹿にされるものだ。今度から、笑われたら誇りに思うといい。私の夢は素晴らしいものなんだと」

ポンポンとエリザベスの頭を軽く叩くフレデリカ。

子供扱いとも取れる態度だったが、不思議とむず痒さをエリザベスが感じる事はなかった。

暫くの間、形容し難《がた》い安心感に包まれながら、黙ってエリザベスはフレデリカに頭を預けていた。

その後、フレデリカと別れたエリザベスがテントに戻ると、そこには気持ち良さそうに爆睡しているエレンの姿があった。
エリザベスは寝付けぬままに、リヴァンの夜が更《ふ》けていく。

第七話：第二次パルマ会戦（前編）

◆

【第二次パルマ会戦】

―オーランド連邦軍―
パルマ駐屯戦列歩兵連隊　５４１名
リヴァン駐屯戦列歩兵連隊　１３００名
パルマ軽騎兵中隊　65騎
臨時カノン砲兵団　５門

―ノール帝国軍―
帝国戦列歩兵第四連隊　１３４８名
帝国重装騎兵大隊　88騎

有翼騎兵大隊　100騎

◆

「イーデン隊長！　敵側に動きあり！　西門で待機していた騎兵部隊が移動を始めました！　具体的な兵種までは特定できませんが、恐らく槍騎兵《ウーラン》かと！　あ!!　次いで敵戦列歩兵も出てきました！　やはりカロネード御令嬢の読み通り、奴ら野戦で決着をつける様です！」

「おう、俺は至近距離にいるからそんな大声出さなくてもいいぞ。敵にその声を届けたいんなら話は別だけどな」

カロネード姉妹、もといイーデンが率いる砲兵隊は、パルマ市郊外の丘に陣を構えていた。

高所に陣取れば敵情把握が容易となり、且つ支援要請があれば味方の頭上を飛び越えての砲撃支援も可能である為だ。

「槍騎兵《ウーラン》の増援が居たのは予想外だが、ここまではエリザベスの想定通りだな。出てきたのは一個歩兵連隊と二個騎兵大隊だけか？」

「はっ！　その様であります！　先方偵察の報告によれば、恐らくこれで全兵力かと！」

「……ここからじゃ、本当に全兵力なのか、予備を市内に残しているのか分かんねぇな」

「予備戦力がいようがいまいが、今見えてる敵戦列の撃破に全力を注ぐべきよ。一個連隊を敗走させればその時点で勝利、たとえ予備が居たとしても敵兵力の半減に繋がるわ」

砲の切り離し作業を完了させたエリザベスが、眠い目を擦りながらイーデンの元に戻ってきた。

「おう、設置ご苦労。相変わらず眠そうだな。指示飛ばしてる最中に砲兵達からなんか言われたか？」

「いえ何も。イーデン隊長曰《いわ》く、って枕詞《まくらことば》につければ何でも言う事聞くのね。中々人望あるじゃない」

「年ばっかり重ねた職業軍人の、数少ない恩恵のひとつだからな」

言いつつパイプを取り出すイーデンだったが、すかさずエリザベスに取り上げられる。

「ちょっと!?　火薬が近くにあるんだから火気厳禁よ！」

「おっとすまねぇ、つい癖でな。また暫く禁煙か……」

昨夜妹から貰ったパイプを今度は姉に取り上げられ、深く溜息を吐くイーデン。

「それでこっちの戦列は？　まだ配置についていない様だけど」

この丘の真下を通過中だ、と丘の下を指差すイーデン。

そこには丘の麓《ふもと》に沿う様な形で、青服のオーランド戦列歩兵達が行進していた。

「……三列縦隊なのは良いんだけど、やけに間隔空けてない？」

エリザベスの言う通り、両手間隔に開いた状態で行進するオーランド兵に対し、西門から出てきたノール兵は間隔をほとんど空けず、肘がぶつかりそうな程に密集した状態で行進していた。

「あれぐらい間隔空けとかないと、行進中に隣の兵士にぶつかったりして危ねぇんだ。それに、あのノール歩兵みたいな変態行……緊縮行進は結構な練度が必要だからな。一都市を守る駐屯歩兵にそこまでを求めるのは酷ってもんよ」

「そんなもんかしらねぇ。少し練習したら出来そうなモノだけど」

「おいおい、並んで歩くだけだと思ったら大間違いだぞ。千人規模の人間に同じ動作を覚えさせようと思ったら年単位で訓練が必要なんだぜ？」

「あら、そうなのね。本で勉強しただけだとイマイチ実感が湧かなかったの」

机上論だけでは限界がある事は分かっていたが、早くもその天井を感じるエリザベス。

「最悪、勉強し直しになりそうね」

誰に言うでも無く、エリザベスは呟いた。

丘を通過して平原地帯に突入したオーランド軍は横隊を形成する為、両手間隔に広げた隙間を元に戻そうと奮闘していた。

わちゃわちゃとなりながらも、なんとかノール軍の様に隙間の無い三列横隊を編成するオーランド戦列歩兵。

対してノール軍は今までの三列縦隊行進のまま、戦列の向きだけを九十度変えれば、そのまま三列横隊を形成出来るのだ。

ドラムロールの同調行進に合わせて、生き物の様に迫り来るノール軍。上から見下ろすエリザベス達には、服の色と相まって巨大な白蛇がうねり近づいてくる様に見えた。

「行進《March》！　前へ《Forward》！」

ノール戦列の横隊前進開始から遅れる事数分、オーランド戦列も横隊前進を開始し、鼓笛隊《こてきたい》の音楽と共に双方の戦列が行進を始めた。

「敵戦列は依然として前進中！　彼我の距離およそ二キロを切りました！」

「イーデンおじさ～ん、大砲の装填完了したよー」

オズワルドの明朗な報告とエレンの能天気な報告がイーデンとエリザベスに飛ぶ。

「そろそろね。イーデン、照準命令お願い！」

「よし、各砲聞けッ！　敵戦列が千五百メートルの距離まで近づき次第、砲撃地点Aに一斉砲撃を行う！」

イーデンの指示を聞いたオズワルドが、驚いて彼とエリザベスの元へ駆け寄る。

「い、イーデン殿!?　畏れながら申し上げますと、野戦砲の射程は十二ポンド野砲でも一キロ程度であります！　一キロ半で砲撃してしまっては、全ての野砲が射程圏外となってしまいます！」

一旦落ち着け、と詰め寄るオズワルドの肩を叩きながら宥《なだ》めるイーデン。

「砲撃命令は俺が出すから、ちょっとオズワルドに説明してやってくれ」

と、エリザベスを一瞥《いちべつ》するイーデン。

待ってましたと、ずいっとオズワルドの前に進み出るエリザベス。

「たしかに、カノン砲の射程は候補生さんの言う通り、七百メートルから精々一キロよ」

「イーデンおじさん、敵が千五百メートル圏内に入ったよ～！　みんなA地点に照準して～！」

「よぉし、いいかお前ら！　地面に対して射角を浅く取る事を忘れんなよ！」

エリザベスの背後で砲撃司令が飛ぶ。

「ただそれはあくまで有効射程の話よ。撃ち方を少し工夫すれば射程をさらに伸ばす事が出来るわ！」

「く、工夫と言いますと……？」

「地点A！　射角マイナス十度！　丸弾《Round Shot》！　発射用意《Present》！」

「発射用意《Present!》！」

「百聞は一見に如《し》かずよッ！」

オズワルドに背を向け、砲兵達を見つめながらエリザベスは叫んだ。

「「斉射《Salvo》！」」

イーデンとエリザベスの同時号令と共に、カノン砲兵団の全砲門が火を噴いた。

大量の黒色火薬を燃焼させながら、青銅の砲腔から漆黒の円形弾が躍り出る。

真っ白な煙を砲陣地に撒き散らしながら、合計五つの砲弾はA地点——つまり敵戦列の五百メートル程手前の地面めがけて飛翔した。

「候補生さん！　よく見ておきなさいな！　あれが反跳射撃ですわ！」

「ちゃくだ〜ん、今！」

エレンの肉眼観測とほぼ同時に砲弾達が地面に着弾する。

巨大な鉄球である円形弾は、まるでボウリングのボールの様にバウンドしながら、猛スピードで整列したピン達——つまり敵戦列へと迫る。

「敵砲弾来るぞ！　決して陣っ」

最前列で指揮をしていたノール歩兵小隊長に第一射が命中し、頭部が一瞬で消し飛ぶ。

続く四つの砲弾も、ノール兵の腕、脚、胴体を食い破りながら戦列の中を暴れ回り、最後には戦列を貫通し、戦場後方へと消えていった。

頭部を砲弾に食われた兵士は叫ぶ間も無く崩れ落ち、四肢をもがれた兵士は泣き叫びながらその場に倒れ込んだ。

「やったぞ！　初弾効力射だ！」

「ザマァみろノールの犬共！」

「どいつもこいつもスカした顔しやがって！　これで少しはアイツらも表情豊かになったろ！」

初戦の憂さ晴らしと言わんばかりに沸き立つオーランド砲兵達。

「再装填《Reload》！　口動かす前に手ェ動かせ！」

イーデンに叱咤《しった》され、慌てて砲腔を清掃し次弾装填の準備をする砲兵達。

「オズワルドも口開けてないで敵情報告しなさいな！　ほらっ！」

「は、はいっ⁉」

エリザベスにベシッと背中を叩かれ、単眼鏡を落としそうになりながらも再度的へとレンズを向けるオズワルド。

「敵中央、右翼、左翼共に行軍速度に変化なし！　十五分以内に味方戦列との交戦距離に入ります！」

「聞いたイーデン？　味方戦列との交戦距離に入るまで、少しでも敵の数を減らすのよ！」

振り返らずに手を挙げて応えるイーデン。

彼の余裕が無くなってきている事は、エリザベスの目から見ても明らかだった。

◆

一方でノール側も平然と進軍しているかの様に見えて、実際にはかなりの動揺が各戦列に生じていた。

「敵砲兵陣地からの反跳射撃だと⁉」

連隊長らしき初老の男性が、前線からの報告を受けて喫驚する。

「どういう事だ！　オーランドは独立した砲兵部隊を持っていないという話だったではないか！」

「申し訳ございません、モーリス・ド・オリヴィエ連隊長《カーネル》閣下。前会戦時には確認出来なかった兵種である為、恐らく新たに援軍として連れてこられた部隊かと……」

「そんな事、わざわざ言われなくとも見れば分かるわっ！」

大隊長からの報告を受け、年甲斐も無く取り乱す連隊長。

「……如何《いかが》致しますか閣下？　軍団長閣下の命令に逆らう形になりますが、やはりパルマ市内で敵を迎え撃った方が――」

「ならんならん！　軍団長の命に背いたらどんな罰が待っていよう事か……兎《と》に角《かく》！　騎兵の数的優位がある限り、我が軍の勝利は揺るがんぞ！　このまま歩兵は前進させつつ、最左翼の重騎兵を迂回させて敵砲陣地に攻撃を仕掛けよ！」

承知致しました、と大隊長は馬を駆って前線に戻って行く。

「それとオルジフっ！」

連隊長の付近で待機していた甲冑姿の男が、名前を呼ばれて頭《こうべ》を垂れた。

金と白銀の装飾が入った胸甲鎧。

鈍く光る重厚な鉄兜。

馬二頭を縦に並べても尚余る長槍。

そして何より目を引くのが、背中から頭頂部に向かって背負う様に生えた大羽根の飾りである。

鎧が廃れつつある現代において、このオルジフという男の出立ちは、奇異と言うべき他無かった。

「貴卿の有翼騎兵《フッサリア》にも攻撃指示を出せ！　敵右翼を側面から攻撃しろ！　貴隊の騎兵突撃が成功次第、併せて我が方の歩兵も突撃させる！」

「御意」

オルジフは短く、端的に答えると、右翼の丘に待機させていた騎兵達の元へ駆けていった。

「まったく、忌々《いまいま》しいオーランド軍め……烏合の衆は烏合《うごう》の衆《しゅう》らしく、散り散りに逃げ回っていれば良いものを……」

◆

連隊長の垂れ流す文句は、とうとう射程圏内に入った両軍の射撃号令によって掻き消された。

「小隊射撃《Feu de Peloton》！　射撃用意《Apprêtez vos Armes》！」

ノール指揮官の準備号令と共に、最前列のノール兵達が膝立ちの姿勢へと移行し、整列射撃の準備を整える。

「一斉射撃《Volley Fire》！　射撃用意《Make Ready》！」

負けじと呼応する様に号令を出すオーランド指揮官。その掛け声に対し、最前列のオーランド兵達が、キョロキョロと周りの空気を窺いながらマスケット銃の撃鉄を起こしていく。

「構え《En Roue》！」

「狙え《Take Aim》！」

まるで波を立てるかの様な滑らかさで、マスケット銃を順々に構えていくノール兵達。対してオーランド兵達は思い思いのタイミングで銃を構える。


寸拍の静寂の後、文字通りの火蓋が落ちた。

「放て《Feu》ェッ！」

「撃て《Fire》ェッ！」

両軍の戦線をなぞる様にして、白色の硝煙が次々と噴き上がる。

やはりと言うべきか、オーランド歩兵は各々が各個の判断で射撃しているのに対し、ノール側は規則正しく、小隊毎に射撃を行っている。

「イーデン隊長！　射撃戦が始まりました！　多少砲撃で削ったとはいえ、あのノール戦列との射撃戦を持《も》ち堪《こた》えられるかどうか……！」

「歩兵の心配は歩兵指揮官に任せてりゃいい。俺達が心配すべきなのは敵騎兵の迂回だ！」

「りょ、了解しました！」

「イーデン！　敵右翼の重騎兵が動き出したわ！　あの大回りな動きは私達を狙ってるわよ！」

単眼鏡を覗き込みながらエリザベスが捲し立てる。

「カロネード殿！　それは小官の単眼鏡ですぞ⁉」

「後で返すからちょっと貸して……！　あいつら、丘の起伏を遮蔽《しやへい》にしながら近づいて来てるわ！

昨日みたいに一直線には来てくれなそうよ！」

「クソッタレ、やっぱ俺達を真っ先に狙ってきやがったか。オズワルド、戦列右翼の大隊長に伝令を頼む。敵重騎兵が貴隊を迂回し砲兵陣地へ接近中。右翼戦列の延翼を求む、ってな！」

「承知致しました、今すぐに！　カロネード殿！　単眼鏡は後で必ず返して貰いますぞ！」

そうエリザベスに嘆願すると、オズワルドは馬を駆って味方戦列の方へと走っていった。

「……なぁエリザベス、お前はどう思う？　このまま敵戦列への攻撃を継続するか、それとも騎兵が来る前に少しでも味方戦列に接近して、援護を受け易くしておいた方が――」

「おバカね！　わざわざ高所っていう戦術的に優位な地形を確保してるのに、それを自分から捨てに行くなんて勿体無いでしょ！　それに敵騎兵が来たとしても、ここまで来る頃には登坂で大分体力を消耗してる筈よ。百騎程度、散弾の一斉発射で粉々にして見せるわ！」

間髪入れず自信満々に意見する事により、イーデンの迷いを断ち切るエリザベス。指揮官が優柔不断に陥ってる時は、多少強引でも決断を急がせた方が良い。

「お、おう、やっぱりそうだよな。この位置が最善だよな」

自分の言葉で自分を納得させるイーデン。

「各砲そのまま撃ち続けろ！　右翼の敵重騎兵の事は気にするな、既に対策は打ってある！」

その言葉を聞いて安心したのか、浮き足立っていた砲兵達の顔に余裕の表情が戻ってきた。対して
エレンだけは、相変わらずノンビリとしていた。

「はーい！　みんなどんどん撃ってね～、あ！　砲弾がごちゃごちゃになるといけないから、スピードは上げても砲弾の管理はしっかりね～！」

「了解だぜ毛玉ちゃん！」

「もー！　その毛玉ちゃん呼びやめてよー！」

砲兵の間でエレンの渾名《あだな》が毛玉になっている事を知り、思わず吹き出すエリザベス。座っているエレンを後ろから見たら、確かに巨大な毛玉に見えなくもない。

「……コホン、さて問題はあっちの人達ね」

気を取り直す様に咳払いをしながら、敵左翼に再度レンズを向ける。朝の出陣時、パルマ歩兵連隊長が訓示で述べていた言葉が頭をよぎる。

『いかにノール戦列歩兵の練度が高いといえども、単純な歩兵数ではオーランドの方が優位だ。そう簡単に突破される事は無い。さらにダメ押しとして、此方《こちら》には砲兵援護もあるのだ！　諸君らは安心して眼前の敵に注力すると良い！』

「連隊長さんは歩兵しか戦場に居ないと思ってるのかしら。騎兵戦力は向こうの方が上ですのに……あらら？」

先程まで敵左翼の丘で待機していた槍騎兵《ウーラン》の姿が見えない。

「おかしいわね、一体どこに――――ッ!?」

その光景にエリザベスは思わず息を呑む。

丘を駆け下り、三角形の突撃陣形を組み上げながら、味方戦列に突進する有翼騎兵《フッサリア》の姿を捉えたのだ。

「……ええ当然そうするわよねぇ!!　私が敵の立場だったとしても同じ事をするわよッ!!」

笑みを浮かべながら、苛立《いらだ》ちと興奮が混ざった叫び声を上げるエリザベス。

「おいエリザベス！　敵の槍騎兵《ウーラン》が！」

「ええ、わかってるわよ！　しかもアレは只の槍騎兵《ウーラン》じゃないわ！」

エリザベスは、砲兵陣地の全員に聞こえる大声で叫んだ。

「左翼の敵騎兵は有翼衝撃重騎兵《フッサリア》!!、有翼衝撃重騎兵《フッサリア》よ!!」

第八話：第二次パルマ会戦（中編）

有翼騎兵《フッサリア》の前進開始とほぼ同時に、イーデンが前線から砲兵陣地に戻ってきた。

「隊長殿！　ダメです！　戦列右翼の延翼は不可能との事！」

血相を変えながら下馬し、大隊長からの伝言を報告するオズワルド。

「左翼の敵戦列が有翼騎兵《フッサリア》と共に突撃を敢行した模様！　左翼戦線は既に苦しい戦いを強《し》いられており、右翼戦線も眼前の敵の対処で手一杯の様です！」

「クソっ！　そうだろうなとは思ってたが、この戦況じゃあ歩兵の援護は期待できねぇか！」

制帽を取り、頭を掻《か》き毟《むし》るイーデン。

「それにしても有翼騎兵《フッサリア》と戦うハメになるなんてな……ヴラジド大公国と一緒に滅亡したモンだと思ってたぜ」

二人のやり取りを小耳に挟みながら、戦列の射線を器用に迂回しつつ、味方左翼に接近する敵騎兵を観察するエリザベス。

見間違いでは無い。確かにアレは有翼騎兵《フッサリア》だ。

時代遅れの鎧に身を包み、背中から羽根を生やし、馬鹿みたいに長い槍を振り回す兵種なんて奴等しかいない。

ただイーデンの言う通り、奴等が忠誠を誓っていたヴラジド大公国は、二十年以上前にノール帝国に滅ぼされた筈だ。

「……亡国の騎士なんて、中々ロマンあるじゃない。唯の槍騎兵《ウーラン》かと思ったら大間違いだったわね」

含み笑いを漏らしながら呟くエリザベス。

「あんな超重騎兵に突撃されたら駐屯戦列歩兵なんてひとたまりもねぇぞ……いよいよヤバくなってきたな」

「しかし隊長殿、吉報もございます！　あちらをご覧ください！」

オズワルドが指を差す方向から、イーデンにとっては既に懐かしささえ感じる、蹄の音が聞こえてきた。

「おぉ！　我らが騎兵隊様のお出ましだぞ！」

「パルマ軽騎兵が健在ならまだ希望はあるぞ！」

「待たせたなイーデン。それにカロネード嬢」

フレデリカ率いるパルマ軽騎兵中隊がその姿を現すと、砲兵達から歓声が上がった。フレデリカの部隊は、エリザベスが思っている以上に大きな信頼を得ている様だ。

「連隊長からの命令だ。右翼の敵重騎兵の対処は我々、パルマ軽騎兵中隊が対処し、貴隊は有翼騎兵《フッサリア》部隊への突撃破砕射撃を実施せよとの事だ」

「はっ！　有翼騎兵《フッサリア》への突撃破砕射撃、了解致しました！　大尉殿、どうか御武運を」

敬礼するイーデンに対し、フレデリカは短い答礼で応えると、クリス達と共に敵重騎兵の元へと走り去っていった。

「さて、突撃破砕射撃とは参ったな……コイツらそんな高度な戦術学んでねぇぞ」

一先ず重騎兵の脅威が薄れた事により、頭を掻きながら物を考える余裕が出来たイーデン。

「もしかして、砲兵さん達って偏差射撃の経験が無かったりする？」

単眼鏡をオズワルドに返却し終えたエリザベスが、イーデンの元へ駆け寄ってきた。

「ご名答だ。ウチの徒歩兵砲は、基本的に止まってる敵歩兵しか撃たないからな」

「ホ、ホントに今まで正面の敵しか撃ってこなかったのね……」

珍しく大きな溜息を吐くと、エリザベスはエレンを手招きして呼び寄せた。

「お姉ちゃんどしたのー？」

「エレン、率直な意見が聞きたいんだけど、偏差射撃の訓練を受けてない砲兵が、一キロ先に居る移動中の騎兵に攻撃を当てられると思う？」

「えー、難しいと思うよ～。遠距離の偏差射撃はコツが要るからねー」

大方予想通りの答えが返ってきた。

「そりゃそうよね、習ってない事を無理にやらせた所で時間の無駄だし……」

顎に手を当て、自分の乗ってきた馬車を見つめる。

「……博打染《ばくち》みたマネは嫌いだけど、ノール軍相手じゃ賭けの一つや二つ、乗り切って見せなきゃ勝てっこないわねっ――と！」

そう言うと馬車に乗り込み、弾薬箱を引っ張り出そうとする。

「ゔっ、おっも……イーデン！　エレン！　オズワルド！　ちょっとこの弾薬箱を前車に載せるの手伝って！」

「おいおい何やってんだ、弾薬なら引っ張り出さなくても外に置いてあるだろ？」

「お姉ちゃん、それ鎖弾《くさりだん》が入ってる箱だよね？　そんなの持ち出してどうすんのさ？」

怪訝な顔も見せつつも、言われるがままに鎖弾の入った弾薬箱を、空いている前車に積み込む三人。

「助かるわ！　そしたら前車と私が持ってきた十二ポンド砲を連結させて！　この砲を左翼前線まで

持っていくわよ！」

「はぁ!?」

「お姉ちゃんマジで言ってんのソレ!?」

「カロネード殿！　お気を確かに!?」

わざわざ突破される可能性の高い前線に大砲を配備するなど、殆ど自殺行為である。三人が反発するのは当然だ。

「ええ大マジですわよ！　偏差射撃が難しいなら接近して弾を撃ち込むしかないわ」

「お前さっきは高台から砲を下ろすのは下策だって言ってたじゃねぇか！」

「有翼騎兵《フッサリア》の突撃のせいで下ろさざるを得なくなったのよ！　だけど下ろすのは十二ポンド一門だけで良いわ、他の砲はそのまま此処《ここ》で援護射撃をお願い！」

「お、お姉ちゃん！　もしかして突撃してくる騎兵相手に至近距離から鎖弾撃ち込もうとしてる!?」

その通り！　と言いながら、各大砲を牽引していた馬達を一ヶ所に集めるエリザベス。

「落ち着いてくださいカロネード御令嬢！　たとえ今から砲を左翼前線に持って行ったとしても、移動だけで数十分は掛かってしまいますぞ!?」

オズワルドの言う通り、確かに通常の砲兵は徒歩で移動を行う。砲兵にとって馬は大砲を曳《ひ》く為のモノであり、乗り物では無いのだ。

「あら、誰が歩いて牽引するだなんて言ったのよ？」

エリザベスは六頭の馬を数珠繋ぎにすると、前車と大砲を連結させた。

「あ！　分かった！　お姉ちゃん、騎馬砲兵みたいにして大砲運ぶつもりでしょ～！」

私も行く！　と、馬に飛び乗ろうとしたエレンをエリザベスが制止する。

「ダメよ！　エレンはここで砲兵さん達の補助をお願い！　撃つだけなら一人でも出来るから！」

「ま、待て待て待て！　砲兵部隊長として勝手な行動は看過出来ねぇぞ！」

馬に跨ろうとするエリザベスの前に、イーデンが腕を広げて立ち塞がる。

「……大砲の直射支援が無い限り、味方左翼が突破されるのは時間の問題よ。ここはリスクを冒してでも砲を前線に出すべきよ。貴方も元は歩兵砲要員だったのでしょう？　それなら、今この状況における砲兵直接支援の重要性も分かってくれると信じてるわ」

声に感情を乗せない様に、なるべく冷静に気を遣いながら、イーデンに対して自分の考えを述べるエリザベス。

周りの砲兵達も射撃は継続しつつ、二人の論争の行く末を捉えようと注視している。

「……お前がやろうとしてる事は分かる。複数の乗馬で牽引する騎馬砲兵方式なら、徒歩で牽引するよりも圧倒的に早く前線まで大砲を移動出来る。それに十二ポンドの大型砲なら、仮令《たとえ》一門でも敵騎兵にとっては脅威になり得るだろうな」

「えぇ、その通りよ。だから私が――」

だがな！　とイーデンがエリザベスの言葉を遮る。

「それでも有翼騎兵《フッサリア》が突撃を諦めなかったらどうするつもりだ!?　騎馬砲兵といえど、一度射撃体制に入ったら移動は不可能だ！　お前も味方戦列ごと踏み潰されちまうぞ!?」

イーデンが声を荒らげるのは相当珍しい事の様で、オズワルドは驚きのあまり目を丸くしている。

「……私の事を心配してくれるのは有難いけど、軍人なら時にはリスクを取る行動も必要よ」

「お前は軍人じゃ無いだろ！」

「軍人じゃ無いなら尚更よ。民間人一人と大砲一門で左翼の安定化が図れるなら儲けものでしょ？」

「なッ……テメェは自分の命を何とも思ってねぇのかッ⁉」

叫びながら、エリザベスの襟元を掴み上げるイーデン。

「い、イーデン殿！　どうか落ち着いてください！」

オズワルドがイーデンを引き剥がし、宥め落ち着かせている間も、エリザベスは眉一つ動かさずイーデンを見つめていた。

「安心して。リスクを取るとは言ったけど、死ぬ気は毛頭無いわ」

エリザベスのテコでも動かない様を見せつけられたイーデンは、地面に腰を下ろすと、顔を伏せたまま舌打ちをした。

「……ったく、クリス隊長もこんな気持ちだったんだろうな。あぁ！　分かったよ、行ってこい！ただ無茶しない様に監視は付けるからな！」

そう言うと一人の屈強な砲兵を手招きして呼び寄せるイーデン。

「はっ！　イーデン隊長殿！　小官に何用でしょうか？」

「アーノルド伍長、左翼大隊長からの援護要請だ。エリザベスと一緒《こいっ》に左翼前線で有翼騎兵《フッサリア》の突撃破砕射撃を頼みたい」

「味方左翼前線での砲兵支援、了解です部隊長殿！　必ずや部隊長の隠し子を生きて連れ帰って見せますぜ！」

最前線に配置されるというのに、その事を歯牙にも掛けず、二つ返事で答礼するアーノルド。

「だから隠し子じゃねぇって言ってんだろ！　あ、あとエレン！　お前も本当に良いのか!?　お前の姉様が最前線に行っちまうんだぞ？」

「いいよ～、お姉ちゃんは一度決めるとテコでも動かないからね。お姉ちゃん頑張ってね～！」

馬に跨る姉に手を振りながら答えるエレン。彼女のお気楽さに目眩《めまい》を覚えながらも、イーデンは見送りの言葉を二人に掛けた。

「よっし、砲兵総員帽振れーッ！　小さな英雄と大きな熊の御出陣だ！」

射撃をしていた砲兵含め全員が手を休め、エリザベスとアーノルドに対し帽子を天高く振り上げた。

「頼むぞアーノルド！　有翼騎兵《フッサリア》ごとノール兵を吹っ飛ばしてきてくれ！」

「お嬢ちゃんも生きて帰ってこいよ！　まだお空に行くにゃ若すぎる！」

「ふふん！　任せなさいな！」

戦場の騒音にも負けない程の声援で送り出された二人は、その勢いのまま丘を駆け下り、ガタガタと忙しない音を立てながら前線へと走り出した。

◆

「お嬢ちゃんよう！　昨日話を聞いた時もそうだったが、小娘の割に中々肝が据わった性格してるじゃねえか！」

「あ痛ァ！」

バシンと背中を叩かれ、乗っている馬のたてがみに顔がめり込む。

「もう、おバカ！　女性相手なんだから手加減しなさいよ！」

「ハハハ！　すまねぇな！　だが尊敬しているのはホントだぜ？　久しぶりに骨のあるヤツが来て皆喜んでんだ！」

丘上の砲陣地に目をやりながら豪快に笑うアーノルド。

イーデンが言ってた様に、まるで熊みたいな体格の軍人だ。彼なら、数百キロの弾薬箱でも軽々と持ち上げられそうだ。

「……えーと、確か、ジョン・アーノルド伍長さんだったかしら？」

「お、覚えててくれたとは嬉しいな。やっぱ昨日の懇親会でアピールしておいて正解だったぜ」

「いえ、こちらこそごめんなさいね。こんな貧乏くじ引かせる羽目になっちゃって」

貧乏くじの言葉に目を丸くするアーノルド、そして彼はまた豪快に笑った。

「とんでもねぇよ！　元々俺達は最前線で大砲撃つのが仕事だったからな。一周回っていつものポジションに収まったってだけのことよ！」

言われてみればそうである。

一般的に、砲兵は近接戦闘に弱く、且つ鹵獲《ろかく》等のリスクもあるため、歩兵達よりも一歩下がった配置にされることが多い。

その点、オーランド砲兵は直接火力支援のため、戦列歩兵とほぼ同じ位置に配置される。

すんなり最前線配備を受け入れたのも、いつもの事だからなのだろう。

「まぁ、お嬢ちゃんが出陣するってのに、大の男達が後方から大砲撃ってるだけってのも忍びねぇってのもあるな！」

アーノルドの言葉に対し、目線と微笑で相槌を打つ。六頭立てで牽引しているだけあって、かなりのスピードだ。普通に喋るのすら中々に苦労する。

彼も察してくれたようで、それ以降は黙々と手綱を握ってくれていた。

前線に近づくにつれ、味方歩兵の死体や、戦線離脱する負傷兵の姿を見かける回数が増えていく。

次第に黒色火薬特有の灰白色《かいはくしょく》の煙が辺りに漂い始めると、いよいよ霧の中に居るような錯覚に陥ってきた。

「――――ッ!!」

この状況で深呼吸をしようとしたのが間違いだった。漂う硝煙をモロに吸い込み、ゴホゴホと盛大にむせ返る。

「なるべく浅く呼吸しな、お嬢ちゃん。あと鼻より口で呼吸したほうがいくらかマシだぜ」

「そんな急に言われても直ぐにッ……ゔっゔぇぇ……」

思わず嗚咽《おえつ》が漏れる。

大砲は再装填に時間が掛るという点もあり、そこまで硝煙が周りに漂うことはない。

だが戦列歩兵は違う。数百人が二十秒そこその間隔で射撃し続けるのだから、それはもう凄《すさ》まじい白煙が上がるのだろう。

ハンカチで口元を押さえながら、なんとか白煙の中を駆け抜ける。

マスケット銃の発砲音や、怒号、悲鳴、前線指揮官の号令がはっきりと聞こえる頃には、五十メートル先も見渡せない程に白煙が濃くなっていた。

「おいそこの！　最左翼の中隊指揮官はどこにいる！」

馬を止め、アーノルドが近場の兵士に叫ぶ。

「このすぐ目の前で戦闘指揮をしてる！　もう有翼騎兵《フッサリア》が真ん前まで迫ってるぞ！」

「聞いたなお嬢ちゃん！　俺は中隊指揮官に話付けてくるから、ここで砲の展開頼んだぜ！」

徒歩で前方の歩兵中隊長の元へと向かうアーノルド。

それに対しハンカチを口元に当てたまま親指を上げて応え、下馬して前車と砲の切り離しを始める。

切り離している最中、前方から飛んできた流れ弾が頬を掠め、被弾した味方歩兵の悲鳴が幾度も聞こえてきた。

「……ぇぇ大丈夫、落ち着いているわ。いつも通りにやりなさいよ！　エリザベスっ！」

戦場の真っ只中だろうと、自分を落ち着かせる術は変わらない。

商談中に銃を突きつけられても。

商品の輸送中に騎乗強盗《ハイウエイマン》に襲われようとも。

己を奮い立たせるのはいつだって自分自身の言葉だった。

「さぁ来てみなさい有翼騎兵《フッサリア》！　このエリザベス・カロネードと十二ポンド野砲が相手になるわッ！」

第九話：第二次パルマ会戦（後編）

「お嬢ちゃん！　大砲の設置は終わったか⁉」

アーノルドが中隊長を連れて戻ってきた時、既に十二ポンド砲は射撃準備を終え、隣には腕組みをするエリザベスが佇んでいた。

「ええ、終わってるわよ。貴方が最左翼の歩兵中隊長さんかしら？」

他の兵卒よりも、少しばかり豪華な軍服に身を包んだ片眼鏡の男が僅かに頷く。

「ああそうだ。直接支援に対する謝辞を述べたいが、まずは敵騎兵への対処が先だ」

そう言うと中隊長は左手を高く掲げ、隷下の歩兵達に良く通る声で陣形指示を出した。

「中隊《Company》！　方陣隊形《Forming a Square》！」

すると十二ポンド砲を中心に囲むようにして、数百名の兵士が四角形の方陣を形成する。

「お嬢ちゃん！　射撃は鎖弾てヤツで行うんだよな？　情けねぇ事に俺はその弾種を扱ったことないんだが、どんな弾なんだ⁉」

アーノルドがドシンドシンと足音を立てながらエリザベスの元に走り寄ってきた。

「文字通り、二つの丸弾を鎖で繋げたものよ。普段は帆船の帆を切り裂く為なんかに使われる弾種だから、陸の砲兵が知らなくても無理ないわ」

弾薬箱に積まれた鎖弾を指差しながら説明するエリザベス。

「帆を切り裂く為の弾が、騎兵に対しても有用なのか？」

「ええ、特に騎兵との距離がある程度離れている時なんかは、すぐ拡散しちゃう散弾よりもずっと効果的よ！　それに鎖弾は回転して飛んで――」

「敵騎兵接近！　射撃用意《Take Aim》！」

中隊長の射撃号令が二人の会話を引き裂く。

「――来たッ!!」

ドロドロと腹に響く地鳴りを鳴らしながら、白銀色の鎧を纏った有翼騎兵《フッサリア》大隊が迫ってくる。

幸い、早歩《トロット》程度の速さで迫ってきているため、射撃にはまだ余裕がある。

「撃てェッ《Fire》！」

戦列が射撃を開始したが案の定、数騎が倒れるのみで、敵の衝力を削ぐには至らない。

小銃射撃の効果なしと判断した中隊長が、エリザベス達を見る。

「砲兵！　頼んだぞ！」

「「了解!!」」

エリザベスとアーノルドの声が重なる。

「鎖弾《Chain Shot》！　発射用意《Present》！　火砲指向先の歩兵達、伏せてくれ！」

アーノルドの声で、砲の射線を遮っていたオーランド兵士達が一斉に地面に突っ伏せる。

「『撃てェッ《Fire》!』」

爆音とともに十二ポンド砲から鎖弾が発射される。

発射された鎖弾は、地面に伏せたオーランド兵達の頭上を飛び越え、ヒステリックに回転しながら有翼騎兵《フッサリア》へと迫る。

「ッ!? 敵砲兵の直射! 各騎ち――」

有翼騎兵《フッサリア》の一人に鎖弾が命中し、肩口と脇腹が千切れ飛ぶ。

二つの丸弾が高速で回転する鎖弾は、通常の丸弾に比べて加害範囲が圧倒的に広い。それも騎兵のような大型の目標には更に効果的となる。

加えて着弾する度にピンボールのようにその軌道を変えながら敵集団の中を暴れ回る為、密集している敵への被害は甚大なものとなる。

鎖弾が落ち着きを取り戻し、地面に転がる頃には、十数騎の有翼騎兵《フッサリア》の死骸が辺りに散らばっていた。

「……歩兵の陰に火砲を隠していたとはな。中々、どうして、やるではないか」

歩みは止めずに、自身の回りに散らばる戦友の亡骸《なきがら》を一瞥するオルジフ。

「だが……」

オルジフが手を挙げる。

「これだけでは、止まらんよ」

方陣に向かって手を下ろす。

「――突撃《Oplata》！」

その号令に合わせ、有翼騎兵《フッサリア》達は一気に部隊の速度を襲歩《ギャロップ》まで上げると、長槍を揃え、方陣へと猛進を始めた。

「敵有翼騎兵《フッサリア》、更に加速！　突撃体制を崩しません！」

「次弾装填急いで！　砲身内部の清掃手順を省略していいわ！　今は兎に角射撃よ！」

「おう！　任せろ！」

エリザベスが再照準を行い、アーノルドが装填を行う。

次弾の射撃準備が整う頃には有翼騎兵《フッサリア》は五十メートルの所まで迫っていた。

「中隊長さん！　これが鎖弾の最終射撃よ！　これ撃ったら散弾に切り替えてゼロ距離射撃するわよ！　いいわねっ⁉」

フレデリカから貰ったホイールロック式ピストルを懐から取り出しながら、中隊長に尋ねる。

「了解した！　援護感謝する！　貴殿の助力に報いて、死んでも左翼は守り抜いてみせよう！」

「良い答えじゃないっ！　鎖弾《Chain Shot》発射用意《Present》！」

前射と同じ様にオーランド兵士達が一斉に地面に突っ伏せる。

「撃てェッ《Fire》！」

先程よりも敵が接近していた事もあり、今度は二十騎程度が鎖弾の餌食になる。

ただそれでも有翼騎兵《フッサリア》の突撃は止まらない。

「対騎兵防御！　総員着剣《Fix Bayonets》！　パルマ歩兵の根性見せてみろ！」

三列で形成された方陣は、第一列と第二列が膝立ちで銃剣を構え、第三列が立射で対応する。これが今、歩兵が出来る最大限の対騎兵防御姿勢である。

「白兵戦――用意！」

中隊長の号令と同時に、有翼騎兵《フッサリア》の先鋒が方陣第一列に襲いかかる。

敵の衝力を少しでも弱める為、自ら進んで長槍に胸を貫かれ、直剣に胴を切り裂かれに行く第一列。

その仇を取らんとする為に、咆吼《ほうこう》を上げながら銃剣突撃を敢行する第二列。

第一列と第二列が時間を稼いでいる隙に、必死の形相で射撃を継続する第三列。

その鬼気迫る姿を目の当たりにしたエリザベスは、余りの気迫にしばし放心していた。

「お嬢ちゃん！　歩兵達が時間稼いでる間に再照準だ！　急げ！」

アーノルドに心を引き戻され、慌てて再照準を行う。

「散弾《Canister Shot》！　発射用意《Present》――っ！　前の兵隊さん達！　伏せて！」

「構わん！　俺達ごと撃ってくれ！」

信じられない言葉に思わず胸が詰まる。

「な、何言ってるのよ!?　馬鹿な事言わないで！」

「大真面目だよ！　俺達が身体張って騎兵の動き止めてる今がチャンスだ！」

振り返る素振りすら見せず、高らかに叫ぶ射線上のオーランド兵達。

「俺達十数人と引き換えに、有翼騎兵《フッサリア》を撃退出来るんだから儲けもんだろ!?」

出陣前にイーデンへ投げかけた言葉が、そっくりそのまま自分に返ってくる。

「俺達のパルマを、頼む！」

「……あぁもう！」

敵を殺す覚悟なら、とうの昔に出来ていた。

「これじゃ、クリス隊長と一緒じゃないっ……！」

出来ていなかったのは、味方を殺す覚悟だった。

「撃てェッ《Fire》！」

刹那の逡巡の後、導火線に火を移す。自分の躊躇《ためら》いとは裏腹に、寸時の迷いもなく、火花が点火口へと吸い込まれていく。

不発であってほしい。

何の救いにもならぬ気持ちが、己の中で鎌首をもたげた。

自分の業から目を背ける様に、遠くを見つめる。

その時、砲身照準線の彼方に見えたオルジフと、確かに目が合ったのだ。

「貴様が、例の小娘か」

声など聞こえよう筈も無かったが、何故《なぜ》か、そう言っている様に思えた。

耳鳴り故か、放心故か。散弾の発射音は酷く小さく聞こえた。

発射された散弾は、眼前のオーランド兵と、有翼騎兵《フッサリア》とを、平等に薙ぎ倒していく。

砲身内部の清掃を省略していた為、散弾に続いて今度はドス黒い煤《すす》が砲口から吐き出された。

「くっ、来るなら来てみなさいっ！」

煤で出来た黒いカーテンに向かって銃を構えるエリザベス。だが一向に有翼騎兵《フッサリア》が突撃してくる気配がない。

「お嬢ちゃん！　やったぞ！」

「えっ⁉」

慌ててアーノルドが指差す方向を見つめるエリザベス。そこには、無数の風穴が空いた両軍兵士達の死体と、敵陣地へと退却していく有翼騎兵《フッサリア》の姿があった。

「な、なんで？　あのまま突っ込まれたらホントにヤバかったのに……」

そのエリザベスの疑問はすぐに晴れた。

「カロネード嬢！　生きてるか⁉　先日の恩を返しに来たぞー！」

振り向くと、猛スピードで接近してくる群青色の肋骨服に身を包んだ騎兵達が居た。

「……は、軽騎兵《ハサー》⁉」

右翼で敵重騎兵と戦闘中だった筈のパルマ軽騎兵が現れ、一気に混乱するエリザベス。

「ちょ、ちょっと！　右翼の重騎兵はどうしたのよ⁉」

「そんなもん、とっくの昔に蹴散らしてやったぞ！」

そう言うと、一人の騎兵が制帽を脱ぎながら自分の元に駆け寄ってきた。よく見ると、彼は頭に包帯を巻いている。いや、彼らだけではない。援護に来てくれた騎兵達は皆、全て身体の何処かに包帯を巻いていた。

「俺達を運んでくれて有難うな。大尉に無理言って、隊を分割してもらったんだ」

その言葉でやっと、彼らは昨日自分が馬車で運んだ負傷兵達だと気づいた。

「裏方達、昨日馬車で運んだ……傷は大丈夫なの？」

「おう！　ノール重騎兵を吹っ飛ばせるくらいには回復したぜ！　敵の有翼騎兵《フッサリア》もついでに吹っ飛ばしたかったが、そうも行かねぇみたいだな」

騎兵が目をやった先には、既に数百メートル先の地点まで退却している有翼騎兵《フッサリア》の姿があった。

ようやく状況が飲み込めたエリザベスは、ポツリと一言呟いた。

「私達、守り切れたの……？」

その呟きに応えるかのように、歩兵中隊長がエリザベスに向かって敬礼した。

「あぁ、よくぞ守り抜いてくれた。左翼戦線は我が軍の勝利だ」

「やったぞ！　有翼騎兵《フッサリア》相手に勝ったぞ！」

「パルマ歩兵の粘り強さを思い知ったか！」

「砲兵さん達ありがとうな！　お陰で全滅せずに済んだぜ！」

生き残った歩兵達からも歓声が上がる。

「まだ安心するのは早い。敵歩兵は未《いま》だ健在だ、戦列を組み直せ！」

中隊長の号令と共に、いそいそと横隊を組み直す歩兵達。

エリザベスは勝利の実感が湧いてくるまで、暫くの間、ぼーっと只立ち尽くしていた。

その後、有翼騎兵《フッサリア》と重騎兵を失ったノール軍は、残存歩兵による突撃を敢行した。

一部戦線でオーランド戦列を突破するなど、孤軍奮闘を見せたノール歩兵であったが、最終的には臨時カノン砲兵団の集中砲撃により士気崩壊を起こし、潰走した。
すぐさまパルマ軽騎兵中隊が掃討作戦を実施したが、残存する有翼騎兵《フッサリア》に追撃を阻まれ続け、ついに掃討作戦は有効な戦果を上げられないまま終了した。

◆

【第二次パルマ会戦：戦果】

―オーランド連邦軍―
パルマ駐屯戦列歩兵連隊　５４１名→２２１名
リヴァン駐屯戦列歩兵連隊　１３００名→８６４名
パルマ軽騎兵中隊　65騎→55騎
臨時カノン砲兵団　５門→５門
死傷者数：７６６名

―ノール帝国軍―
帝国戦列歩兵第四連隊　１３４８名→５９６名
帝国重装騎兵大隊　88騎→４騎

有翼騎兵大隊　100騎→61騎
死傷者数：875名

◆

「……勝ったのね」

「おう、損害的に大勝利とまでは行かないが、パルマを奪還できたから戦略的には勝ちだな」

夕日に照らされた戦場で、エリザベスとイーデンが砲兵の撤収作業を見つめながら話していた。

「正直、甘かったわ」

「あ、何がだよ？」

ぐぃーっ、と伸びをするエリザベス。

「全部よ全部。戦闘に対しても、兵士に対しても、戦術に対しても、何もかもよ。私の覚悟が甘かったわ」

紺のペティコートは煤と灰の斑模様《まだら》に変わり果て、銀髪も煤けた灰色になったエリザベスを見つめるイーデン。

「そうか……まぁ、大分らしい格好にはなったと思うけどよ」

イーデンの言葉には反応せず、代わりに自分の髪をくるくると指で弄るエリザベス。

俺達ごと撃ってくれと叫んだ兵士は、どんな表情をしていたのだろうか。

怒っていたのだろうか、それとも泣いていたのだろうか。

「パルマを頼む、ね……」

ラーダ人の自分にそんな事を頼まれても困る。ただ、彼らの文字通り一生に一度のお願いを無下にする訳にも行かない。そして何より、彼らを殺したのは他でもない自分自身だ。

死人に寄り添った所で、答えが出て来る筈も無かったが、あれこれと考えずにはいられなかった。

有翼騎兵《フッサリア》の突撃をもう少し早く感知出来ていたら。

もう少し、早く装填が完了していたら。

一門でなく、二門の大砲を持ち出していたなら。

「……イーデン」

「な、なんだよ？」

「正式にパルマ軍に士官候補《カデット》として入隊するにはどうしたら良いの？」

「どうしたらって、そりゃあ……パルマ領主様に士官候補《カデット》として直接登用してもらうか、さもなくばオズワルドみてぇに連邦士官学校に入学して、パルマ地方への配属希望を出すかだな」

「どうしたらパルマ領主様に認められる？」

「おいおい、急にどうしたんだよ？　やけに直球に聞いて――」

「カロネードご令嬢殿！　パルマ辺境伯閣下より召喚令状が発布されましたぞ！」

オズワルドが封蝋付きの手紙を掲げながら走り込んできた。いい加減この煩《うるさ》さにも慣れてきたイーデンは、へいへいと手紙を受け取り、内容を黙読する。

「どうしたらパルマ領主様に認められるか、だったか？」

そう言うとイーデンは手紙をエリザベスに手渡す。

「何よこれ？」

言われるがままに手紙の内容に目を通すエリザベス。そこには、パルマ領主の名に於《お》いて、カロネード姉妹に褒賞を与える旨の記述が認《したた》められていた。

「これって……」

イーデンの顔を見つめるエリザベス。

「良かったな、既に認められてるじゃねぇか」

そう言うとイーデンは、久しぶりに甲高い咳のような笑い声を漏らした。

「……ふふん！　望むところよ！　領主様とやらのツラを拝んでやろうじゃない！」

エリザベスは受け取った手紙を振り回しながら、砲清掃中のエレンの元へ駆けていった。

パルマの街が、夕陽に沈んでいく。

第二章：白鉛の街―パルマ―

第十話：パルマ凱旋

第二次パルマ会戦から一週間後。

パルマ市の西門は、リヴァン市から凱旋《がいせん》してきたパルマ軍兵士達と、彼等を祝福せんとするパルマ市民達でごった返していた。

「……凄い人の数ね。東部オーランド随一の都市と言われるだけの事はあるわ」

馬に跨るエリザベスが、驚きのあまり声を漏らす。

軍楽隊の伴奏付き凱旋パレードは、西門からパルマ中央通りを抜け、市中心部にあるパルマ市庁舎前まで行進する手筈になっていた。

中央通りの両脇は既に熱狂するパルマ市民達で埋まっており、中には建物の屋根から凱旋パレードを見物しようとする者まで現れていた。

「お姉ちゃん見て見て！　パルマの人からまた花飾り貰っちゃった～！」

シロツメクサの花冠を頭に被り、バラの花輪を両腕に持ちながら、馬上で市民達の歓声に手を振るエレン。

「この調子だと、市庁舎に着く頃には花まみれになってそうだな。これ以上花が増えると手綱が見えなくなるから勘弁してくれ」

エレンと同じ馬に跨ったイーデンが呟く。エレンは乗馬の経験が無い為、イーデンの馬に相乗りさせてもらっている。

「相乗りするならベスとの二人乗りの方が良かったんじゃねえか？」

「これでいーの！」

両手に持ったバラの花輪をイーデンに押し付けながら、プイと前を向くエレン。それと同時に、エリザベス達の後方から一層の大歓声が聞こえてきた。

「パルマ軽騎兵中隊が入場したみたいね」

「あぁ。大方の予想通り、ヒーロー扱いみたいだな」

同数の重騎兵相手に圧勝しているのだから、フレデリカ達も殊勲部隊である事に文句は無い。

ただ自分達砲兵も同じ様に、左翼の有翼騎兵《フッサリア》を撃退するという並々ならぬ戦果を上げているのだ。

「……同数以上の重騎兵相手に圧勝するなんて、一体どんな手を使ったのかしらね？」

民衆に向かって控えめに手を振るフレデリカを見ながら、口を尖らせるエリザベス。

「お、どうした、ヤキモチか？」

不満げな顔をしているエリザベスをからかうイーデン。

「別に。どんな機動を用いて勝利したのか、単純に気になるだけよ」

「……こういう時くらい、素直な感情を表に出しても良いと思うぜ。お前なりの矜持《きょうじ》があるんなら止めはしねぇけどよ」

「う、うるさいわね……」

意固地になっている事を見透かされ、恥ずかしさから手綱をギュッと握り込むエリザベス。

「市庁舎まではあとどれくらいなの～？」

「……この行進速度だと、あと一時間くらいは掛かりそうね」

イーデンに質問したつもりが姉から答えが返ってきて驚くエレン。

「え！　お姉ちゃんパルマ来た事あるの⁉」

「そりゃ商人なんだからあるわよ。北方大陸を縄張りにしてる商人で、パルマに来た事ない商人なんて居ないんじゃないかしら？」

「そんなにパルマって凄い都市なの？」

真上を向いてイーデンに尋ねるエレン。

「確かにオーランド北部じゃかなりデカい部類に入る都市だな。俺はパルマ出身じゃないから詳しくは知らんが、錫《すず》の産地として昔から発展してきたらしいぜ。錫の別名から取って、白鉛《はくえん》の街とも呼ばれてるな」

最後に観光ガイドの様な情報を付け加えながら説明するイーデン。

「オシャレな異名だね～！　ちなみに錫って何処から取れるの～？」

「アレだよ、アレ」

イーデンの指差す彼方には、霊峰もかくやと言わんばかりの山々が連なっている。

「アレがアトラ山脈だ。ウチとノール帝国を隔てる自然国境さ。あそこから良質な錫が採れるってんで、ノールが度々ちょっかい掛けてくるんだよ」

「錫は青銅、つまり大砲の原材料になるのよ。ラーダ王国の所有する大砲にも、パルマの錫が多く使われているわ」

錫とノール軍侵攻の関係性が読めてない様子の妹に、姉がフォローを入れる。

「まぁ兎に角、ラーダ王国の大商人令嬢が仰ってるんだから、名実共に大都市って事だな」

「元大商人令嬢、だけどね」

そのエリザベスの言葉を聞いたイーデンがハッとする。

「あぁ！　その件だけどよ。お前、現在の身分について少し考えておいた方がいいぜ。この後パルマ辺境伯閣下に謁見するんだろ？　自分の身分を保証してくれる様に頼んでみたらどうだ？」

「……それも、そうね」

実家を飛び出した小娘の身分など、奉公中の下女よりも低い。浮浪者と大して変わらない存在だろう。二人ともは無理でも、せめてエレンはまともな身分に持ち直してあげたい。

この歓声の最中にもかかわらず、我関せずと道路脇で寝転んでいる浮浪者達を横目で見ながら、パルマ領主へのお願い事について独り言を呟くエリザベス。

「先ずは何よりも士官候補生《カデット》への任官願いでしょ？　それにパルマに在住する市民権も要るし、宅地に住宅は……まぁ兵舎に住めればそれで良し。あとなんかお願いする事あったかしら――」

「ねぇねぇお姉ちゃん！」

「ひひゃあ!?　どうしたのよ急に!?」

突然エレンに木の棒で突っつかれて悲鳴を上げるエリザベス。

「お姉ちゃん、独り言モードの時はこうでもしないと戻ってこないんだもん！」

「い、いきなり突っつくのはやめなさいって！　何度も言ってるでしょ！」

「エレンは何度も呼んでたぜ。相変わらずの没頭癖だな」

久しぶりに心底喫驚した自分自身に驚くエリザベス。急に自分の身体を触られる事だけは、カロネード商会の教育を以ってしても、絶対に慣れる事は無かった。

「ノール軍はどこに逃げちゃったのさ？　昨日フレデリカお姉さんとその辺の話してたんでしょ〜？　教えてよー」

「あぁ、その話ね」

心臓が跳ね上がる程の驚きに対して余りに素朴な質問だった為、あからさまに不機嫌そうな表情になるエリザベス。

「大尉さんの話では、国境のアトラ山脈まで退却したそうよ。クリス隊長さんの小隊が大分深くまで追跡しているみたいね」

「はえぇ、結構後退したんだね。てっきりまだオーランドの何処かにいるもんだと思ってた」

「パルマより東には大きな街もないわ。補給が難しくなるから、一旦自国領に戻ろうって魂胆じゃないかしら」

「へっ、自分達から攻めておいてザマァねぇぜ」

街の彼方に見えるアトラ山脈に向かって、煽る様に手を振るイーデン。

「一度撃退しただけで、あのノール帝国が侵攻を諦めるとは思えないわ。大尉さんも言ってたけれど、第二次攻勢の対策を考えないと！」

「ノールがちょっかい掛けてくる度にそう言ってるんだよ、大尉殿は。いつもの事だよ」

笑いながらイーデンが答える。

「そう言って本当に第二次攻勢が来た例《ためし》がねぇんだわ。大体いつもこの辺りで、ラーダ王国から和平介入の申し入れが来て、停戦ルートだよ」

「……オオカミ少年みたいな事にならなきゃ良いんですけどね」

「不安ならパルマ辺境伯閣下に具申してみたらどうだ？　上手くいけば連邦軍召集を議会に打診してくれるかもしれないぜ？」

「なんで私がそんな事っ――」

自分には関係ない、と言おうとした瞬間。

自分が殺したオーランド兵の後ろ姿が脳裏にフラッシュバックする。


横たわり、穴だらけになった死体。

恨めしそうに自分を見つめる濁った瞳。

仲間の血で赤く染まる葦《あし》。

「うっ……全く、質《たち》の悪い……」

罪悪感を心の底から無理矢理叩き上げられた様な感覚に陥り、少し嗚咽が漏れる。

「……まぁ、言うだけタダだし、具申してみようかしらね」

自分の中にいる何かを宥める様に、エリザベスは呟いた。

◆

同時刻。アトラ山脈、国境峠にて。

「オルジフ・モラビエッツスキ、只今参上いたしました」

甲冑姿のオルジフが、高級将校用の上等なテントの前に佇んでいる。

「来たか、入れ」

テントの中から聞こえてきた声に従い、天幕を捲って踏み込むオルジフ。冷たい雪が降りしきる外とは違い、ランタンが放つ暖かな光が彼を迎えた。

「敵騎兵の追撃阻止任務、ご苦労だった。追撃は撒けたか？」

「はい、二日程前から完全に振り切っております」

テントの中に座る、貴族将校らしき壮年男性がオルジフの仕事を労う。

「……御尊父殿、もとい、モーリス・ド・オリヴィエ連隊長《カーネル》閣下の処分は如何様《いかよう》な物に？」

オルジフが、僅かに申し訳無さそうな声色で尋ねる。

「軍務を解かれ、東方極地開拓の一団を率いることになった。父上の年齢から察するに、もう二度と帝都に戻る事は無いだろう……事実上の流刑《るけい》だよ」

野営用のテントの中では、貴族将校らしき壮年男性が卓の前に座っていた。

色白な顔色と透き通る金髪を持つ彼は、いかにも貴族の御曹司《おんぞうし》らしい出で立ちではある。

しかしながら、些《いささ》か恰幅の良過ぎる体格と、他の男性と比べて少々見劣りする低身長の所為で、本来貴族が纏うべき優雅さや気品といったものが全く感じられない。

「第二次パルマ会戦における敗戦の責は私にもございます。我が有翼騎兵《フッサリア》大隊が右翼の敵戦列を突破していれば、異なる結末もあった事でしょう」

「貴卿がタラレバ話をするとはな。明日は雪が降りそうだ」

「雪ならば、既に降っておりますが……」

オルジフがテントの外に目をやる。

アトラ山脈は年間を通して雪に覆われた豪雪地帯である。現在は夏季である為、そこまで積雪量は多くないが、冬季には通行不能になる程の積雪となる事も珍しくない。

「只の比喩だ。やはりヴラジド人は生真面目《きまじめ》だな」

第二次パルマ会戦の会戦経過を記した報告書を眺めながら呟く貴族将校。

「……敵砲兵の一部が最右翼にも展開していたのは、貴卿にとっても父上にとっても、完全に予想外だっただろうな」

「敵砲兵が友軍相撃をも躊躇わずに散弾を発射してきた事につきましても、私の見込みが甘かったと言わざるを得ませぬ。奴等の覚悟を見誤りました」

貴族将校は報告書から目線を外し、やや厳しい目付きでオルジフを見つめた。

「あれもこれも自責と見做《みな》すのは貴卿の悪い癖だ。ヴラジド軍人としては正しいのかもしれないが、帝国軍人からすれば容易に付け入る隙を与えているだけにしか見えんぞ？」

「ご忠告、痛み入ります」

僅かに頭を下げるオルジフ。

「ただ、オーランド連邦軍の士気の高さは、余としても気になるところではある。あの国の庶民共は、国に対する帰属意識など欠片《かけら》も持ち合わせていないと踏んでいたが……」

「それにつきまして、私からご進言の許可を賜《たまわ》りたく」

「良い、申してみよ」

オルジフは、ポケットから数枚の国旗の切れ端を取り出して、机の上に広げて見せた。

「何だこれは？　全てオーランド連邦国旗の一部の様だが」

「先の会戦で鹵獲した物です。奇妙な事に、敵の中隊、大隊、果ては連隊に至るまで、全てこの連邦国旗を掲げておりました。通常であれば、各隊の隊旗を掲げるべき所かと存じますが……」

ふむ、と報告書を脇によけ、オルジフの言に耳を傾ける貴族将校。

「まるで、オーランド連邦軍の全軍が集結していると言わんばかりで御座います」

「……敵が過剰な印象付けに走っている時は、その逆を疑えと、父上が言っていたな」

左様に御座います、とオルジフが相槌を打つ。

「つまる所、敵はまだ連邦軍を動員出来ていないのではないか、と考える次第で御座います」

あくまで推察に過ぎませぬが、と付け加えるオルジフ。

「いや、良い着眼点やもしれん」

両肘を机に乗せ、絡ませた両手を口元に持ってくる貴族将校。

「もし貴卿の推察が正しいと仮定すれば、あの会戦で戦っていたのは、パルマとその近隣住民を中心に編制された臨時軍という事になるな」

「仰る通りで御座います。練度は未熟なれども、自分達の住む街を守りたいという思いが、士気に直結した物と思われます」

「奴等の士気が高かったのは、愛国心故にでは無く、単に自分の街を守りたかっただけということか……」

暫くの間、目を瞑って思案に暮れる貴族将校。

「……貴卿の進言、褒めて遣わす。その慧眼、オーランド首都攻略への道を照らす光となるやもしれん」

「過分な御言葉、恐縮の極みに御座います」

深く頭を下げるオルジフ。

「さて、善は急げと言う。この儀、早速余から軍団長へ進言してみようではないか。加えて、パルマ軽騎兵の追撃阻止の任についても、大儀であった」

椅子から立ち上がり、冬季外出用の分厚い毛皮のファーコートを手に取る貴族将校。

「それにしても、よく一人で此処までの推論を組み上げたものだな」

「この策には覚えがありましたので」

「ほう、貴卿もこの妙策を使った事があるのか。どこで使った？」

テント出入り口の垂れ幕を捲りながら、振り返って尋ねる貴族将校。対してオルジフは椅子に座したまま、振り返らずに答えた。

「二十年前――」

オルジフが二十年前という言葉を発した瞬間、貴族将校の動きが一瞬止まった。

「貴国《ノール》との戦争の最中《さなか》に、全く同じ手を使い申した」

「……そうか」

貴族将校はそれ以上何も言わず、足早にテントを後にした。

彼が出て行った後、オルジフはテーブルの上で躍るランタンの影を、しばし見つめていた。

「……御尊父殿に代わり、連隊総指揮官への御昇進、心よりお慶《よろこ》び申し上げます。ヴィゾラ伯、シャルル・ド・オリヴィエ閣下」

貴族将校の昇進に対して、祝辞を述べるオルジフ。

しかしてその表情は、極めて無機質な物であった。

◆

ヴィゾラ伯のテントから、程近い林の中。

「これは……不味《まず》いぞ……！」

クリス・ハリソンが、単眼鏡を覗き込みながら悪態を吐く。

第二次パルマ会戦終結から一週間。

ノール帝国軍を欺き、その上で彼らを追跡し続けたクリスの部隊は、遂にアトラ山脈の国境峠にまで到達していたのである。

「フレデリカ大尉殿。やはり貴女はオオカミ少年に仕立て上げられてしまった様です」

クリスの単眼鏡に映し出されていたのは、なにもヴィゾラ伯のテントだけでは無い。

夥《おびただ》しい数の野営テント。

整然と並べられた野戦砲の数々。

ノール帝国領内まで続いているのかと錯覚する様な、戦列歩兵の行進列。

暴力的とまで言える物量を擁《よう》するノール軍野営地が、そこには広がっていた。

イーデンの予想虚しく、ノール軍の第二次攻勢は、既に秒読みの段階に入っていたのである。

第十一話：謁見！　パルマ辺境伯

市内中央に鎮座するパルマ市庁舎。

その名の通り、市政に関わる業務が遂行されるこの建物は、領主の家としての役割も備えていた。

郊外に建てていれば大層目を引いたであろうこの市庁舎も、パルマ中央広場に門を構える錚々《そうそう》たる建物群と一緒に置かれては、些か小さく見えてしまう。

事実、市庁舎と軒を連ねる都市貴族の屋敷の方が高さは上であり、そのまた隣に聳える大商人の商館の方が敷地も広い。

しかしそれでも、真っ白に磨かれた大理石造りの市庁舎からは、他の建物には無い荘厳な雰囲気が醸し出されていた。

「エリザベス・カロネード殿！　同じくエレン殿！　両名ご入来！」

使用人の仰々しい物言いと共に、パルマ領主の執務室へと入るカロネード姉妹。

顔を下げたまま執務室中央まで進むと、二人はドレスの裾《つま》を摘みながら片膝をついた。こなれた様子のエリザベスに対し、エレンは些かぎこちない。

「この度は、生まれ貴き辺境伯閣下の御尊顔を拝し、幸甚に存じますわ」

「……顔を上げなさい」

パルマ伯の声と共に顔を上げるエリザベス。そこには椅子に腰掛け、両脇に衛兵を侍らせたパルマ辺境伯の姿があった。

声色から察してはいたが、領主にしてはかなり若い。フレデリカとそう変わらない歳だろう。加えて驚くべき事に、パルマ辺境伯は辺境女伯であった。

「……恐れながら、生まれ貴き辺境女伯閣下でいらっしゃるとは存じ上げませんでした。先程の言を訂正致しますわ」

「それ如き些事、構いません」

「お言葉、痛み入ります」

後ろで纏めたブリーチブロンドの髪に薄緑の瞳、貴族らしく透き通った肌。領主様、というよりはお姫様の風貌だ。やや伏し目がちなのは緊張からだろうか。

「先の第二次パルマ会戦では自ら進んで前線へと赴き、敵重騎兵の撃退を成し遂げたと聞いています。ラーダ人の身でありながらパルマ奪還に尽力してくれた事、大変嬉しく思います」

「かような御好評を頂戴し、有難き幸せに存じますわ」

威厳のある、ゆっくりとした声色で、抑揚を抑え込む様に話すパルマ女伯。少し喋り辛そうにしているのは、この様な声色で話す事に慣れていないからだろうか。

年齢の若さといい、フレデリカに騎兵士官になってくれと泣きついたエピソードといい、本来はもっと温和な性格なのではないか、とエリザベスは推察した。

「余、パルマ辺境伯アリスシャローナ・ランドルフの名において、貴殿両名に褒美を取らすものとする」

深々と頭を下げるカロネード姉妹。

「貴殿に褒美の如何《いかん》について望みがあれば、この場で申してみなさい」

向こうから本題に切り込んで来てくれた為、心の中でガッツポーズをするエリザベス。

「はい、閣下の御高配に拝して、畏れながら言上《ごんじょう》奉りますわ」

「善し、申せ」

「一つは、私共にパルマ市民権の授与を賜りたく――」

「いいでしょう。それだけの助力に値する働きをしてくれましたので」

「……え？　あ、有難う御座いますわ！」

あっさり了承してくれた事に焦りつつも謝辞を述べるエリザベス。

この方は、外国人に市民権を与える事の重要性を理解しているのだろうか。頼んだ側とはいえ、一抹の不安を覚えずにはいられない。

「恐縮ながら加えてもう一つ、私エリザベスを砲兵士官として登用して頂きたく――」

「いいでしょう。先の会戦でその実力は十分に発揮してくれたでしょうから」

「……有難き幸せに存じますわ」

先ほど抱いた一抹の不安が、次第に不信感へと変貌していく。

「最後に、此度《こたび》のノール帝国軍による侵攻に備える為、構えて申し上げます。どうか、オーランド連邦軍の正式編制を、連邦議会へご進言頂きたく――」

「いいでしょう。どちらにせよ、連邦議会には近々オーランド連邦軍の編成を直訴しにいくつもりでした」

余りに、余りにも都合が良すぎる。

巨大な不信感を抑えきれなくなったエリザベスは、とうとうパルマ女伯に食って掛かった。

「……あ、あの、閣下？」

「如何されました？」

エレンも流石に不穏な気配を悟った様で、不安そうな表情でエリザベスを横目で見つめてくる。

「わたくしの所望を悉《ことごと》く聞いてくださり大変恐悦至極なのですが、その……もしや、わたくしめに何か代償の様なモノを期待していらっしゃいますでしょうか？」

「……代償ですか？」

エリザベスが代償という言葉を発した瞬間、今まで伏し目がちだったパルマ女伯が、初めてカロネード姉妹を真っ直ぐ見据えた。

その顔は確かに笑っていた。しかしながら、彼女の強烈な三白眼と細目の所為で、微笑みとは程遠い表情に成り果てていた。強いて言えば、獲物を前にした獣、或《ある》いは対象を追い詰めた者から溢れる様な、嗜虐的な笑みを浮かべていたのだ。

「察しがいいですね。勿論、代償は頂きます」

パルマ女伯の目が、見る間に鋭くなっていく。

嗜虐的な三白眼の眼差しに晒され、エレンは蛇に睨まれた蛙の様に縮こまっている。

「ラーダ王国の父の元へ強制送還されたくなければ――」

ここでエリザベスは漸《ようや》く理解した。彼女が本当に与えたかったのは褒賞などでは無い。

「余の命令に従いなさい。いいことね？」

服従だ。

「閣下、恐れながら申し上げま――」

ドン！　と衛兵が槍の石突《いしづき》を地面に叩き付ける音が部屋中に響く。その脅迫的な音に恐怖したエレンが小さく悲鳴を上げる。

「失礼、返事が聞こえないのですが」

「……承知致しましたわ」

さしものエリザベスも、完全に場の主導権を握られている状態では、大人しく頭を下げる他無い。

「大変結構。では早速ですが、余から第一の命を下します」

口元を扇で隠すパルマ女伯。おそらく笑っているのだろうが、目付きのせいで一層邪悪な印象を受ける。

「余は明後日、連邦首都タルウィタに向けて出立します。姉の方は余に同行しなさい」

扇を畳んでエリザベスに指図するパルマ女伯。

「恐懼《きょうく》ながら、かかる命を発する意図をお尋ねしたく」

「貴殿の願いを叶えてやろうと言っているのです」

貴族にしては珍しく、歯を見せて笑うパルマ女伯。目つきの悪さも相まって、悪人面に更なる拍車が掛かる。

「タルウィタ連邦議会における限定発言権を貴殿に授けます。連邦軍編制の進言中、折を見て余の掩《えん》護《ご》をする事。その儀よろしくて?」

「……承知致しました」

心の中で舌打ちをしながら、エリザベスは頭を垂れた。

◆

謁見後、パルマ市郊外に位置するパルマ軍兵舎にて。

「んあああああ悔しいいいいいいい！！！！」

水に濡らした雑巾をフルパワーで絞り上げるエリザベス。

「その様子じゃ、流石のベスもパルマ女伯相手にゃ分が悪かったみたいだな」

ヒッヒッヒと笑いながら、部屋の窓を全開にするイーデン。

カロネード姉妹は、つい先程あてがわれた士官用寝室の掃除を行っていた。長い間使われていなかった為、床にはホコリのミルフィーユが出来上がっており、部屋の四隅には蜘蛛の巣が張っている。

「ズルいわよアイツ！　最初はいかにも自信なさげな箱入り女領主を装っておいて、こっちの要望と弱みを握った瞬間に本性を出しやがりましたわ！」

べしっ、と床に雑巾を叩き付けると、そのまま足を使ってゴシゴシと床の拭き掃除を始めるエリザベス。

「私もパルマ様にちょっと苦手意識ついちゃったかも……えへへ」

箒《ほうき》に体重を預けながら、力無く笑うエレン。

「パルマ女伯は十二歳で先代から所領を継いでるからな。色々と経験してきた結果があの性格らしいぞ？」

「ふん！　あの目つきの悪さも、色々と経験してきた結果なのかしらね。あそこまで強烈な三白眼を備えてる人、初めて見たわ」

「やっぱ目付きの悪さは印象に残るよな。あの性格も相まって、領邦領主達の間ですら中々の曲者扱いされてるって噂だぜ」

そこまで言い終わると、イーデンは一度大きく咳き込んだ。エレンが箒で地面を掃く度にホコリが部屋中に舞い上がっている。

「あぁチクショウ、想像以上にホコリまみれだな。エレン！　やっぱ掃き掃除は後にした方がいいぞ。先に拭き掃除やらねぇとホコリに殺されるかもしれん」

「うぃ。雑巾取ってくるー」

扉が閉まらないように箒をつっかえ棒代わりにすると、エレンはドタドタと廊下を走り去っていった。

「でもまぁ良かったじゃねぇか。お望み通り、晴れて士官候補生《カデット》になれたんだからよ。しかも市民権まであるなら、この街に定住することだって可能だぜ？」

「定住って言うよりは、縛り付けられたって感じね。謁見の終わり際に領主命令も受けちゃったし。はぁめんどくさ……」

足で床を拭く事に限界を感じたエリザベスは、溜息を吐きながら膝を折った。

「領主命令？」

「そう、パルマ領主様直々のお願い。単刀直入に言うと、領主様と一緒に連邦議会に出席することになったわ」

「同行って、お前が？　連邦議会に？　パルマ女伯と？」

珍しく目を丸くして問いただすイーデン。

「ええそうよ。オーランド連邦軍の動員を議会へ提言する為に、私の証言が必要みたい」

「なんだってベスがそんな役目を負うんだ？　証人が必要なら他に沢山適材がいそうなもんだが」

「私に聞かれても困るわよ、領主様には何かしらの意図があるんでしょうけど……あと突っ立ってないで貴方も掃除手伝いなさいよ」

「あぁスマンな。正式に士官候補生《カデット》となったからには、おいそれと手伝うことは出来ねぇんだわ。自分の力で頑張りな」

腕を組みながら、ひらひらと手を振るイーデン。エリザベスは口をパクパクさせながら何か物申そうとしていたが、結局何も発する事無く口をつぐんだ。

エリザベスが暫くせっせと雑巾掛けをしている間、イーデンは冷やかし混じりに彼女を見つめていた。

「……これで大体床はキレイになったかしら。にしてもエレンは遅いわね、雑巾取ってくるだけでなんでこんな時間が掛かって――」

「イーデン隊長殿ー！」

ドタドタと足音を響かせながら、エレンを小脇に抱えたオズワルドが部屋に突入してきた。

「隊長殿！　こちらへ向かう最中、エレン《こいつ》が無断で大砲倉庫内に立ち入っている所を目撃した為、取り急ぎ確保してまいりました！」

「ごめんなさい～っ！　もう勝手に入らないから許して～！」

オズワルドの小脇に抱えられながらジタバタと暴れ回るエレン。

「おお、捕獲ご苦労だった。丁度こっちも探してた所だ」

「ご、ごめんなさい。好奇心が抑えられなくて、つい……」

床に下ろされたエレンが深々と頭を下げる。

「あんたホント大砲見掛けるとお構いなしに突撃して行くわね……じゃあ罰としてコレあげるわ。床はもうやったから後は壁をお願いね」

「うへぇ、わかりましたぁ」

渋々エリザベスから雑巾を受け取ると、エレンは両手に雑巾を持って壁を拭き始めた。

「よし、そんじゃオズワルド、あとは頼んだぞ」

「承知致しました！」

「ちょ、ちょっと！　どこ行くのよ？」

部屋を出て行こうとするイーデンを引き止めようとするエリザベス。

「士官候補生《カデット》の教育だったら、俺よりもずっと適任な人物が居るからな。そうだよな？　オズワルド」

イーデンに肩を叩かれたオズワルドが、二人の間に仁王立ちの姿勢で割り込む。

「イーデン隊長殿より、貴様の教育役を申し付けられたのだ！　士官候補生《カデット》となったからには今後一切の手加減はせんぞ！　覚悟するが良い！」

フハハハハ！　と腰に手を当てて高笑いするオズワルド。

「うぎゃあ！　それマジで言ってますの⁉」

逃げようとするエリザベスの襟首を掴み上げるオズワルド。

「言い訳無用！　さあ来い！　掃除はエレン殿に任せておけ、歩兵中隊長殿がお呼びだ！　先ずは挨拶に向かうぞ！」

オズワルドに半ば引きずられる様な形で、廊下の奥へと消えて行くエリザベス。

「お姉ちゃん頑張ってね～！」

雑巾をハンカチの様に靡《なび》かせながら、連行されていく姉を見送るエレン。

「……んで、エレンはこの後どうすんだよ？　いつまでも俺の従卒って訳にはいかねぇぞ？」

イーデンから、自分の今後の立ち位置について質問されたエレンは、雑巾を手でクルクル振り回しながら唸り込んだ。

「うーん。どうしよっかな……お姉ちゃんに着いて行きたい気持ちは山々なんだけど、かといって軍人になるのはあんまり気が向かないんだよね～」

「まぁ、そんな所だろうなと思ったぜ」

顎鬚《あごひげ》を掻きながらニヤニヤと笑うイーデン。

「大砲は好きだけど軍人にはなりたくない……そんなワガママなエレン嬢に最適な職種があるぜ。砲兵輜重隊《しちょうたい》って知ってるか？」

「砲兵しちょうたい……？　なにそれー？」

顎に手をやり首を傾《かし》げるエレン。

「砲兵専用の補給部隊みたいなモンでな。民間人が軍務を担当できる数少ない役職の一つなんだぜ？　砲とか弾薬車を牽引したり、弾薬とか大砲の点検を行うのが仕事だな」

「それって砲兵さんの仕事なんじゃないの？」

「砲兵の本業は大砲を撃つ事だからな。砲兵が本業に集中できる様に、砲兵輜重隊が周りの世話を行う感じだぜ。どうだ？　姉様をサポートしたい今のお前にピッタリな仕事だろ？」

いつもと違い、やけに推しの強さを全面に出すイーデン。対して、うーん、と腕を組み、イーデンをじっと見つめながら考え込むエレン。

「イーデンおじさ～ん。なんか私に隠し事してな～い？」

意地悪に笑いながら、猜疑心《さいぎしん》を宿した瞳をイーデンに向けるエレン。

するとイーデンは観念した様に、一枚の求人紙をエレンに見せた。

「相変わらず勘の良い姉妹なこって……実は今、砲兵輜重隊が深刻な人材不足に陥っててな。読み書き計算が一通りできる奴を探してんだ」

砲兵輜重隊隊員求む！　と題された求人紙には、応募要件や待遇、名前の記入欄等がアレコレと記載されていた。

「火砲知識があって読み書きも出来るお前が必要なんだ！　入隊してくれ！　頼む！」

「んふふ～！　良いよー！」

口元を手で押さえながら、クルクルとその場を回るエレン。

「んじゃ、明日は練兵場に六時に来てくれ。砲兵達と一緒に授業開始だ」

はーい！　という耳触りの良い返事と共に、エレンは部屋の中へ消えていった。

扉がバタンと閉まるのを見届けた後、イーデンはジャケットの内側を探りながら廊下を歩き始めた。

「おっと、ベスからパイプ返してもらうの忘れてたな」

一寸《ちよつと》立ち止まり、エリザベスが消えていった廊下の角を見つめる。

「……火気厳禁ねぇ」

頭を掻きつつ、再び歩き始めるイーデン。

「しばらく禁煙続けてみるか……」

まんざらでもない表情を浮かべながら、イーデンは呟いた。

第十二話：タルウィタへの道

謁見の翌々日。

パルマを出立した女伯御一行は、最初の中継地点であるリヴァン市内へと差し掛かっていた。パルマから首都タルウィタへは五日程度の道のりである為、途中途中の町を中継しながら進んで行く手筈となっている。

市内を進む白塗りの馬車は、フレデリカ率いるパルマ軽騎兵達によって周囲を固められている。少しでもおかしな動きをすれば、直ちにサーベルの切っ先を顔面に突き付けられる事になるだろう。

それを察してだろうか、道行く人々は面倒事など御免だと言わんばかりに馬車を避け、道脇をそそくさと通り過ぎていく。

「…………」

エリザベスは神妙な面持ちで馬車の外を眺めながら、対面に座《おは》す御仁、パルマ女伯へ投げ掛ける会話のネタを探していた。

「…………」

パルマから此処まで、おおよそ半日の道のりであったのにもかかわらず、この御仁とは一度も言葉を交わせずにいる。先に話し掛けるのも何だか癪《しゃく》な気もしたので、向こうから話し掛けられるのを待っていたが、一向にその気配もない。

トントン、と無意味に足音を鳴らしてみるが、全く興味を示さない。魂をパルマに置き忘れてきたのだろうか。

わざとらしく咳払いをしてみても、目を閉じたまま、お利口さん座りを崩そうとしない。

存外、単に寝ているだけなのかもしれない。

「……目を閉じてる分には美人ですわね」

「目付きの悪さは生まれつきなので、勘弁願いたいですね」

急に目と口を開くパルマ女伯。当人にその気は無いのだろうが、睨んでいる様にしか見えない。

「お、起きていらっしゃったのですわね……」

「ぇぇ起きていましたよ。余に話し掛けようとしては思いとどまり、無意味な音を響かせて余の気を引こうとしたり……歳の割に大人びていると思っていましたが、年相応の部分もあるのですね」

久方ぶりの子供扱いを受け、背中を虫が這い回る様なむず痒さに襲われるエリザベス。

「コホン。わたくしは他でもない閣下の願いにより、致し方無くこの儀に同行しておりますわ。もう少しお心遣いの気持ちを持って頂けますと幸いですわ」

出来る限りの笑顔を心掛けながら、子供扱い発言に対して苦言を呈するエリザベス。

「直接的な表現を避けながら自分の要望を伝えるのが上手ですね。〝そっちから話し掛けてくれないので拗《す》ねちゃいました〟と自分の気持ちをハッキリ伝えても良いんですよ？」

「なッ――!?」

思わず立ち上がろうとした自分を理性で押さえつけるエリザベス。

「勢いに任せて罵詈雑言を並べない点は立派ですね。流石は名門カロネード商会の御令嬢です。おっと、元御令嬢でしたか」

口に手をやりつつ、大して失言とも思っていない態度で話すパルマ女伯。

なぜこの御仁は一々煽る様な物言いをしてくるのか。

「……辺境伯には変わり者が多いと聞いておりましたが、閣下も中々で御座いますわね」

目を細め、口に手を当てながら、お返しにとパルマ女伯をおちょくろうとする。

「いえいえ、それほどでもありません。わざわざ大商人の娘という安泰な地位を捨て、あろう事か軍人になりたいと言い散らかしている方に比べれば、余など凡人に過ぎません」

「こ、こんのッ――！」

拳を振り上げようとした所で、自分が相手のペースに完全に呑まれている事に気付く。同じ轍《てつ》は踏むまいと、パルマ女伯の目の前で一度、大きく深呼吸をするエリザベス。

「……ええ、不本意ながら変人である事は認めて差し上げますわ。同じ変人同士、仲良くしたいものですわね」

そう言ってまた馬車の外に顔を向けるエリザベス。その様子を見たパルマ女伯は、何かに満足したのか大きく頷いて見せた。

「やはり、貴女を連れてきて正解でした」

顔を合わせずに、目線だけをパルマ女伯に合わせるエリザベス。

「己の意見を堂々と述べる豪胆さ、かといって感情的になり過ぎず、己を自制する思慮深さ。本件の証人として大変相応《ふさわ》しいです」

何やら自分が褒められている事に気付き、背けていた顔を戻す。

「……先程までの言動は、私の忍耐力を試す為の狂言でして?」

「いえ、普通に本心です」

再びそっぽを向くエリザベス。

「ただ、貴女を高く評価しているのも本心です。お父様も優秀な娘さんを失って、さぞお困りの事でしょう」

そう言うと、一枚の手紙を差し出すパルマ女伯。そこにはエリザベスにとって、忘れようの無い紋様の封蝋が押されていた。

「カロネード家の紋章に、これは……お父様の筆跡ですわね」

文字を指でなぞりながら、手紙の内容を読み込んでいくエリザベス。

「謁見の数日前、余の元にカロネード商会からの使者が訪ねて来ましてね。エリザベスという名の少女が訪ねてきたら、即刻引き渡す様にと言われました」

「それで、閣下は何と答えたんですの？」

目線を手紙に落としたまま、エリザベスは尋ねる。

「無論、知らぬ存ぜぬを通しました。カロネード商会の嫡子という逸材を、みすみす引き渡すのは大変惜しいので」

窓縁に肘をつき、扇を煽ぎながら話すパルマ女伯。

「それはそれは。高く買って頂き光栄に存じますが、生憎今の私には、カロネード家の名誉も財産も、権利も一切御座いませんの」

「いえ、そうでもありませんよ。手紙の最下部を読んでみてはいかが？」

言われて最下部に目を落とすエリザベス。

「エリザベスを無事に当商会へ引き渡しせしめたる際は、御礼の品として、一門の野砲を含む小火器を無料にて進呈せしめんとするもの也《なり》……」

眉間に皺を寄せて、パルマ女伯を見つめるエリザベス。

「わたくしと引き換えに、カロネード商会から武器を仕入れるおつもりですの？」

「ええ確かに、一人の家出娘を送り返すだけで火砲やマスケット銃が手に入るのなら、上々ですね」

そう言うと、挑発する様な目付きでエリザベスを睨むパルマ女伯。対するエリザベスも負けじと睨み返す。

十秒程度の沈黙の後に、パルマ女伯が突然扇で顔を覆い隠した。

「ぷっ！　くく……コホン、失礼。余りにも可愛らしい睨み方でしたので」

初めてパルマ女伯の笑い声を聞けた驚きと、単純に馬鹿にされた事に対する不満が同時に押し寄せ、一時呆気に取られるエリザベス。

「安心なさい。貴女の知識と手腕には百砲千銃の価値がある事を余が保証します。たかが一門の火砲如きと交換する気など、最初から毛頭ありません」

「……言葉の飴と鞭《むち》の使い方がお上手ですわね」

溜息を吐きながら、手紙を返すエリザベス。

「おやおや、今の言葉も本心ですのに。もっと言葉を額面通りに受け取ってもいいんですよ？」

どの口がそれを言うか、と口答えしそうになったが、なんとか心の内に飲み込む事が出来た。

思っている事を全部出し切ったのか、その後暫くの間、二人は押し並《おな》べて沈黙を守っていた。しかしいつかの時と同じ様に、ついにこの空気感に耐えられなくなったエリザベスが口を開いた。

「エレンの事について、その使者は何か言及しておいでだったかしら？　手紙には私の事しか言及されていない様ですので」

「……聞きたいですか？」

先程までのパルマ女伯であれば、遠慮無くズケズケと答えそうなものだが、今彼女は明らかに言い淀む素振りを見せた。

「おおよそ、予想は出来ておりますわ。気遣いは無用ですわ」

「なるほど」

一人で勝手に納得したパルマ女伯は、扇をピシャリと畳み、ゆっくりと答えた。

「妹《エレン》は不要、と。そう言っていました」

あぁ、やはり。

「……そうですか」

私は父が嫌いだ。

◆

「なるほど、だから貴女とエレンは異母姉妹なんですのね。ようやく合点が行きました」

自分の出自について一通りパルマ女伯へ話し終えた辺りで、丁度今日の宿泊先である小さな町に到着した。

「閣下、本日の宿泊先に到着致しました。既に町長へは話を通しております」

ノックと共に馬車の扉が開かれ、フレデリカが女伯に手を差し伸べる。女伯は無言でフレデリカの手を取りながら、未舗装の土埃《つちぼこり》が舞う地面に降り立つ。

女伯に続いてエリザベスも下車してみると、目の前には町の規模と比べても不釣り合いに広大な別荘地が広がっていた。

下馬が完了した騎兵数名に、女伯の護衛任務を言い渡した後、フレデリカはエリザベスをちょいちょいと手招きした。

暫く無言でエリザベスの前を歩くフレデリカであったが、周りに人気《ひとけ》が無い事を確認すると、急に踵を返してエリザベスに振り返った。

「な、なんですのっ⁉」

フレデリカは、咄嗟に身構えるエリザベスの頭を優しくポンポンと撫でた。

「士官候補生《カデット》への昇進、おめでとう」

腰を屈め、エリザベスと同じ目線に立ちながら祝辞を述べるフレデリカ。

「……あ、有難うございますわ」

いきなり銃でも向けられるのではないかと考えていた自分が急に恥ずかしくなり、顔を赤らめるエリザベス。

「きゅ、急に人気のないところに呼び出すんですもの！　とても驚きましたわよ！」

「いやぁ、警戒させてしまったのなら済まない。部下の前では部隊長としての威厳というものがあってな……おや？」

エリザベスが腰に下げている短銃が目に留まるフレデリカ。

「売らないでいてくれたとは嬉しいな。義理堅い商人……いや、もう軍人か」

売っても良いと口では言っていたが、やはり彼女にとっては大事な物だった様で、ホッとした表情を見せるフレデリカ。

「この時代にホイールロック式ピストルなんて骨董品を所持しているなんて、何か事情があっての事だと思いましたの。誰かから頂いた物なのではなくって？」

ピストルを腰から引き抜き、両手で持ってフレデリカに差し出す。

「その通りだ。これは騎兵中隊長への昇進記念に頂いた物だね」

「まあ、そんな大事な物を……大尉殿にこちらを贈呈した方は、さぞ心優しい御仁だったのでしょうね」

心優しい御仁、という言葉を聞いたフレデリカは、ふふっと笑いを漏らした。

「パルマ女伯の事を〝心優しい御仁〟と評する人に会ったのは初めてだな」

「あっ……女伯閣下からの頂き物なんですのねぇ～」

先程までの女伯の振る舞いを思い返してみても、流石に心優しい御仁とは口が裂けても言えない。

「その顔から察するに、馬車の中で一悶着あったようだな。閣下と話した人は皆、君と同じ様な反応をするんだ」


前言を撤回するのも居心地が悪いので、微妙な笑顔と愛想笑いでやり過ごそうとしたが、彼女には見透かされていた様だ。

大事なものであるならばと、ピストルをフレデリカに返却しようとしたが、手振りで遠慮されてしまった。

「……それほど大事なものを私なんぞに授けたとあっては、女伯閣下がお怒りになりますわよ？　残念ながら、私は女伯閣下からあまり好かれていないようですので」

「好かれて、ない？」

キョトンとした顔を見せたかと思えば、エリザベスの背中を軽く叩くフレデリカ。

「閣下は、自分が信頼した人しか馬車に乗せる事を許さないんだ。あの馬車で閣下と二人きりになれるって事は、とても信頼されてるって証拠だよ？」

「そう言いましてもね。とても私を好いている様な態度には見えませんでしたけども……」

「まぁ、私が言えた義理じゃないが、閣下は自分の感情を表に出すのを嫌がるからね」

今夜泊まる予定の宿舎を指差しながら歩き始めるフレデリカと、その後ろを早歩きで追いかけるエリザベス。

「正直、意地っ張りな所とか、人に弱みを見せようとしない所とか……君と閣下の性格は結構似ていると思うぞ？」

「あ、あんな嫌味ったらしい女貴族に似てるだなんて言われるのは心底心外ですわッ！」

エリザベスの抗議を微笑混じりに受け流しながら、小気味よい半長靴の音を響かせるフレデリカ。

この人は何を言われても、飄々《ひょうひょう》と受け流してしまう度量の広さを持っているのだろう。

自分に向けられる言葉の節々を一々気にしてしまうエリザベスにとって、フレデリカの性格は羨ましい限りだった。

「……そういえば、第二次パルマ会戦で大尉殿が率いる軽騎兵《ハサー》は、同数の重騎兵相手に圧勝したんですのよね？」

肩で呼吸をしながら、フレデリカの背中に質問を投げかける。身長も歩幅も全く違うせいで、エリザベスは常に早歩きをしないと彼女に追いつけない。

「別に大した事はしてないよ。中隊を二つに分割して、常に一方が追う側、もう一方が追われる側になる様に部隊を動かしたんだ。後は付かず離れずの距離で馬上射撃を浴びせ続けたよ。重騎兵は馬上射撃戦に滅法弱いからね」

懐からフリントロック式ピストルを取り出し、クルクルと指で回すフレデリカ。

「大尉殿はそんな高度な戦術指揮まで出来ますの⁉　スゴイですわっ！」

エリザベスが興奮した様子でフレデリカの周囲をクルッと一周する。

常に敵と一定の距離を保ち続ける。

言葉に起こすと簡単に聞こえるが、相手との距離や移動先の予測を行いつつ、味方部隊に的確な移動指示を出し続けなければならない戦術だ。部隊長に掛かる負担は想像以上のものになる。

加えて騎兵同士の戦闘は、歩兵同士のそれと比べて戦局が読み辛い。

フレデリカは目まぐるしく変わる戦局を常に把握しながら、部下の騎兵達を十全に指揮し続けたのである。

しかも分割した二部隊を同時に指揮するという大変困難な状況だったのにもかかわらず、である。

「未来の軍団長殿にお褒め頂けるとは、大変恐縮だな」

自分の夢をからかっている様にも聞こえたが、不思議と嫌な気持ちはしなかった。

「一体どんな訓練をしたら、そこまでの指揮能力を身に付けることが出来ますの？　是非教えて欲しいですわ！」

エリザベスが自分に追いつこうと必死に早歩きをしている事に気づき、歩くスピードを少し落とすフレデリカ。

「う～ん、そうだねぇ……確かに君の言う通り訓練も大事だけど、やっぱり部下の気持だったり、性格を知る事の方が大事かな」

「ぶ、部下の気持ち？」

具体的な訓練方法を聞けると思っていた矢先、やけに抽象的なアドバイスをもらい、肩透かしを食らった気分になる。

「そう、部下の気持ち。例えばそうだね……先ずは仲間の砲兵達の名前を覚える所から始めてみたらどうかな？」

「な、名前ぇ？」

素っ頓狂な声を上げるエリザベス。

臨時カノン砲兵団には七十名もの砲兵が所属しているのだ。その全員の名前を覚えるのは、何とも骨が折れる作業だ。

「ふふっ、心底面倒臭いといった顔だね。君は閣下と違って感情が表に出やすいから、分かりやすくて助かるよ」

「むぅ……見習い商人時代からよく言われましたわ」

感情をすぐ表に出してしまう商人など、大成するはずも無い。自身が商人に向いていないと思う理由の一つでもある。

「まぁ要するに、自分の部下はどんな人達なのか、それを知るところから部隊指揮は始まるんだ。具体的な戦術知識は後から学ぶ形でも十分間に合うと思うよ?」

そう言いながら、宿舎の一室にエリザベスを案内するフレデリカ。

「警護任務は我々に任せて、今日の所は早めに休むと良い」

ごきげんよう! と言葉を残しながら扉を閉めると、フレデリカは足早に宿舎を去って行った。

エリザベスは、彼女が響かせる半長靴の音が聞こえなくなるまで、何の気無しに扉口を見つめていた。

「みんなの名前ねぇ」

寝袋よりは幾分上等なベッドに横たわると、枕に顔を埋《うず》めるエリザベス。

「そういえば、エレンは人の名前を覚えるのが得意だったわね……」

正直なところ、人の名前を覚える事と部隊の指揮力向上の間には、何の因果関係も無い様に思える。それでも試しにやってみようかと思えるのは、自分がフレデリカに憧れの気持ちを抱いているからなのだろう。

「……帰ったら、エレンに名前を覚えるコツでも聞いてみようかしら」

窓から差し込む西日に妙な寂寥《せきりょう》感《かん》を覚えながら、エリザベスは眠りについた。

第十三話：乗り込め！　タルウィタ連邦議会！（前編）

「おお、ランドルフ卿ではないか！　息災で何よりだ！」

「これはこれはアスター卿。私も今しがた到着したばかりで御座います。貴卿も壮健そうで何より……」

馬車から降りたパルマ女伯が、彼女の知り合いらしき壮年貴族と握手を交わしている。

パルマを出立してから五日目の朝。女伯御一行は、特に何事も無く連邦首都タルウィタに到着していた。

「これが連邦首都、タルウィタ……」

女伯に続いて馬車から降りてきたエリザベスが感嘆の声を漏らす。

馬車から外を眺めていた時から薄々感じていたが、パルマどころか、故郷のリマ市よりも数倍大きな都市だ。

しかも人口過密都市にありがちな、細い曲がりくねった路地や、無理な建て増しによって道路に迫《せ》り出《だ》した住宅といった類いのモノも全く見当たらない。

加えて玉石で整然と舗装された大通りは、馬車が余裕を持ってすれ違える様に幅が広く取られており、都市全体を大きく十字に分割している。街の各所に設けられた給水所から察するに、地中に上水道も通っているのだろう。

この都市が緻密な都市計画に基づいて開発されている事はエリザベスの目から見ても明らかであっ

た。

「タルウィタがこんな大都市だったなんて、完全に想定外だったわ……」

都市中央に横たわる連邦議事堂を見上げながら呟くエリザベス。

「アスター卿、紹介しよう。こちらがエリザベス・カロネード、本日の証人だ」

壮年の貴族にエリザベスを紹介するパルマ女伯。

「おぉ、君が例の砲兵令嬢《カノンレディ》か！」

壮年貴族は頭のビーバーハットを取ると、右手を差し出した。彼の赤髪と赤ら顔が露わになる。

「パルマの小さな英雄と対面出来るとは何たる光栄か。余の退屈な朝を素敵な一時に変えてくれた君には感謝のしようも無い！」

仰々しい挨拶と共に差し出された右手を握り返すエリザベス。金刺繍が施された紋織りのシルクコートと、真っ白な立襟のシャツ。一眼で貴族と分かる服装だ。

「こちらこそ、貴き御仁に英雄と称して頂き、感謝の言葉もございませんわ、サー？」

「リヴァン辺境伯、ジョン＝パトリック・アスターだ。貴殿の第二次パルマ会戦での活躍は、リヴァン市までしっかり届いているぞ。パルマの守り、ひいてはリヴァンの守りとして心強い事この上ない！」

手を握ったまま腕をブンブンと振るリヴァン伯。

「あはは……どうも有難うございますわ」

腕を振られてバランスを崩しそうになりながら礼を述べるエリザベス。

「閣下、もう間も無く議会が開かれます。ご準備の程を……」

「おお、もうそんな時間か。エリザベス嬢、ささやかながら良き時間であったぞ！」

付き人に諭され、エリザベスに別れの言葉を告げながら議事堂内へと姿を消すリヴァン伯。

もしかしたら付き人が気を遣って引き剥がしてくれたのかもしれない。

「……女伯閣下にも良きご友人がいらっしゃる様で、安心いたしましたわ」

「どういう意味ですか？」

パルマ女伯の問い掛けに対し、張りつけた様な笑顔で答えるエリザベス。

「女伯閣下は大変個性的な性格をしていらっしゃるので、貴族のご友人が少ないのではと大変心配しておりましたのよ？」

「……否定はしませんよ。確かに友人と言えるのはアスター卿ぐらいですので」

「あら～！　それはそれは可哀想《かわいそう》ですわねぇ！　わたくしがお友達になって差し上げてもよろしくってよ？」

鬼の首でも取ったかの様にはしゃぐエリザベス。

「平民脳の貴女には想像が付かないかもしれませんが、貴族社会は友人を作る場では無いので」

「へ、平民脳……！」

ストレートな暴言を喰らい、笑顔のまま表情が固まるエリザベス。

そのやり取りを一歩引いて見ていたフレデリカが、二人に聞こえない様に呟いた。

「……仲が良さそうでなにより」

◆

「この度は、本邦各地を治むる領邦領主殿の御臨席を仰ぎ、第二百四十八回、オーランド連邦議会を催す物と致します。特に、遠地よりはるばる御足労頂いた辺境伯のお歴々におかれましては、日々の国防と国境の安寧に身を尽くしている最中の御臨席となりし事、平にご容赦の程を申し上げ奉ります——」

すり鉢状に作られた議事堂の中央で、議長らしき老人が開会の儀を執り行っている。その周りにはオーランド各地を治める領主達、総勢四十名弱が取り囲む様にして、各々の椅子に着座している。

パルマ女伯を含む辺境伯達は、他の領主よりも重要な地位に居る為、最前列に平机付きの椅子が個別に用意されている。

「閣下、あのお爺様はどなたですの?」

隣に座っているパルマ女伯に耳打ちをするエリザベス。一人用の椅子を無理矢理二人で共有している為、とても肩身が狭い。

「タルウィタ市長のオスカー・サリバン。タルウィタ市長は連邦議会の議長職も兼任するのが慣習です」

正面を向いたままパルマ女伯が答える。

「彼は連邦議会に参加できる唯一の平民と言えよう。今回は貴殿もいるゆえ、唯一では無いがな」

すぐ隣の席に座るリヴァン伯が続けて答える。

「さて、通例であれば、領邦領主殿より各地の財政、人口、開発及び治安状況を奏聞《そうもん》し給う所ではございますが――」

エリザベスは市長が話している演説台の奥に、玉座らしき豪華絢爛な椅子が置かれているのに気がついた。

「閣下、あの椅子にはどなたが座られるんですの？」

「あぁ、アレですか。あの椅子には誰も座りませんよ」

不愉快な物でも見せられているかのように、目を逸らしながら話すパルマ女伯。

「誰も座らないんですの？　あんなに立派な玉座ですのに？」

「元々、あの椅子には連邦国王が着座する予定でした」

「連邦国王？　しかし閣下、今のオーランド連邦に王様なんて……」

「左様。カロネード嬢の言う通り、オーランド連邦は建国以来、王無き国として、その国史を歩む事に相成り申した」

仏頂面で続きを話そうとしないパルマ女伯に代わって、リヴァン伯がエリザベスの疑問に答える。

「ええ、存じ上げておりますわ。連邦の元になった小王国の長達《おさ》で構成された貴族議会……今まさに開かれているこの連邦議会で政《まつりごと》を定める、珍しい国家体制だと聞いておりますわ」

絶対王政の嵐が吹き荒れている現代において、議会が国権を握っている国はそう多くない。自分の知る限りでは、立憲君主制を採用しているラーダ王国くらいだろうか。

「その歳でかくも博識とは！　息子の教育役に任命したいくらいだな！」

「リヴァン伯殿、静粛に！」

議長から注意を受け、帽子のつばを掴みながら頭を下げるリヴァン伯。

「なるほど、〝ラーダ王国には〟そういう風に伝わっているのですね」

議長にマークされたリヴァン伯に代わり、今まで黙っていたパルマ女伯が再び口を開ける。

「含みのある言い方ですわね。実際は違うと仰りたいんですの？」

「えぇ、違います。建国当時は、我が国もラーダ王国《貴女の国》を手本として、立憲君主制を採用しようとしていました」

「オーランドが立憲君主制を？　初耳ですわね……」

「知らなくとも無理はありません。立憲君主制構想はすぐに頓挫《とんざ》しましたから」

「頓挫？　どうしてですの？」

「……物分かりの良い貴女なら勘付いてくれると信じていましたが、残念です。正解は――」

「今考えてますから何も仰らないでくださいましっ！」

腕を組んで云々《うんぬん》と自力で考え込む。この御仁から答えを聞いたら負けだ。

「続きまして、各領地の村落共同体における改良式三圃制《さんぽせい》の導入状況、およびジャガイモを始めとする園芸作物の浸透状況につきましてですが――」

議長の話す内容を片耳に流し込みながら答えを探すエリザベス。

「……誰を国王として擁立するかで話が纏まらなかったんですのね？」

「正解です。祖父曰く、誰を連邦国王とするかで議論は紛糾し、一向に纏まる事は無かった様です」

うっすらと埃を被った玉座を見つめながら話すパルマ女伯。

「その結果、妥協の産物としてこの議会制度が誕生したのです。空席の玉座を囲み、責任の所在を有《う》耶無耶《やむや》にしながら、当たり障りのない議題と結論を延々と繰り返す……ここはそんな場所です」

そう話す女伯の表情に変化は無かった。

ただ、腹の奥底から絞り出すような声色には、明らかな怒りと悔しさの念が込もっていた。

「えー、各地財政報告の半ばでは御座いますが、ここで一つ、パルマ辺境伯アリス＝シャローナ・ランドルフ卿より、火急の儀ありと事前に伺って御座います。それではランドルフ卿、こちらへ」

議長に促され、席を立つパルマ女伯。立ち上がる寸前、彼女は小さな声で囁《ささや》いた。

「他でも無いラーダ人の貴女に、この議会の……この国の現状を見てほしいのです。ラーダになり損なった、哀れな国の姿を」

振り返って、自分の目を真っ直ぐ見つめるパルマ女伯。

「そしてどうか、この国を正す為の知恵を貸して欲しいのです。それこそが……貴女を此処に呼んだ理由です」

そこには先程までの三白眼は影も形もなく、確固たる芯の強さを感じさせる、強い瞳のみがあった。

◆

「然《しか》るに、此度のノール帝国によるパルマ侵攻は、明確な開戦宣言と同義であると断じます。この場に居る連邦諸侯の方々へ、今一度服して御願い申し上げます。どうか連邦軍の正式編制にご賛同の程を……」

パルマ女伯が連邦軍編制を訴えている間、エリザベスは周囲を囲む貴族諸侯の様子を観察していた。

「なるほど。女伯閣下が嘆くのも無理ないわね」

居眠りをする者、持参した本を読む者、ひたすら隣と無駄話をし続ける者、中座したまま一向に帰ってこない者。

国境を守る責務がある辺境伯の面々はしっかりと話を聞いてくれているが、周囲の貴族諸侯の中で話を聞いている者は全体の二割も居ないだろう。

「……自分の領地外で起きた出来事については全く興味が無い様子ですのね」

「左様。貴殿も言った通り、周りの貴族達は元々、小国の主《あるじ》だった者達の子孫だ。建国から六十余年経過した今ですら、連邦国としての連帯感は皆無といって差し支えない。余を含む辺境伯達もほとほと困り果てておる」

やれやれ、とリヴァン伯が肩をすくめると同時に、パルマ女伯の陳情が終了した。

「ランドルフ卿、かような過酷極まる状況にもかかわらず本議会へ御臨席頂いたこと、重ねて感謝申し上げ奉ります……さて、オーランド連邦軍の正式編制に関して、どなたか質疑のある諸侯は？」

挙手を促す議長に対して、辺境伯数名から質問が出た。ただ、周りを囲む貴族諸侯は一向に質問する素振りを見せない。

「嘘でしょ……」

彼らが手を挙げないのは、質疑が無いからではない。

単に興味がないのだ。

自分の与《あずか》り知らぬ土地で起きた紛争など、彼等にとっては所詮対岸の火事であり、どうでも良い事なのだろう。

「自国の一部が侵略を受けているのに、なんでそこまで他人事《ひとごと》なのよ……！」

爪が食い込む程に拳を握り込む。これでは命を賭《と》してパルマを守った将兵達が、余りに浮かばれない。

「えー、他に質疑は無い様ですので、これより是非を問う為の投票を――」

「しばし、しばしお待ちください」

議長の言葉を遮るパルマ女伯。このまま投票を行った所で、全会一致は不可能だと彼女は踏んだのだろう。

「……ランドルフ卿、貴卿にはまだ何か、述べ足りぬ儀があると？」

「いえ、述べ足りぬのは余ではありません」

首振り向いた女伯と目が合う。

「事の並々ならぬ重要性を卿らに示さんが為、此処に一人の商人……いえ証人を呼び付けて御座いますす」

立ち上がり、ゆっくりと演説台に向かうエリザベスと、足早に演説台を去る女伯がすれ違う。

「遠慮は無用です。責任は余が負いますので」

好きにやれ。

要するにそういう意味だと、エリザベスは理解した。

第十四話：乗り込め！　タルウィタ連邦議会！（後編）

「只今ご紹介に与りました、エリザベス・カロネードと申しますわ。ラーダ王国出自の身ではございますが、今はパルマ女伯閣下に付き従い、士官候補生《カデット》としての任に就いております」

ラーダの名前を出せば少しは反応してくれるかと思ったが、見込みが甘かった。誰もこちらを向いていない。

事の重大さを語る前に、先ずこちらに意識を向けさせなければ。

「……閣下が連邦軍編制の訴えをしている最中、不躾《ぶしつけ》ながら貴方方の聞く姿勢を拝見させて頂きました」

〝貴方〟呼ばわりに反応した貴族諸侯の何名かが、自分に目を向ける。

「有《あ》り体《てい》に申し上げますと、ラーダ王国の議会とは似ても似つかない有様で御座います。二百四十八回にも及ぶ議会ごっこの果てに、皆様方は何か得られる物は御座いましたでしょうか？」

自分達を侮辱していると確信した諸侯達が、一斉に明確な敵意をエリザベスに向ける。

「あら、皆様やっと私を見てくださりましたわね。光栄ですわ」

敵意でも侮蔑でも何でも良い。相手に理解を促す為には、先ずこちらに関心を持ってもらわないと話にならない。

「皆様私に注目して頂いたところで、恐れながら言上《ごんじょう》奉ります。貴方方はなぜ、自国領土が侵される事に対してそれ程までに無関心なのでしょうか？」

周囲を見回しながら尋ねるが、誰も自分の問いに答えようとしない。

「皆様お口をなくされたのでしょうか？　それとも私ごとき小娘にも反論が出来ないほど堕ちてしまったのでしょうか？」

「エリザベス・カロネード、議長として貴殿に警告します。この場に相応しい言葉遣いと立ち振る舞いを心掛ける様――」

「その言葉を何故あそこで居眠りしている方々に向けないんですの⁉　彼らの振る舞いこそ、この連邦議会に相応しくない立ち振る舞いでしょうに！」

演説台に拳を叩きつけながら叫ぶ。

「侮辱されて何の申し開きもしない領主など、居る意味がありませんわ！　貴方方に領邦領主としての矜持は御座いませんの⁉」

「この小娘言わせておけばッ！　我々にだって算段はあるのだ！」

「ラーダ人がオーランドの国政に口出しをするな！」

「不愉快だ！　その平民を追い出せ！」

ついに貴族諸侯達から怒りの声が噴出する。

「やっと話す気になった様ね。そこな貴方、今言った算段とやらを聞かせて頂けるかしら？」

喧嘩腰でも良い。対話が始まればそれで良い。

「ラーダ王国からの白紙和平提案を待つのだ！　今までもこの様な事態は幾度もあったが、その度にラーダ王国が仲介役を申し出てくれた。今はただそれを待てば良い！」

外周に座っていた一人の貴族から反論が飛ぶ。

「その和平提案とやらを待っている間、ノール軍に蹂躙《じゅうりん》され続ける事になりますが、宜しいんですのね？　貴方の喉元にナイフが突き立てられる前に、和平提案が無事届く事をお祈り申し上げますわ」

「ぶ、無礼な！　私とてオーランド諸侯だ！　我が領地にノール軍がひとたび侵入したとあれば、手勢を率い、剣を抜いて戦う事に一切の迷いは無い！」

「オーランド諸侯を名乗るからには、自領他領問わず、オーランド国内で戦火あらば速やかに救援に駆け付ける気概がある……という事で相違ありませんわね？」

「そ、それは……」

「断言できないのなら、貴方にオーランド諸侯を名乗る資格はありません」

今彼らに足りないのは、自分達はオーランド諸侯であるという当事者意識だ。パルマの会戦は、決して対岸の火事では無い事を思い知らせる必要がある。

「……この連邦軍正式編制の儀は、パルマだけの問題ではありません」

再度、諸侯達の顔を見回しながら、今度は一転して諭す様な口振りで話すエリザベス。

「たとえ自領の戦争では無かろうとも、同じオーランド諸侯が苦境に立たされているのであれば、迷わず援軍を派遣する……それが同じ金葉《きんよう》の旗に集いしオーランド連邦諸侯のあるべき姿だと思いませんこと？」

周りの辺境伯達が大きく頷くのと同時に、エリザベスの語気も徐々に強くなる。

「先程までの無礼な態度についてはお詫び申し上げますわ。しかしながらパルマ市……ひいてはオーランド連邦が今回ノール軍から受けた被害は、私がこの場で申し上げたどんな罵詈雑言よりも酷いものですわ！」

そして締めに向かって声量のスロットルを一気に上げるエリザベス。

「私のオーランド連邦を侮辱する言動に対し、義憤に駆られる思いで椅子から立ち上がった貴卿らが、どうしてノール軍の侵略という侮辱の極みに対して立ち上がろうとしないんですの!?」

張り上げた声の残響が議会に木霊《こだま》する。

その迫力に、貴族諸侯の誰もが息を呑んでいた。

「私からは以上ですわ」

フラフラとした足取りで着座するエリザベス。

議長も呆気に取られていた様子で、しばらくの間、時が止まったかの様に議会全体が静まり返っていた。

「……エリザベス・カロネード。証言中における貴殿の言動及び振る舞いを、著しく礼節を欠くものであると判断致します。よって議長権限により退廷を命じます」

「異論ございませんわ」

証言中に横槍を挟まず、言いたい事を最後まで言わせてくれたのだ、心身共に異論はない。証言後に退廷を命じてくれたのも、議長なりの心遣いなのだろう。

「また主人たるランドルフ卿にも、主従の関係にある者が議会の調和を乱したとして、相応の罰を授けます。内容如何は追って伝達するものと致します」

「不服毛頭御座いません」

深々と頭を下げるパルマ女伯。

「では、失礼致しますわ」

やる事はやったわよ、とパルマ女伯を一瞥すると、そそくさと議事堂を後にした。

◆

「……ヒマね」

議事堂へと続く、大理石で出来た階段の中腹あたりに腰掛けながらボヤくエリザベス。

眼前に広がる議事堂前広場には、貴族諸侯の付き添いらしき人達が屯《たむろ》しており、各々の所領の近況について情報交換を行っている。

「……綺麗な街なのは良いけど、小綺麗すぎるのも見てて面白味に欠けるわね」

議事堂内の様子を見ようとしても、入り口の衛兵から無言のディフェンスを食らう為、こうして階段に腰を据える他にやることが無い。

エリザベスが議会から放り出されてから一時間が経過しようとしていたが、まだ議会は続いている様だ。

「もうお昼じゃない……流石にお腹が空いてきたわ」

懐中時計を見つめながら呟く。このくらい大きな都市なら、少し歩けばパン屋の一つや二つ、すぐ見つかるだろう。

膝から立ち上がり、ぐいっと伸びをすると、階段をトテトテと降るエリザベス。

最後の一段に差し掛かった時、階段脇に礎石《そせき》らしき記念碑が建立《こんりゅう》されているのが目に入った。

興味本位で刻まれた文字をしげしげと見つめてみる。

「一七一〇年、偉大なる都市設計士、ウィリアム・ランドルフの手による、ね。六十年以上前って事はオーランド建国とほぼ同時に建てられたのかしら……んんー？」

〝ランドルフ〟という名字が頭に引っ掛かる。

「……あ、パルマ女伯と同じ名字じゃない。お父様、にしては時代が離れてるわね。お祖父《じい》様に当たる方なのかしらね」

「その通りだ。元々、ランドルフ家は都市計画家の家系だったからね」

急に背後から話しかけられ、少しビクッとしながら振り返ると、フレデリカが腰に手を当てて佇んでいた。

「議会はどうしたんだい？」

「あー、え〜と、色々あって摘み出されてしまいまして……」

放り出された顛末をフレデリカに説明するエリザベス。

「なるほど。閣下が君を呼んだ理由が理解できたよ。私達のパルマのために証言してくれて有難う。閣下は面と向かって謝辞を仰らないだろうから、先に私から礼を述べさせて欲しい」

右手を胸に当て、恭《うやうや》しく一礼をするフレデリカ。所作一つ取っても見惚《みと》れてしまう程優雅だ。

「た、大尉殿がわざわざ私に礼を言う必要は御座いませんわ。自分が出来ることをしたまでですの」

これ以上自分の心を掻き乱さないでくれ、と本心を言うことも出来ず、紋切り型の謙遜を言うに留まるエリザベス。

「……この都市は女伯閣下のお祖父様が作られたんですのよね？」

「その通り。連邦建国と同時に新しい首都、つまりこの街の開発が始まったんだ。ちなみに、オーランド連邦構想を最初に発議したのもランドルフ家だね」

「ランドルフ家って、そんなに重要な地位にいたんですのね……ただのパルマ辺境領主だと思ってましたわ」

街のスカイラインを目で追いながら、女伯の事を少しだけ見直すエリザベス。

「首都の都市計画を任される程高貴な家柄の割に、何でパルマなんて辺境を治めているのかしらねぇ……」

頬杖を突きながら呟いていると、背後から耳を聾《ろう》する程に甲高い鐘の音が響いてきた。

「正午の鐘だな」

腕を組み、音の出所を見つめるフレデリカ。彼女の目線の先には、我が物顔で鳴り響く青銅鐘と、それを支える教会の尖塔があった。

五度目の鐘が鳴り響いた頃、議事堂の扉が突如開かれ、中からゾロゾロと貴族諸侯が溢れ出してきた。

「連邦議会が終わった様ですわね」

「そうみたいだね。閣下はいつも一番最後に出て来る筈だよ」

フレデリカの言葉を信じて暫く階段の端っこで待っていると、今回も例に漏れず最後尾をゆっくりと歩いて来るパルマ女伯の姿があった。

「閣下、連邦議会へのご臨席、誠にお疲れ様でございました」

「閣下、連邦軍編成の儀はどうなったんですの？」

投票結果について話を交わす三人。

「結論から言いましょうか。全会一致とはならず、否決されました」

「否決ぅ!?　あんなに頑張って訴えたのに!?」

投票結果を知らされ、驚愕するエリザベス。

「辺境伯六名は全員賛成を唱えていましたが、貴族諸侯の一部が反対に票を投じたみたいですね」

投票結果の写しをエリザベスに見せる女伯。

「……この書き方では、誰がどちらに投票したか分からないじゃありませんの!?」

投票数と否決事由のみが書かれた写しに激昂するエリザベス。

「誰がどちらに投票したか分かってしまうと、個人に責任が発生してしまうからです。この国らしい責任の逃れ方と言えますすね」

「ぐぬぬぬぬ……」

腑《ふ》に落ちないながらも、否決事由の欄を読み進めていく。

「ノール軍が再度攻撃を仕掛けて来るという証拠がない為。ラーダ王国からの仲裁提案が来ないと決まったわけではない為。今までも同様の事態は多々あった為……」

事由を読み進める程に腑《はらわた》が煮え繰り返ってくる。

「全部ただの希望的観測じゃない!? ノールが攻めて来ても耐えられる様な策を講じているのかしらと少しでも信じた私がおバカだったわ!」

ムキーッ! と地団駄を踏むエリザベス。

「……如何いたしますか閣下? 恐らくもう直ぐクリス少尉の偵察隊がパルマに帰還する頃かと思われます。彼が持ち帰った情報を基に、再度議会招集を掛ければ、また違った結果が得られるやもしれません」

フレデリカが女伯へ第二案を提案するも、彼女は首を横に振った。

「無理でしょうね。伝聞情報だけで貴族諸侯の気が変わるとは思えませんし、臨時会議招集を掛ける場合、最低でも一ヶ月は掛かります。ノールが本気でパルマ侵攻を考えているのであれば、まず時間が間に合わないでしょう」

八方塞がりに直面し、黙り込む三人。

「……防備を固めるにしても、対策を考えるにしても、一度パルマに戻ってから考えませんこと？」

端的に言えば問題の先延ばしではあるが、ここにいた所で状況が改善する訳でもない。二人もその事を察してくれた様で、無言で頷いてくれた。

「果たして五日も掛けて此処に来た意味があったのかしらね……」

女伯に続いて、溜息を吐きながら馬車に乗り込むエリザベス。

「〝正規の手段を用いて連邦軍編成を訴えた〟という事実にこそ大きな意義があります。加えて、この陳情によって貴族諸侯達の心に拭い切れぬ罪悪感を植え付ける事も出来ました。残念ながら否決はされましたが、結果自体は上々です」

それに、と一拍置いて馬車の外を眺めながらパルマ女伯が呟いた。

「……貴女のお陰で〝覚悟〟が出来ました」

貴族諸侯達が緩やかな談笑を繰り広げているのを尻目に、パルマ女伯を乗せた白塗りの馬車は忙《せわ》しなく広場を脱して行った。

第十五話：パルマ最期の夜（前編）

深夜。

パルマ市庁舎、女伯の執務室にて。

「閣下、軽騎兵中隊のクリス・ハリソン少尉がお戻りになりました」

「漸く来ましたね、通しなさい」

ノックと共に侍従長が執務室の扉を開けると、狼狽焦燥な面持ちのクリスが、飛び込む様にして入室してきた。

「閣下！　到着が遅れ、面目次第も御座いません！　アトラ山脈の地吹雪により、足止めを食らっておりました」

膝を突き、深々と謝罪の意を表するクリス。

「待っていましたよ。皆、貴殿の報告を聴きたがっています」

「皆、ですと……!?　おぉ、フレデリカ大尉殿！　それにエリザベスも！」

「少尉、アトラ山脈までの追跡任務、ご苦労だったな」

「お帰りなさい少尉殿、お久しぶりね……」

三人が囲む円卓には、パルマの周辺地図や盤上駒が台風一過の如く散乱しており、既に激しい議論が交わされていた事を物語っている。

加えて三人の表情にも陰りが見えており、疲れ果てた表情をしている。

「夕刻、タルウィタから帰還した後、三人で議論を交わしていたんだが、結局は少尉の報告待ちという結論になってね。疲労困憊《ひろうこんぱい》の所済まないが、ノール軍の動向について話して欲しい」

「はっ、承知致しました！　……おぉ、かたじけない」

侍従長が用意してくれた椅子に腰掛けると、懐からメモを取り出すクリス。

「結論から申し上げ奉ります。ノール軍は第二次攻勢の準備を整え、直ぐにでもパルマへ侵攻を開始する腹積りです。その数、およそ二万と認めます」

「やはり、そうですか」

パルマ女伯がポツリと呟くと同時に、フレデリカとエリザベスは顔を曇らせ、俯き加減になる。

「閣下のご尊顔から拝察するに、オーランド連邦軍の編制は……」

「否決されました」

「なんと宜《むべ》なるかな……やはり、我々のみでパルマを守り抜くしか——」

「いえ、パルマの防衛はしません」

「……と、言いますと？」

フレデリカが、唇を噛み締めながら拳を強く握り込む。

「我々は——コホン」

声が掠れ、一度咳払いをするパルマ女伯。

「——我々は、パルマを放棄します。焦土作戦により敵の進軍を遅らせている間に、リヴァン市で防御を固め、敵を迎え撃つ準備を整える算段です」

一息に言い切るパルマ女伯。

「か、閣下」

思わず椅子から立ち上がり、一歩一歩、フラフラとパルマ女伯に近づくクリス。

「パルマを灰にすると仰るのですか……？　閣下が幾年にも掛けて、守り抜いてきたパルマを、ほ、他ならぬ閣下が、手を下すなど、そんな、そんな事が！」

わなわなと、両手を女伯の肩に掛けるクリス。

「閣下ァ！　どうかご再考を！　パルマを守る術は必ず、必ずやございます！　閣下が、ランドルフ家が、代々脈々と治めてきたこの土地を、ノールの奴等に明け渡してはなりません！」

「少尉殿、落ち着いて下さいまし！」

「少尉！　貴官の気持ちは分かる！　落ち着いてくれ！」

フレデリカとエリザベス、侍従長の三人がかりでクリスを女伯から引き剥がす。彼はフラフラと、糸の切れた人形の様に椅子にもたれ込んだ。

「クリス・ハリソン少尉。気休めにもならない事を承知で申します。余とて、パルマを想う気持ちは貴殿と同じです。故に弁明させてほしいのです、この案を採用した経緯を」

跪《ひざまず》き、クリスと同じ目線へと腰を落としながら、パルマ女伯は経緯について話し始めた。

◆

遡る事二時間ほど前。

「ダメね、どう頑張っても守り切れるビジョンが浮かばないわ」

「誠に情け無いが、私も右に同じだ」

円卓を囲むフレデリカとエリザベスが嘆息を漏らす。

「閣下、申し上げます。敵の数、攻勢開始日等は未だ明らかではありませんが、このパルマ市を守るには余りに兵が不足して御座います。パルマ軍の残存兵力は三百人足らずであり、先の会戦で連隊長を含む多数の高級将校を失っております。我々のみで、人口五万を数えるこの大都市を守り切るのは至難の業です」

フレデリカがパルマ女伯に向き直り、所感を報告する。

「市内外に建てられた外壁や城塞を活用する案も考えましたが……」

「街の外壁は容易に崩されるほど脆《もろ》く、数百年前に造られた城砦は時代遅れも甚《はなは》だしく……といった所でしょうか？」

壁際の椅子に腰掛けたパルマ女伯が呟く。

「恐れながら仰る通りですわ。投石機の時代であれば、さぞ堅牢だったものと推察致しますが、火薬と大砲の前には無いも同然かと」

毅然とした態度でエリザベスが報告する。

現代の防壁に必要とされるのは、縦の高さではなく幅の広さである。背は低くとも、土や砂を用いた厚みのある防壁を構築できれば、重砲の雨に晒されようともある程度は耐えることが出来る。

逆に昔の防壁の様な薄く背の高い壁は、砲弾によって容易に倒壊してしまう為、かえって防御側にとっては扱い辛い代物になってしまう。

「今から土塁を作り始めたとしても、パルマを囲めるほどの塹壕《ざんごう》を掘るためには一ヶ月以上はかかるものと思われます。エリザベス候補生の言う通り、パルマでの防戦は現実的では無いかと」

頷きながらフレデリカも意見を述べる。

「やはり、パルマからの退却は避けられませんか……また市民へ避難指示を出さなければなりませんね」

閉じた扇子を額に押し当て、溜息を吐くパルマ女伯。

「小官の考えとしては、パルマからの撤退後にリヴァン軍と再合流。その後リヴァン市で共同防衛線を構築する形が最善策かと考えます」

フレデリカが群青色の盤上駒をパルマからリヴァンへとスライドさせる。

「そうなりましょうね、委細承知しました。フレデリカ大尉、貴隊の中から足の速い者を選出し、リヴァン領主への伝令を遣わせなさい。文は余が直筆にて認めます」

「承知致しました。では直ちに――」

「いいえ、暫しお待ちくださいまし」

先程から地図を凝視し続けていたエリザベスが、鋭く、明朗な声を発した。

「エリザベス、貴女は異論ありと申すのですか？」

パルマ女伯の目が鋭くなる。

「あ、いえ。誤解なき様申し上げますと、リヴァン市での共同防衛線の構築には異論御座いません」

パルマ女伯から目を逸らしながら弁明するエリザベス。

「ただ、それだけでは稼ぐ時間が余りに少な過ぎます」

そう言うとエリザベスは、コンパスを用いてパルマを中心とした円を描いた。

「この円をノール軍の一日行程……つまり、一日で行軍できる最大距離とお考え下さい。この通り、ギリギリですがリヴァンが範囲内に入っております。つまり、単にパルマから退却するのみでは、正味一日しか猶予が稼げません」

二人の反応を窺いながら、持論を述べる。

「リヴァン市でまともな防衛線を築く為には、最低でも一週間、出来れば半月の猶予が必要になると思われますわ。何かしらの遅滞戦術が必要になるかと存じます」

ここまでで質問は？　と目で問い掛ける。

「エリザベス士官候補、この行軍範囲円に根拠はあるかい？　かなり大きく半径を取っている様に見えるが……」

「ノール軍は緊縮行進での行軍を採用しており、軍の規模に対して比較的素早く軍を移動させる事が出来ます。また、同国は周辺各国への侵攻を繰り返して大きくなった国でも御座います。敵地侵攻のノウハウや、現地調達に関する練度も考慮した結果、この範囲が妥当かと考えました」

安全マージンとして、敢えて大き目に範囲を取っている事情もありますが、と付け加える。

「驚いたな、君は敵軍の行軍速度まで推測できるのか。独学とはいえそうそう身に付けられる知識では無いぞ？」

「あくまで机上論ですけどもね。詳細はクリス少尉殿が情報を手に戻って来てからとなりましょう」

さて、と話を切り替える。

「具体的に、どの様な作戦で敵軍の侵攻を遅らせるかについてですが……」

二人を見つめながら、生唾を飲む。

この作戦は、この会議が始まってから、いやタルウィタ連邦議会が終わってから、ずっと自分の頭の片隅で燻り続けていたものだ。

この作戦だけは提言してはならない。その一心で、必死に代替案を見つけようと思案に暮れた。

そして、ついぞこの瞬間まで、代わりとなる妙案が自分の中から出てくる事は無かったのだ。

「言い辛い作戦である事は、貴女の表情から察しています。先ずは述べてみなさい、話はそれからです」

パルマ女伯に背中を押され、諦めを帯びた表情で口火を切った。

「パルマを焦土として、都市機能を、完全に、完膚なきまでに破壊するのが、最も効果的な遅滞戦術かと存じます」

耳鳴りがする程に、部屋が静まり返った。

部屋の空気が刺す様な冷たさに包まれる。

「エリザベス」

フレデリカの顔から血の気が引いていく。

「ほ、本気で言ってるのかい？」

「流石のわたくしでも、こんな趣味の悪い冗談は言いませんわ」

目を瞑ったまま、腕を組んで押し黙るパルマ女伯を見つめながら、白色の盤上駒をパルマ市に置くエリザベス。

「パルマを焦土とすれば、最低でも二週間は敵の進軍を遅らせる事が出来るかと。加えて、パルマから先への進軍ルートを狭める効果や、敵の補給路の長大化を強いる事にも繋がります」

「……焦土とは、どの程度までの事を指すのですか？」

やっとパルマ女伯が口を開く。その小さな薄緑色の瞳は、微《かす》かに震えていた。

「文字通り、土を焦《こが》す迄《まで》です。建物を瓦礫の山へと変貌させ、その瓦礫で市内を流れる川を堰《せ》き止《と》め、井戸という井戸に毒を注ぎ、道という道を破壊し、橋という橋を落とします」

「……復興にはどれ程時間がかかりますか？」

女伯の質問に対し、顔を曇らせるエリザベス。

「長い、とても長い時間がかかります。閣下のご存命中に復興出来るかどうかも不明で御座いますわ」

変に希望を持たせるのは、かえって残酷な結末を招く事になる。非情と呼ばれようとも、ここはハッキリと現実を述べる方が良い。

「わかりました。正直に答えてくれて感謝致します」

ふぅ、と溜め込んでいた物を吐き出す様に深呼吸をするパルマ女伯。

「パルマの焦土作戦、承知致しました。それでリヴァン防衛線の構築が可能となるのであれば、裁可しましょう。大尉、直ちにリヴァン市へ伝令を――」

「お、お待ち下さい！　閣下！　ほ、本当にパルマを灰燼《かいじん》に帰《き》すおつもりなのですか⁉」

女伯の肩を揺さぶりながら、縋《すが》るような表情で問い正すフレデリカ。

「まだノール軍の第二次攻勢が確定した訳でも、明日にでもノールが攻めてくると決まった訳でもありません！　そ、そうです！　クリス少尉の偵察報告を待ってからでも遅くはありません！　どうかご再考を！」

皮肉にも、連邦会議で貴族諸侯が述べていた内容と同じ論拠でパルマ女伯を諭そうとするフレデリカ。

「第二次攻勢が確定していようがしていまいが、最悪の事態は想定すべきです」

「し、しかし……！　避難する市民達への説得はどうするおつもりですか!?　閣下自らパルマを焼くとあっては、必ず反対する輩《やから》が出てまいります！」

「市民へは焦土作戦の事を伏せたまま避難指示を出しなさい。パルマ焦土化の責任は、侵攻してきたノール軍に被せます」

「で、では焦土作戦の実行部隊はどうするおつもりですか!?　パルマ軍の兵士達も、元はパルマ市民です！　自分達の街を破壊する命令など聞き入れてくれる筈もありません！」

「パルマ焦土作戦はリヴァン軍に実行させます。パルマ軍にはその間、リヴァン市での防衛線構築をさせておきなさい」

「ぐッ……！」

反論を尽く打ち返され、唇を噛み締めるフレデリカ。

「……この事態は、余がオーランド連邦軍の編成に失敗したが故に起きた物です。貴殿が気に病む必要はありません」

そう言うとパルマ女伯は、あろう事かフレデリカに対して深々と頭を下げた。

「貴殿の財産を、土地を、家を、そして我が領地を守る事が出来ず、面目次第も御座いません」

「閣下……」

女伯の肩から手を離し、フラフラと仰《の》け反《ぞ》るフレデリカ。あわや倒れ込みそうになった背中を、エリザベスと侍従長が支える。

「大尉殿。貴官の愛するパルマを灰塵に没せしめる策しか持ち合わせていない事、このエリザベス、忸怩《じくじ》の極みに御座いますわ」

ラーダ人の自分が言ったところで、火に油を注ぐ発言に過ぎない事は百も承知だった。

そうだとしても、喉元にまで迫った赤黒い罪悪感を、謝罪として一度吐き出しておきたかった。

「すまない、もう大丈夫だ。エリザベス、君を責めるつもりはないよ」

落ち着きを取り戻したフレデリカが、力無く笑う。

「私は、自分自身が情けないんだ。君の焦土作戦を阻止しようと幾ら頭を働かせようとも、代案の一つすら出せない私自身が、どうしようも無く情けないんだ……」

お前のせいで。お前のせいでパルマは滅ぶ。

フレデリカはそんな言葉を全く口にしていなかったが、自身に巣食う罪悪感が、勝手にフレデリカの発言を再解釈して、再構築する。

「わ、わたくしは――」

それ以上言葉を紡げない自分の事を、パルマ女伯は無言で見つめていた。

第十六話：パルマ最期の夜（後編）

『どうしてパルマを見捨てた』

『俺達の死を無駄にするのか』

『パルマを頼むと言ったじゃないか』

「私だって好きで見捨てた訳じゃないわよッ!!」

部屋中に響き渡る自分の声に喫驚し、ソファから飛び起きるエリザベス。

「ハァーッ…………最悪」


自分の寝言に悪態を吐きながら、額の汗を拭う。下着のワンピースは汗でぐっしょりと濡れ、肌にピッタリと纏わりついている。今夜はやけに寝苦しい。

「三時半……殆ど眠れてないじゃない」

ソファに寝そべったまま、懐中時計を眺める。市庁舎の客室に設けられたソファを寝室代わりにしている点を踏まえても、此処まで寝つきが悪いのは久々だ。

「嫌な、夢だったわ」

夢の中で自分は、自分が殺したパルマ軍兵士達に、延々とパルマを見捨てた事を責められていた。どう弁明をしようとも裏切者のレッテルを貼られ、指を差され、言葉の矢弾を浴びせられている自分の姿を、他人の視点で見物している……そんな夢だった。

その辺りに置いてあったブランケットで身体の汗を拭い、壁際の灯りから燭台へ火を移すと、涼を取る為に三階のバルコニーへと向かう。

ステンドグラスの一枚扉を開けると、北方大陸特有の冷たく乾いた風が頬を撫でる。夜風が運ぶ匂いは、リマもパルマも変わらない様だ。

手すりに腕を置き、パルマの夜景を眺める。そういえば、今までパルマの街並みをじっくりと見た事がなかった気がする。

あちこちに立つ大小交々《こもごも》の家や、生き物の様にうねり曲がった小道。無茶苦茶な建て増しで街路にまで屋根が迫り出した商館や、修復に次ぐ修復でモザイク模様に成り果てた煙突の数々。

やはり自分はタルウィタの様な整然とした街並みよりも、人々の欲を原動力にして、好き勝手に発展してきたパルマの様な街並みの方が好きだ。

「雑多で、複雑で、狭っ苦しくて、古臭い……素敵な街ね」

「それは褒め言葉でしょうか?」

「いヒィッ!?」

思わず仰け反るエリザベス。よくよく見てみると、バルコニーの端に先客が座っていた。

「閣下!? どうして此処に!?」

「市庁舎は余の家です。家主が家のどこに居たとしても不思議では無いでしょう」

デッキチェアに腰掛け、アームレストに肘を立てながら話す女伯がそこには居た。

「こんな時間にバルコニーへ何の用ですか？」

「……少し、涼を取ろうかと思いましたの」

女伯に手で促され、もう一つのデッキチェアに腰掛けるエリザベス。

「涼を取りに、ですか。中々にそれっぽい方便を思い付きましたね」

「ほ、方便ではありませんわ！　ホントに寝苦しかっただけですわ！」

椅子から身を乗り出して反論するエリザベス。

「そうですか。思い悩んでいるのではないかと心配していましたが、取り越し苦労で良かったです。安心しました」

「え？　ええ、そうですわっ！　私はいつも通りですのでご心配なさらずっ！」

胸に手を当てながらウィンクするエリザベス。

心の痛々しさを隠し切れていない彼女の振る舞いを、パルマ女伯は刺すような目付きでずっと見つめていた。

「む、むしろ閣下こそ、どうして此処にいらっしゃるんですの？」

「一言で言えば、見納めですね」

「見納め……？」

女伯の放った言葉の意味を理解するまで、数秒掛かった。

そして理解した。彼女は明日灰と化す故郷に、別れの挨拶を告げに来ていたのだと。

「……申し訳ございません」

「何故謝るのですか？」

女伯からの質問には答えず、項垂《うなだ》れたままのエリザベス。

「分かりました、質問の仕方を変えますね」

そう言うとパルマ女伯は椅子から立ち上がり、まるで逃げ場を塞ぐかの様にエリザベスの眼前に立った。

「ラーダ人である貴女が、何故そこまでパルマを気にかけるのですか？　何があったんですか？」

夜中だというのに、女伯の鋭い瞳がはっきりと見えた。

「それは――」

突然本心に迫る問いをぶつけられ、息の根が詰まる。心の外周に幾重にも張っていた防壁を、一気に貫通された様な衝撃を受ける。

「わ、わたくしはパルマの士官候補生《カデット》ですので。パルマの危機があれば矢面に立つのが軍人の務めだと認識しておりますわ」

起伏の無い、格式張った回答に逃げるエリザベス。

「たまには本音を言ってみなさい。建前だけでやり過ごせるほど、人生は薄くありませんよ」

物理的にも論理的にも逃げ場を塞がれたエリザベスは、口を微かに動かした。

「パルマを守ると、約束しましたので」

女伯はその本音を聞き逃さなかった。

「その約束を誰と交わしたのですか？　余と会う前に誰と会ったのですか？」

「だ、誰でも良いでしょう⁉　何故そこまでわたくしの心を詮索なさるのですか！」

食ってかかるエリザベスに対して、パルマ女伯は一呼吸おいてから口を開いた。

「苦しんでいる貴女を助けたいからです」

「なッ――⁉」

エリザベスは耳を疑った。今まで傍若無人の権化の様な振る舞いをしてきた御仁が、今明確に、自分を助けたいと述べたのだ。

「な、なんで」

既に脆弱化《ぜいじゃくか》していた自分の心中に、自分を助けたいという優しいナイフの様な言葉が深く突き立てられる。

顔が熱い。

喉の奥が苦しい。

「今から余が言う事について、間違っていたら訂正してください。良いですね？」

衝撃のあまり言葉を失っているエリザベスを他所《よそ》に、話を進めるパルマ女伯。

「貴女がパルマを守りたいと決心したのは、余と謁見するよりも前の段階ですね？」

エリザベスは何も答えない。

「第二次パルマ会戦。あの戦いの最中、貴女は左翼の味方戦列を援護する為に最前線で戦っていたと聞きました」

エリザベスは何も答えない。

「その時、今際《いまわ》の際《きわ》にあったパルマ軍兵士から、パルマを頼むと言われたのではないですか？　もしそうだとしたら、その約束は反故《ほご》にしなさい。それは貴女を苦しめるだけの、只の呪いです」

「の、呪いなどではありません！　あの時私がもっと早く助けていれば、あの人達は死なずに済んだのよ！　助けられなかった人達の大切な遺言なの！」

エリザベスの口調が、段々と年相応の少女の物に変わっていく。

「いいえ、貴女の身を滅ぼそうとする危険な呪いです。死にゆく者の頼みを聞き続けていると、いつか引き摺り込まれますよ」

「違う！　私が殺したの！　私が殺したから責任を取らなきゃ――」

堪《こら》えていた涙が溢れる。

人前で弱みを見せるな。

そう思えば思うほど、涙が止まらなくなってしまう。

「軍団長を目指すのでしょう？　そうであれば味方の死に拘泥《こうでい》してはなりません。その心は常に敵を打ち倒す為の策を考え続けていなければなりません」

「でも……でも私はパルマをっ！」

泣き腫らした顔で女伯を見つめる。無表情ではあったが、結んだ唇の端が僅かに上がっている様に見えた。

「パルマは死にません。しばしの間、眠りにつくだけです」

エリザベスの頬に手を添える女伯。彼女の双眸《そうぼう》は、あの連邦議会の時と同じく、強く、美しいエメラルドグリーンの輝きを放っていた。

「良いですか？　貴女は今、背負うべきで無い重荷を背負おうとしています」

涙が頬を伝い、女伯の手へと渡る。

「パルマは余が必ず復興させます。死んでいった兵士達の願いは余が叶えるべき事です。貴女は真の意味で、いつも通りに振る舞えば良いのです」

涙と共に、今まで無意識のうちに背負っていた重圧が、するりと解ける様な感覚に包まれる。

「ありがとう、ございます」

初めて言葉を覚えた幼児の様な辿々《たどたど》しさで、エリザベスは礼を述べた。

「……呪いは解けましたか？」

無言で、しかして雄弁に、エリザベスは強く頷いた。

第十七話：白鉛の落日

翌日。

早朝のパルマ市は、いつもの喧騒とは全く別種の慌ただしさに包まれていた。荷車を曳く人夫や、大荷物を背負って歩く男性、家族全員で馬車を押し進める親子の姿。老若男女様々な人が、皆一様に市外西門へと殺到していた。

時折、ハンマーを鉄板に打ち付ける甲高い金属音が、町中のあちこちから断続的に聞こえてくる。

その音を聞いた市民達は皆、歩幅を一層大きく取り、早足に大通りを進んで行く。

即時避難を告げるこの耳障りな音は、無機質な拒絶のみを市民達に伝えていた。

「ここからでも聞こえるのね、あの嫌な音」


「嫌な音の方が、皆さっさと逃げてくれるだろ?」

パルマ市西部の平原地帯。先の会戦で臨時カノン砲兵団が陣を敷いていた丘に、エリザベスとイーデンは再び佇んでいた。二人の背後には、パルマ焦土作戦を言い渡されたリヴァン軍の兵士達が小休止を取っていた。深夜の強行軍だった為、皆疲れ果てた表情をしている。

「パルマ軍は、今頃防衛線の構築でもしてるんでしょうかね」

「多分な。フレデリカ大尉もクリス少尉も、落ち着きを取り戻してくれると良いんだが……」

「そういうアナタは逆に随分と落ち着いてるわね?」

パイプに火をつけながら腰を据えるイーデン。

「俺はパルマ出身じゃねぇからな……まぁそれでも、今まで世話んなった街が消えちまうってのは、悲しいモンだな」

そうね、と相槌を打ちながら、空に昇っていく紫煙を目で追いかける。今日は雲一つない晴天だ。

「おねぇちゃーん」

エレンが二人の居る丘に登ってくる。

「火薬の梱包終わったよ。後は前車に火薬を満載すれば良いんだよね？」

「ええそうよ。ちゃんと六両分用意した？」

「うん、ちゃんと六個用意したよ。パルマに架かる橋と同じ数……だよね？」

少し言い辛そうに答えながら、パルマの西門から出て来る市民達を見つめるエレン。

「あの人達は、パルマが死んじゃうって事、知らずに避難してるんだよね」

「そうよ。女伯閣下直々の箝口令《かんこうれい》が出されてるわ」

それ以上何も言わず、エリザベスは口をつぐんだ。

「……続きしてくるね〜」

バツの悪さを感じ取ったエレンが丘を降りようとしたその時。

「あれ？　お姉ちゃん、パルマの兵隊さんは今リヴァンに居るんだよね？」

「そうよ、自分の街を焼きたい人なんて居ないもの」

「じゃあ、あの近付いてきてる兵隊さん達は？　あの濃い青色の服って、パルマ軍の制服だよね」

そんな馬鹿な事があるかと、冗談半分で振り返る二人。そこには確かに、リヴァン軍の青色の軍服とは異なる、濃い群青服の集団二十名程度が接近してくる。

「おいおい、マジか」

集団の先陣を切る一人の騎兵士官の顔が明らかになった時、イーデンが驚愕の声を上げた。

「クリス少尉……」

極限まで押し殺した声を、エリザベスが発する。

「まさか、焦土作戦に納得できずに妨害しに来たのか？」

全くの同感を覚えたエリザベスが、丘を脱兎の如く駆け降りる。あの集団をリヴァン軍と出会わせるのは非常に不味いと直感が叫んだのだ。

街道のど真ん中に躍り出ると、クリス率いる集団を迎え撃つ様に仁王立ちの姿勢になるエリザベス。

「やぁ、エリザベス士官候補」

何の変哲もない、普通の挨拶をするクリス。

「おはようございますわ、少尉殿。パルマの防御線構築の任務はどうしましたの？」

柔和《にゅうわ》な表情を保ちつつ、腰のピストルに手を掛けるエリザベス。彼女の警戒した様子に気付いたクリスは、両手を上げ、敵意のない事を示した。

「勘違いさせてしまったのならすまない、我々はパルマ焦土作戦の手助けに来た」

よく見るとクリスはサーベルも、短銃も所持していない。後ろに続く歩兵達もマスケット銃や銃剣を所持しておらず、丸腰の状態だ。

「武器不携帯の条件と引き換えに、女伯閣下からの許しも得ている」

パルマ女伯の書状を懐から取り出すクリス。

「そ、そうでしたのね。失礼致しましたわ」

ひとまず内乱の心配が無くなり、胸を撫で下ろすエリザベス。しかしながら疑問が無くなったわけではない。

「なぜ、そこまでして手助けを？」

「……我らは先祖代々、自らの手でこのパルマの街を創り上げて来たのだ」

後ろの歩兵達を見ながら話すクリス。少尉含め彼らも皆、パルマ出身の者達なのだろう。

「それを壊すと言うのならば、せめて、自分達の手で壊させてほしいのだ」

昨夜とは打って変わって、憑き物《つきもの》の落ちた、穏やかな笑顔で訴えるクリス。

そうか。この人達は自分の手で、故郷に引導を渡してあげたかったのか。

「……承知致しましたわ。少尉殿の覚悟を疑う様な振る舞い、お許し下さいませ」

故郷の最期を見届けにきたこの人達相手に、道を塞ぐ様な無粋なマネは出来ない。エリザベスは脇に逸れ、頭を下げた。

「かたじけない」

クリスの謝辞と同時に、小休止終了のラッパが吹かれ、リヴァン軍の面々が腰を上げる。クリスの部隊はそのままリヴァン軍の最後尾に付き、焦土作戦部隊は前進を始めた。

避難して来たパルマ市民とすれ違う形で前進する焦土作戦部隊。市民達は気を遣って、両脇に避ける様にして道を譲ってくれている。しばらくの間、両者は無言で行き交うのみであった。

しかし、戦列が避難民集団の中程まで進んだ所で、突然子供がエリザベスの前に飛び出して来た。

「これあげる！」

そう言う幼い女の子の手には、手製の花冠が握られていた。急いで作ったのだろう、所々蔓《つる》が解《ほつ》れてしまっている。

「パルマをお願いね！」

無言で微笑みながら花冠を受け取るエリザベス。するとそれを皮切りに、避難民のあちこちから声援が上がった。

「俺達のパルマを守ってくれ！」

「ノール軍なんかに負けるな！」

「パルマ再奪還の一報、楽しみに待ってるわ！」

割れんばかりの声援に晒される焦土作戦部隊の部隊員達。誰もが皆、俯いていた。

私は今から貴方達の家を壊す。完膚無きまでに、完全に、容赦無く。

謝罪の言葉を嚥下《えんげ》し、エリザベスは覚悟を決めた。

◆

「発破《Fire in the Hole》！」

夕刻のパルマ市内に爆破音が響く。轟音と共に橋が崩落し、川面《かわも》が飛沫《しぶき》を上げ、土埃が一帯を舞う。

「これで六脚目？」

爆風に髪を靡かせながらエリザベスが尋ねる。

「ああ、さっきオズワルドからも連絡があった。市内北部の橋も全部落とせたみてぇだ」

パルマ中央広場で作戦図を広げるイーデンとエリザベス。広げられた地図の至る所にバッ印が付けられていた。

「あら、中々のスピード感ね。オズワルドも慣れて来たのかしら」

瓦礫《がれき》の山と化した市庁舎を見つめながらエリザベスが呟く。凱旋パレードの時に見た華やかな中央広場の姿は既に無く、涸《か》れた噴水を囲む廃墟のみがあった。

「この責任をおっ被せられるノール軍に同情するぜ」

転がってきた小石を蹴飛ばすイーデン。

「そもそもノール軍が侵攻して来なかったら、焦土作戦なんてしないで済んだのよ？　結局はノール軍のせいよ！　この借りは必ず百倍にして返してやるわ！」

「それはまぁ、ご尤《もっと》もなんだけどよ」

拳を突き上げながら叫ぶエリザベス越しに、パルマ市内を見つめるイーデン。

リヴァン軍の面々がツルハシとハンマーを用いて、ひたすら建物を破壊していく。完全に破壊する必要は無く、燃やした時に火が回りやすい様になっていれば良い為、ある程度破壊した後は、直ぐに次の建物の打ち壊しへ歩みを進めていた。

彼らの表情は、どこか楽しげだった。

「ある種のストレス発散になってそうだな」

「何かしらの楽しみを見出さないとやってられないんでしょ、多分……それで、クリス少尉の部隊の担当分は終わったの？」

地図に残された一点、バツ印が付けられていない住宅地区を指差しながら尋ねる。

「いや、まだ終わった報告は届いて――」

イーデンがそう言おうとした瞬間、クリス少尉の部隊が曲がり角から姿を現した。

「遅れてすまない。完了した」

「任務ご苦労でした。少尉殿」

エリザベスとイーデンが敬礼をする。

「少尉殿の担当地区が最後でした。この後、街に火を放ちますので、市外への退避をお願い致します。

おいベス、俺はリヴァン軍指揮官へ任務完了を報告しに行くから、お前は先に少尉殿と一緒に市外に出ておいてくれ」

「承知致しましたわ。少尉殿、小官が先導いたしますわ」

自分よりも余程パルマに詳しい人に、パルマの道案内をするのは妙な気分だ。いつもの輓馬に跨り、クリスよりも申し訳程度に前へ出るエリザベス。

「しっかり着いてきてくださいましね？」

「この姿になったパルマを行くのは初めてだからな、道に迷ったら敵わん。先導頼むぞ」

返答に困る冗談を背に受けながら、馬を前に促す。変わり果てた姿の中央通りを進んで行く二人と、その後ろに続く数十人の歩兵達。

「……あの、少尉殿。ご家族はリヴァンに避難されたのですか？」

やはり無言が続くのは大変気まずい。何とかして話題を作りたい。

「妻とは朝にすれ違ったな。特に変わりない様で何よりだ」

「それは良かったですわ。お子様も奥様とご一緒でしたの？」

「いや、子供はもう居ない。五年前に戦死した」

「えっ」

「パルマ軍歩兵として、ノールとの小競り合いに駆り出された時にな。丁度貴様と同じくらいの歳だった」

辛そうな顔をするでも無く、クリスは身内の不幸を打ち明けた。

「そんな……それは、ご愁傷様でございま――」

その時、エリザベスの心に雷に打たれたかの様な衝撃が走った。

彼女は思い出してしまったのだ。

リヴァン市の川のほとりで、クリスに賄賂を渡そうとした時、自分は彼に何と言って渡そうとしたのかを。

『それに貴方、子供もいるでしょう？　家族の為にも色々と入用なのではなくって？』

「私は、なんてことを……！」

顔を片手で覆い、過去の自分の失態を悔やむ。

「あの時の事なら、特に何とも思っとらんよ。既に息子は死んでいると、あの場で伝えなかった私の性格が悪いだけだ」

「いいえっ、いいえっ！　私の無遠慮な物言いが全ての原因ですわ！　本当に、本当に申し訳ございませんッ！」

何度も強くかぶりを振るエリザベス。

つくづく自分の無神経さが嫌になる。カロネード商会にいた時からそうだった。思った事をそのまま口に出す悪癖を止めろと、何度も指導を受けてきた筈なのに、結局直す事が出来なかった。

「よい、もう良い」

クリス少尉に、馬越しに頭をワシワシと撫でられる。

「今まで、私は息子が守ろうとしたパルマを守る為に生きてきた。パルマを守る為なら死んでも良いとさえ思っていた」

エリザベスが顔を上げると、まるで父親の様な、厳しくも優しい表情を浮かべるクリスと目が合った。

「そんな時に、パルマの丘で貴様と出会うことが出来た。良い迷惑かもしれんが、貴様と息子の姿が重なってしまってな。もう少し、生きてみようかと思えたのだ。それに……」

ポケットから木製の馬の玩具《おもちゃ》を取り出すクリス。

「過去との折り合いは、先程ケリを付けてきた。もうこの街に未練は無い」

後ろを振り返りながら呟くクリス。

「もしや、少尉殿が担当されていた住宅地区は……」

「その通り。私を含め、皆の生家がある地区だ」

エリザベスは、理解の遅すぎる自分自身を恥じた。

彼らは自分達の家を、自らの手で破壊したのだ。数えきれぬ思い出達と共に。

我が家に鉄槌を振り下ろす瞬間の彼らの気持ちは、さぞ筆舌に尽くし難い物だったのだろう。

「エリザベス。いや、砲兵令嬢《カノンレディ》」

西門に到着したクリスが、縮こまっているエリザベスの背中に話し掛ける。

「何をしょげているのだ！　これからの貴様の手腕に皆が期待しているのだぞ！」

「あ痛ァ！」

ベシッ、と背中を叩かれるエリザベス。

振り向くと、クリスを始め、歩兵の皆がニヤニヤ笑っていた。

「おうおう、俺たちゃ自分の帰る家をぶっ壊して来たんだぜ？　もっと慕い甲斐のある顔してくれよ！」

「取られたんなら、また取り返せば良いだろがい！　現に一度奪還出来たんだからよ！」

「砲兵令嬢《カノンレディ》なんて呼ばれてる小娘が、たった一回の勝利で満足する筈ねぇよなぁ⁉」

彼らの方が余程辛いだろうに、笑って自分を勇気づけようとしてくれている。

ならば、此方もそれに応えねばなるまい。

「……おーっほっほっほ！」

突然、高笑いを繰り出すエリザベス。

「任せておきなさいな！　このエリザベス・カロネードが、必ずや貴方達を勝利に導いて差し上げますわ！　あとついでに軍団長も目指しますわ！」

当初の目的を、取って付けた様にねじ込みながら高らかに笑うエリザベス。

パルマの西門は、ほんの寸刻の間、嘗《かつ》ての賑わいを取り戻した様な笑い声に包まれていた。

その夜、パルマの街は天を焦がす炎に包まれながら、永い――永い眠りについた。

第三章：退却戦

第十八話：双頭の金鷲

「パルマは、何処《いずこ》にありや？」

純白の軍服を靡かせながら、一人の男が問う。

軍人としては大層珍しく、無帽の出立ちである。

「か、かような」

隣に佇む貴族将校――ヴィゾラ伯の顔に汗が滲《にじ》む。

彼の視線の先には、黒煙燻る、パルマだったモノの残滓《ざんし》が広がっていた。

「かような事態を招き事、平に謝し奉ります」

「余はパルマを奪取せよと、君に命じた覚えがある。さにあらばこの始末、余りに徒《あだ》や疎《おろそ》かなり」

男が腰に佩《は》いたサーベルに手を掛ける。彼の軍服にあしらわれた金銀の装飾品が、音を立てて微かに揺れる。

「閣下、どうか平にご容赦を……！」

「謝辞は無用。申し開きも不要。余が期待せしは、一も二も無く次の案なり。次案あらばこの場で申してみよ」

短い銀髪を逆立て、赤き瞳を宿す青年が朗々と述べる。

「は、ははっ！　信頼出来る情報筋によれば、オーランド連邦軍は未だに動員が出来ていない模様に御座います！　この機に乗じて最短経路で首都タルウィタへと軍を進めれば、忽《たちま》ちオーランドを降伏せしむる事、確かで御座います！」

「……その道程《みちほど》は？」

青年の瞳が、僅かな興味を浮かべる。ヴィゾラ伯はこれ幸いと、持論を展開する。

「先ずはパルマ市民軍の撤退先かと推察されるリヴァン市を攻略致します。その後は森林地帯を抜け、川沿いに進軍、そのままタルウィタへと雪崩《なだ》れ込《こ》みます！」

ヴィゾラ伯の必死の提言に対し、青年は何も答えない。赤く、冷たい瞳をパルマに向けるのみだ。

ヴィゾラ伯にとって、永遠とも感じる時間が過ぎた時。

「五千だ」

短く、端的に青年が呟いた。

「五千、と言いますと？」

「……委曲《いきょく》を尽くさねば微塵も伝わらんか。まぁ良い」

今迄パルマを見つめていた青年が、ヴィゾラ伯に面《おもて》を向ける。

「今一度、君に五千の軍を授ける。リヴァン市の敵軍と干戈《かんか》を交えよ。その結果を以って、君の案を惟《おもんみ》るとしよう」

「なんと、身に余る酌量に御座います！　軍団長殿！」

深々と頭を下げるヴィゾラ伯。

「貴族が軽々しく頭を垂れるな。垂れるのは範《はん》に留めよ」

軍団長と呼ばれた青年は、これまた金の装飾に包まれた白馬に跨ると、ヴィゾラ伯を一瞥もせずに走り去っていった。

「ふぅ、なんともおっかない御仁だ」

額に浮かぶ大量の冷や汗をハンカチでゴシゴシと拭き取るヴィゾラ伯。

「おおそうだ、オルジフ！　もう出て来ても構わんぞ」

「……何故《なにゆえ》、私を隠したのですか？」

近場の茂みに押し込まれていたオルジフ男爵が、ガサゴソと姿を現す。

「軍団長殿はヴラジド人を善く思っていないからな。貴卿も要らぬ火の粉を被りたくはあるまい？」

「代わりに樹を被りましたが」

枝木や葉っぱを肩から払い落としながら述べるオルジフ。

「許せ！　軍団長殿は唯でさえパルマを無傷で手中に収める事ができず、虫の居所が悪いのだ。これ以上気を悪くされると我らにその矛先が向かいかねん！」

大袈裟な身振り手振りで説明するヴィゾラ伯。

「遺憾ながらパルマ攻略は失敗に終わったが、貴卿も草陰で聞いていた通り、代わりにリヴァン攻略を任されたぞ！　汚名返上の時は近い！」

そう言いながら背後に振り返り、両手を天高く上げるヴィゾラ伯。そこには攻勢が空振りに終わり、消化不良のまま撤収作業を行うノール軍兵士達の姿があった。

「意気込みは十分ですな。しかして、勝算はお有りなのですか？」

「まぁまぁ、取り敢えず一旦こちらに来たまえ！　一から説明してしんぜよう！」

右手で机をバンバンと叩きながら左手で手招きするヴィゾラ伯。オルジフは溜息を吐きながら、机を挟んでヴィゾラ伯の向かいに立った。

「この地図によれば、リヴァン市の手前には河川があるらしい。奴らが今まさに防衛線を築いているとするならば、河川に《ここ》築く意外に考えられん」

「……精緻な地図ですな」

地形図を覗き込みながら呟くオルジフ。

「ラーダ王国にカロネード商会という優秀な武器商がおってな、値は張るが良い地図を売ってくれるのだ」

地図の端に記されたカロネード商会の紋章を指差すヴィゾラ伯。

「当初の予定では軍団長殿の思惑通り、パルマで現地徴発を済ませた後、速やかにリヴァン市へと進軍する予定だったのだが……」

「今のパルマからは、灰と炭しか取れませんな」

そこなのだよ！　と頭を掻きむしるヴィゾラ伯。

「これでは補給が続かん！　弾薬は消費していないから問題無いとして、食糧が全くもって足りん！周囲の村々から多少は買い付けたが雀の涙ほどしか補充出来んかった！」

「本国領からの、補給を待つしかありませんな」

嵌めていたガントレットを外し、灰色の顎鬚を弄るオルジフ。

「その通りだ！　しかも、補給馬車がアトラ山脈を越えて我が軍の元まで到着するのに半月は掛かる！　それまでに我らが出来る事といえば灰と化したパルマを眺めながら紅茶を啜《すす》る事くらいだ！」

ティーカップを口に近づける素振りを見せながら喚《わめ》き散《ち》らすヴィゾラ伯。その姿をオルジフは眉一つ動かさず凝視していた。

「ち、父上の言っていた通り、気難しい御仁だな、貴卿は……」

心底話し辛いといった表情で横を向くヴィゾラ伯。

「補給を待っている間に、オーランド連邦軍の動員が完了してしまう懸念は？」

「その心配は無用だ。最近出来た友人からの情報によれば、オーランド連邦軍の編成は議会で否決されたらしい。暫くは大丈夫だろう」

「先程軍団長殿に述べていた、信頼出来る情報筋とは、その友人の事ですかな？」

左様！　と人差し指をピンと立てるヴィゾラ伯。

「所詮、オーランド連邦なぞ烏合の衆に過ぎん。自領が攻められているのにもかかわらず、まともな軍すら編成できん国など物の数では無いわッ！」

片手に持った指揮棒で、リヴァン市をピシャリと叩くヴィゾラ伯。

「して、如何にしてリヴァンを攻めるのですか？　閣下もご存じの通り、パルマの時とは事情が異なります。敵方は、こちらが攻めてくる事を把握しているのです」

「なぁに、正攻法で攻めれば良い。我が軍の伝統にして最新鋭の三兵戦術だ！」

胸と腹を張って高笑いするヴィゾラ伯。対してオルジフは何かを述べようとしたが、諦めた様な表情と共に口をつぐんだ。

「……左様ですか。では、最後に私より一点ご忠言を」

「な、なんだね改まって？」

少し後退りをするヴィゾラ伯。

「敵砲兵に、くれぐれもご注意されたし。それも、銀髪の小娘を見かけたら特に用心する事をお勧めし申す」

「銀髪の小娘ぇ？　魔女でも見たのではないかね？」

身構えて損したと言わんばかりに呆れるヴィゾラ伯。しかしオルジフはお構い無しに言を連ねる。

「その魔女に、我が隊も御尊父殿もしてやられております。御留意すべきかと」

なおも懐疑的な眼差しを向けるヴィゾラ伯に対し、氷の様な冷たい眼光で応えるオルジフ。

「ほ、他ならぬ貴卿がそこまで言うのならば！　オーランドの砲兵共には用心しておこうっ！」

オルジフの気迫に気圧《けお》されて、冷や汗混じりに速答するヴィゾラ伯。

「述べるべき儀としてはこんな所か。ではこれにて……おぉ！　そうだ！　忘れる所であった！」

おもむろにポケットから封蝋付きの手紙を取り出し、オルジフに手渡すヴィゾラ伯。

「これは？」

双頭の鷲の紋章が押された手紙をまじまじと見つめるオルジフ。

「我らが皇帝陛下から、オーランド連邦への宣戦布告文書だ。貴隊の誰でもいいから、リヴァン市へ届けてくる様に」

「既にパルマは灰と化しております。今更なのでは？」

手紙を懐に仕舞いながらも、異議を述べるオルジフ。

「先制攻撃の直後に宣戦布告文書を送る、我らが帝国軍評議会の得意技だ。個人的には好かん手だが、言い始めても仕方あるまい」

地図をクルクルと束ね、将校用のテントへと戻ろうとしたヴィゾラ伯だったが、既に自分のいたテントが撤去されていることに気付き、勇み足が消沈する。

くるりとオルジフに向き直り、一つ咳払いを漏らす。

「あ、安心したまえ！　次こそは貴卿率いる有翼騎兵《フッサリア》を大活躍させてやる！」

小脇に丸めた地図を抱え、高笑いをしながら何処かへと歩き去って行くヴィゾラ伯を、オルジフは半目で見つめていた。

第十九話：ヨルクの護り（前編）

「この川って、名前とか付いてたりするの？」

「あー、確かヨルク川って名前だった筈だぜ」

パルマ焦土作戦から二週間後。

リヴァン市近くを流れるヨルク川にて、パルマ・リヴァン連合軍は急ピッチで防衛線の構築を行っていた。

「水深は浅いけど川幅があるわね。それなりの自然要害として活躍してくれる気がするわ」

後ろ手を組みながら、チャポンと片足を川につけてみると、腰下くらいまで脚が沈み込んだ。川淵でこれくらいなら流心部も一メートル程度だろう。流れも遅い。

濡れたペティコートの裾を絞りながら川下に目をやってみると、緩やかな曲線を描くヨルク川に沿って、土塁と塹壕、そして馬防杭が数キロにわたって築かれていた。

「中々壮観じゃない。ここから見た感じじゃ、陣地構築はもう完了した様に見えるけど」

「歩兵指揮官殿は満足してねぇみたいだけどな。昨日、あともう一週間あれば完璧だったとボヤいてたぜ。ほら、もう帰るぞ」

「え、もう帰るの!?」

岩の上に腰を下ろし、両足を川に浸けてバシャバシャしていたエリザベスが目を丸くする。

「この半月、休み無しで砲兵陣地を構築してきたのよ!? もう少し水浴びしててもバチは当たらないわよ！」

さっさと帰ろうとするイーデンの腕をグイグイ引っ張るエリザベス。

川の後方、丁度ヨルク川とリヴァン市内の間にある、少しだけ盛り上がった地形に、カノン砲兵団は陣地を構築していた。

「パルマの歩兵連隊長殿がお前をお呼びなんだよ。待たせちゃ悪いだろ？　ほら行くぞ」

イーデンによって強引に川から水揚げされるエリザベス。

「え、パルマの連隊長さんって、先のパルマ会戦で殉死されたんでしょ？　まさか幽霊と待ち合わせでもしてるの？」

「んな訳ねぇだろ新連隊長殿だよ。チラッと聞いた限りじゃ、お前に借りがある的な事言ってたぜ？」

「借り？」

ブーツを履き直しながら考えてみるが、パッと思い付く顔が無い。もっとも、向こうから借りがあると言って来てくれているのだから、悪い人ではなさそうではある。

「借りを返そうとしてくれてるって事よね？　興味が湧いてきたわ。行ってあげようじゃない！」

「上級指揮官相手なんだから、無礼なマネは勘弁してくれよ？　怒られるのは俺なんだからな」

分かってるわよ、とイーデンと並んで歩くエリザベスだったが、ふとイーデンを小馬鹿にした様な目付きで見つめる。

「アナタも私から見れば上級指揮官なんだから、敬語を使って欲しいならそう言ってね？」

さぁ敬語を使ってくれと言え！　と言わんばかりに聞き耳を立て、イーデンの返答を待つエリザベス。

「タメ口のままでいいぜ。お前の口から敬語が出てこないのは、むしろ俺の落ち度だよ。本当に優秀な指揮官相手なら、自然と敬語が出てくるからな」

数歩先を歩きながら、イーデンはポツリと呟いた。

「悪かったな、デキの悪い指揮官で」

両目を袖口で拭う動作を見せるイーデン。

「……あ、え！　その、違うの！　そんなつもりじゃ無くて……ちょ、ちょっとした冗談よ!?　気を悪くしたのなら謝るわ！　あ、安心して？　私から見ても貴方は十分優秀な指揮官よ！」

先程の態度とは打って変わり、慌てて取り繕おうとするエリザベス。

その狼狽を背中で感じながら、イーデンは必死で笑いを堪えていた。

彼はまた一つ、エリザベスの取り扱い方を覚えたのだ。


数秒後、ヨルク川に平手打ちの音が響いた。

◆

「久方ぶりだな、イーデン。急に呼び出してすまない。君の部下の一人に用があってな」

リヴァン市内の教会。普段であれば巡礼者が礼拝を行う厳かな場所ではあるが、今はパルマ・リヴァン連合軍の臨時作戦司令部として機能している。その為、信徒席である長椅子は端に撤去されており、出入りする人も軍人が大部分を占めていた。

「……貴官、頬が赤く腫れておるぞ？　何があったのかね？」

「ここに来る際に色々ありまして……」

腫れた頬をさするイーデンの隣には、ムスッとした様子でそっぽを向くエリザベスの姿があった。

「まぁ、差し障る様なら詮索はせんよ。そして、エリザベス・カロネード……で合っていたかな？　また会えて嬉しいぞ」

背けていた顔を前に戻してみると、見覚えのある片眼鏡の中年将校が長机に腕を置いていた。

「直接会うのは第二次パルマ会戦以来だったかな？　左翼戦線では世話になった」

「あ、あの時の中隊長さん。お元気そうで何よりですわ」

彼の装いをよく見てみると、会戦時に見た時よりも袖口のパイピングが豪華になっており、肩口から胸部にかけて、金の飾緒《モール》も追加されている。

「あら、中隊長から連隊長へ特進なされたんですのね。大昇進おめでとう御座いますわ」

「上が軒並み殉死して、階級が繰り上がっただけに過ぎんよ。パルマ軍の残存兵力も、中隊規模にまで縮小してしまったからな」

編成表と思われる縦長の紙ロールを捲りながら苦笑する連隊長。

「改めて、パトリック・フェイゲン大佐だ。貴官のお陰で我が中隊は全滅せずに済んだ、感謝する」

机を挟んで握手を交わす二人。

「それからイーデン、長らく宙に浮いていた貴官の階級が定まったぞ。イーデン砲兵中尉、士官への正式昇進、おめでとう」

「はっ！　オーランド連邦軍初の砲兵士官として、その名に恥じぬ戦いを心掛けます！」

イーデンが、彼らしからぬ丁寧な敬礼を見せる横で、エリザベスはまだ若干不機嫌そうにしている。

「加えて、これは私からのささやかな贈り物だ。受け取ってくれ」

二着の士官用軍服を取り出し、机の上に置くフェイゲン。

「今の貴官らの服装では、士官であると認識され難《にく》いと思うてな。二つとも男用なのは容赦して欲しい、女用の軍服なぞ無いからな」

自分用の軍服が突如目の前に現れ、先程まで不機嫌そうにしていたエリザベスの目の色が変わった。

「これ、わたくしの軍服ですの!?」

軍服を掴み上げ、食い入る様に細部を見つめるエリザベス。

パルマ軍の証である深い青色を基調とした前開きのロングコートには、士官である事を示す金のパイピングが随所にあしらわれている。丈の短い灰色のウール製ズボンと白のロングストッキング。ストレートトラストタイプのバックル付き黒革靴。

何度も夢にまで見た自分の軍服が、そこにはあった。

「有難うございますわ！　この御恩、一生忘れませんわ！」

目を輝かせながら、年相応のはしゃぎ様を見せるエリザベスと、静かに一礼して軍服を受け取るイーデン。

「気に入ってもらえた様で何よりだ……そして、まぁ、ここからが貴官らを呼び付けた本題なのだが」

今までの柔和な表情から一転して、厳しい目付きへと変貌するフェイゲン。

「……ヨルク川の防衛作戦についての話でしょうか？」

「左様」

片眼鏡の奥で青い瞳が光る。

「此度の戦を有利に進める為には、貴官ら率いる砲兵部隊との連携が必要不可欠だと思うてな。加えてあともう一人、呼びにやっている者がいるのだが――」

フェイゲンがそう言い掛けた途端、教会の扉が勢いよく開け放たれる。

「連隊長殿！　大変お待たせ致しました！　オズワルド・スヴェンソン士官候補、只今戻りました！」

まるで敵襲かと見紛う程の勢いでオズワルドが突入してきたかと思えば、続いてゆっくりとした足取りでフレデリカが入室してきた。

「フレデリカ・ランチェスター大尉、オズワルド士官候補に呼ばれ、只今参上致しました」

「待っていたぞ大尉。丁度今から作戦会議を実施しようと思っていた所だ」

小気味よい半長靴の音を響かせながら、フレデリカとオズワルドが長机に身を寄せる。


「これで、歩兵、騎兵、砲兵の三兵科が揃ったな」

フェイゲンは皆の顔をじっくりと見回す。

皆が無言で頷くのを見届けた後、フェイゲンは作戦概要を話し始めた。

「パルマへ送っていた斥候からの報告によれば、敵は総兵力二万の内、五千をリヴァン攻略に向ける腹積りらしい」

「現時点での我々の戦力は？」

イーデンの問いに足して編成表を机に広げるフェイゲン。

「パルマ・リヴァン連合歩兵連隊が千名、カノン砲兵団の野砲五門、リヴァン市の防衛設備である臼《きゅう》砲《ほう》が三基、パルマ軽騎兵中隊が五十騎、それに加えて……」

もう一枚、編成表らしきモノを広げるフェイゲン。

「オーランド南部辺境伯の面々から、歩兵二千を含む援軍の申し出があった。明後日には到着する見込みだ」

「援軍？　南部辺境伯の方々が、どうして援軍を？」

「君と女伯閣下のお陰だよ」

エリザベスの問いに対し、サムズアップをしながら答えるフェイゲン。彼は思っていたよりも所作豊かな性格をしているらしい。

「タルウィタ連邦議会で、君の発言に心を打たれた南部国境の辺境伯達が、自分達の常備軍を援軍として送りたいと申し出てくれた。連邦軍の正式編成は叶わなかったが、援軍自体は叶ったと言えよう」

その言葉にエリザベスは思わず顔を綻ばせる。

あの証言は決して無駄では無かった。

心の底からオーランド連邦の団結を、必死に呼びかけた甲斐があった。

そう思うと、胸にじんわりと熱い物が込み上げてくる。

「そうなりますと、歩兵三千人、大砲八門、騎兵五十騎が我が軍の総兵力となりますな！　まだ数では劣っておりますが、防衛戦故、希望はありますぞ！」

オズワルドが握り拳を高く掲げる。

「いや、そうとも言い切れん」

サムズダウンをしながら険しい表情に戻るフェイゲン。

「結局の所、敵の総数が二万である事に変わりは無い。この戦力差ではいずれ、ヨルク川防衛線も突破される時が必ず来るだろう」

「左様でございますか……」

突き上げた拳を力無く収めるオズワルド。

「かと言って、ノール軍に易々とリヴァンをくれてやる理由も無い。パルマを灰にしてまで稼いだ時間だ、それ相応の出血を相手に強いねばならん」

その言葉にフレデリカとエリザベスが強く頷く。

「故に貴官らに遵守《じゅんしゅ》して欲しい指針は二つ。一つは敵に出血を強いつつ、自軍の被害を抑えるよう努める事。いま一つは勝とうと思わず、戦闘を長引かせる事に重点を置く事だ」

「常に優勢を保ちつつ、最後は整然と撤退する……要するに〝上手に負ける〟必要があるという事ですね？」

「その通りだ、大尉」

フレデリカにもサムズアップを送るフェイゲン。

「し、しかし連隊長殿。戦闘を長引かせると仰られましても、終わりの見えない戦いは士気統制に多大な影響を及ぼします」

イーデンが挙手をして異議を唱える。

「長期にわたる連続戦闘は、兵士達を極度に疲弊させます。せめていつ終わるのか、どうなれば撤退出来るのか、具体的な達成点をご教示賜りたく」

「うむ、貴官の指摘はもっともだ。先に結論を述べよう、我々は最低でも一ヶ月間、ヨルク川を防衛する必要がある」

一ヶ月間。

暫くの間、その言葉の重みを全員が噛み締めた。最低でも三十日間この地を守り切らなければ、パルマ焦土作戦の全てが徒労に終わる。そう述べられているのと同義だった。

「そして、その一ヶ月の根拠だが――」

「タルウィタ連邦議会の臨時開催を行うおつもりですわね?」

フェイゲンの言を遮って、エリザベスが口を開く。

「連邦議会の臨時開催? し、しかしエリザベス、既に連邦軍の正式編成は否決されているはずじゃ？」

唐突に連邦議会の名を口にしたエリザベスを、困惑した様子で見つめるオズワルド。

「そうね。オズワルドの言う通り、一瞬私も無駄だろうと考えたわ。だけど……」

フェイゲンを見つめるエリザベス。

「得たのですわね？　ノールがオーランド全土を征服しようとしている確たる根拠を？」

「その通りだ」

開封された一枚の手紙を机に置くフェイゲン。

「双頭の鷲……ノール皇帝直筆の親書が、なぜ？」

フレデリカが手紙を見つめながら尋ねる。

「宣戦布告文書だ。十日ほど前、ノール軍の使者がやってきた。改めてオーランドに宣戦を布告をすると、な」

「何を今更！　後出しもいいところではないですか！　奴等はどこまで我々を侮辱すれば気が済むのですか!!」

悔しさと怒りを叩きつける様にして叫ぶフレデリカ。

「パルマ女伯閣下も同様の言葉を述べていらっしゃった。ただ皮肉な事に、この宣戦布告文書を物証として、連邦軍編成を改めて訴える場を設ける事にも成功している」

「その結果が、連邦議会の臨時開催という訳ですか……」

目を閉じ、唇を噛み締めるフレデリカ。

「そうだ。連邦議会の臨時招集には約一ヶ月掛かる。つまり、最低でも連邦軍の編成が確定する三十日後までは、この地を守り切らねばならんのだ」

「もし、連隊長殿。一点よろしくて？」

エリザベスに、目線で続きを促すフェイゲン。

「オーランド連邦軍の編成には、全会一致での可決が必須であると伺っておりますわ。無いとは思いますが万が一、反対する貴族諸侯が一人でもいたら……」

その先の事など考えたくも無い。

もしそんな事が起これば、幾日この地を守り通そうとも、最終的な敗北が確定するのだ。

「頼りない回答で恐縮だが、それについてはパルマ女伯とリヴァン伯の手腕に祈るのみだ。我々は軍人として、目の前の課題を粛々とこなさねばなるまい」

「……仰る通りですわ、承知いたしました」

空気が重くなってしまった事を感じ取ったフェイゲンが、一度大きく咳払いをする。

「中々に厳しい任務を貴官らに与えている事は重々承知している」

鼻腔から息を漏らしながら、皆に向けて駄目押しの両手サムズアップを送るフェイゲン。

「なればこそ、成し遂げて見せようではないか！　パルマ凱旋の折、最も苦しい緒戦を戦い抜いたのは我々であると、高らかに宣言する為に！」

「了解！」

「了解しました！」

「了解ですわ！」

「了解であります！」

各自好き勝手なタイミングで敬礼をする四人を見て、思わず苦笑するフェイゲン。

「……てんで揃わぬ敬礼が、これほどまでに頼もしいとは思わなかったな」

敬礼は揃わなかったが、心は確かに揃っていた。

第二十話：ヨルクの護り（後編）

フェイゲン達が教会で作戦会議を進めている一方で、ヨルク川後方の臨時カノン砲兵団陣地では、同陣地構築の最終仕上げが進行していた。

「毛玉隊長ぉ～、この弾薬箱どこに置くんですかねぇ？」

「あそこの六ポンド砲の近くに置いて～！　あ、ちゃんと距離は二十メートルくらい離して置いてね！」


「毛玉隊長、不良になった砲弾は何処に置いておけば宜しいですかね？」

「検査ダメだった砲弾は赤のバツ印つけといて！　ＯＫな砲弾と混ざらない様に区別する事！」

「毛玉隊長！　リヴァン市から輸送中の臼砲三基ですが、途中で荷車が脱輪した為、到着が遅れるとの事です！」

「え～、ちゃんと荷車の上で重量分散させたの～？　臼砲はすごい重いから、荷車の片側に寄ってると直ぐ脱輪しちゃうよって伝えといて！」

砲兵輜重隊のメンバーから次々に飛んでくる質問に対応しながら、毛玉隊長こと、エレン砲兵輜重隊長は、各大砲の傷の有無をチェックしていた。

「むう、この子はもう五十発も撃てなそうだなぁ……」

砲身寿命を確認しているエレンの背後に、しめしめと大男が忍び寄る。

「よう！　毛玉ちゃ……おぉう!?」

肩を叩いて脅かそうと思っていたら、すんでのところで身を翻されバランスを崩すアーノルド。

「にひひ～、私はお姉ちゃんと違って何回も騙されたりしないよ～？」

大砲の後ろに回り込みながらコロコロと笑うエレン。

「流石は毛玉隊長！　このアーノルド伍長、おみそれ致しました」

斜めに被った三角帽子を脱ぎながら、慇懃《いんぎん》無礼《ぶれい》な物言いをするアーノルド。

「それ！　アーノルドおじさんが毛玉って呼ぶから輜重隊のみんなからも毛玉隊長って呼ばれる様になっちゃったじゃん！」

不満そうで嬉しそうな、困り眉の笑顔を浮かべるエレン。

「まぁまぁ良いじゃねえか、お陰で輜重隊の皆とは仲良くやれてるみてぇだし。最初、エレン嬢ちゃんが輜重隊長になったって聞いた時は流石にビビったがな！」

ガッハッハ！　といつもの豪快な笑い声を響かせるアーノルド。

「私以外に隊長やりたいって人が居なかったんだもん！　みんな読み書き計算は出来るけど、大砲の事は知らないみたいだったからね～」

自身の後ろで、弾薬箱や前車をせっせと運搬している輜重隊員の姿を一瞥するエレン。

民間人である彼らは軍服着用義務が無い為、皆一様に私服を着用している。また、読み書き計算が出来れば出自性別は不問とした為、老若男女な面々が輜重隊として任務に従事していた。

「ひぃふぅみぃ……総勢二十人くらいか。毛玉ちゃんも立派な小隊長だな！　もし輜重隊が正規軍だったら、俺が毛玉ちゃんに敬語使わなきゃならなくなっちまうなぁ！」

「私は構わないから今から敬語でも全然良いけどね〜？」

ニヒヒと笑い合う二人の元に、また一人の隊員が走り寄ってくる。

「毛玉隊長さん！　砲身と砲弾の遊隙《ゆうげき》ってどこまで許容すれば良いんですか？」

「三ミリメートル！　……が理想だけど殆どの砲弾が弾かれちゃいそうだから六ミリメートルまで可！　ヘイウィングお兄さんが寸法測るの上手いから彼に任せてあげて！」

「了解です！」

一人がエレンの元から駆け出すと、また一人がエレンに指示を仰ぎに馳せ参じてくる。

「毛玉隊長、丸弾の真球度を測るにはどうすれば宜しいでしょうか？」

「その辺の丘で砲弾を転がしてみて！　軌道が変に曲がらなかったら合格だよ。ホーキンスおばさんが手持ち無沙汰だったからやらせてあげてね！」

「了解しました！」

「す、すげぇな……」

十五歳とは思えない指揮力で周囲を纏め上げるエレンの姿に、アーノルドは若干の不気味さすら覚えていた。

「……毛玉ちゃんよう、その知識は何処で仕入れてきたんだい？」

「お家に大砲が置いてあったからだよ。お姉ちゃんと違って私は暇だったから、倉庫の大砲弄ったり、大砲の教本を読んだりして暇潰ししてたの～」

大砲弄りをまるで、ありふれた趣味であるかの様に話すエレン。

「家に大砲ってお前……あぁ、そういや毛玉ちゃんの実家って裕福な武器商なんだっけか！」

姉妹揃ってお嬢様とは羨ましいねえ、と両手を後頭部に遣《や》りながらニンマリ呟く。

「……本当のお嬢様はお姉ちゃんだけだよ。私はカロネード家の子供じゃ無いからねー」

「うん？　カロネード家の子じゃないって、どういう事だよ？」

牽制の意味も込めて、やや自虐気味な微笑を浮かべるエレンだったが、アーノルドはそんな事お構い無しに深掘りしてくる。

「むぅ、その辺は話すと長いよー？」

あまり触れてほしくない話題である為、なんとか不器用にも話題を逸らそうとするエレン。

「良いぜ！　聞かせていただきやす！」

地べたに座り込み、完全に聞く姿勢に入ったアーノルドを見たエレンは、観念して点検の手を止めた。

「……私ね、元々はノール人のお父さんとラーダ人のお母さんの子供なんだ」

煤で黒くなった手を布巾で拭きながら話す。

「そりゃハーフって事か？　ノールとラーダの子供ってのは珍しいな。オーランドとラーダのハーフは、話す言葉が変わんねえ事もあって、良く聞く話だけどよ」

「そうそうハーフだね～。お父さんはノール語、お母さんはラーダ語で話すから、どっちの言葉で話せばいいのか小さい頃はすんごく迷った記憶が……あ、ありがとねー」

輜重隊のメンバーから報告書を受け取りながら話を続けるエレン。

「じゃあ今はノール語もラーダ語も話せんのか？」

「ううん。ノール語を覚える前に、お父さんが死んじゃったから」

報告書に目を通しながら応えるエレン。

「そ、そうだったのか。すまねぇ、辛い事を思い出させちまったな」

頭を下げるアーノルドに対し、ゆっくりと首を横に振るエレン。

「正直顔もあんまり覚えてないから、悲しいとかの感情も特に無いんだよね。五歳くらいの頃だったから、声もどんな感じだったかイマイチ思い出せないし……あ、これで問題ないからイーデンおじさんの所に持って行ってあげて～」

承知致しました！　と走り去っていく輜重隊員の姿を横目に見ながら、どこまで話したかなと顎に手を当てるエレン。

「えーっと、そうそう。その後で私のお母さんと、お姉ちゃんのお父さんが再婚したの。二人とも同時期に相方を亡くしてたから、結構気が合ったみたいだよ～」

「カロネード家の血を引いてないって、そういう事か！　てっきり俺は本当の姉妹だと思ってたぜ」

「ほんと!?　ちゃんと姉妹に見える？　嬉しい～！」

口元で両手をパチパチさせて喜ぶエレン。

同じ年に生まれ、同じ年に片親を亡くした者同士なのだ。本当の姉妹以上に気が合う所もあったのかも知れない。

エレンの異様とも取れる喜び様を見ながら、アーノルドは推測した。

「血の繋がりが無い私を、お姉ちゃんは本当の妹みたいに接してくれたの。だから今度は私がお姉ちゃんを助ける番なんだ～」

「なぁるほどな。それが姉さんに付いてきた本当の理由か？」

「うん、そう――」

そうだよ、と言おうとして慌てて口を塞ぐエレン。

「い、今言った事はお姉ちゃんには内緒にしてね⁉」

「えっ、何でだよ？　言ってあげた方が姉ちゃんも喜ぶと思うぜ？」

えへへ、と照れくささそうな笑みを漏らしながら理由を説明するエレン。

「お姉ちゃんには〝面白そうだから自分の意志で付いて来た〟って言ってあるの～！　正直に〝お姉ちゃんを助ける為に付いてきた〟って言っちゃったら、逆にお姉ちゃんの負担になっちゃうかもしれないでしょ？」

エレンの返答にアーノルドは目を丸くした。彼女がそこまで考え抜いた上で、姉と行動を共にしているとは夢にも思っていなかったのである。

のほほんとした雰囲気とは裏腹に、確固たる信念を掲げている彼女に対してアーノルドは、据えていた腰を浮かせ、起立の姿勢を取る。

「済まなかったな。俺は毛玉ちゃんの覚悟を甘く見てたみてぇだ」

「きゅ、急にどうしたのさ⁉」

やや引き気味のエレンに対して、敬礼で応えるアーノルド。

「俺に出来る事があれば言ってくれ！　毛玉ちゃんの助けになるぜ？」

「えぇー？　まぁ、それは嬉しいけど……じゃあこの名簿一覧確認しておいてくれない？　隊員さん達の名前と年齢がちゃんと一致してるか確認して欲しいの！」

「おっしゃ、任せろ！」

快くエレンから名簿を受け取るアーノルド。一枚捲ってみると、先ず一番として隊長であるエレンの情報が載っていた。

「人相特徴、年齢、氏名、問題ないな……おっと」

氏名の旧姓の欄が空欄である事に気付いたアーノルドは、大砲の点検を再会していたエレンを呼び止める。

「毛玉ちゃん、お前の旧姓って何て苗字なんだ？　空欄になってたから書いとくぜ？」

「あー、ごめん！　旧姓はノール語の苗字だからスペルが分かんなかったのー！」

「適当に書いとくから、取り敢えず発音だけ言ってくれ〜」

アーノルドに促され、エレンは自分の旧姓を叫んだ。

「グリボーバル！　私の旧姓は、グリボーバルって言うの！」

「グリボーバル？　ノールらしい、ヘンテコな苗字だな」

「他人の苗字を変って言わないのー！」

む～っと頬を膨らませるエレンをアーノルドは苦笑しながら見つめていたが、遠くから彼女の肩越しに近付いてくる伝令兵の姿を捉えた時、アーノルドの顔から笑顔が消えた。

「報告！　イーデン・ランバート中尉は何処か!?」

「ひえぇ！　いきなり何なの～!?」

いきなり背後から怒鳴り声を浴びせられ、縮こまるエレン。

「イーデン隊長はフェイゲン歩兵連隊長と作戦会議中だ。火急の用件なら、代わりに俺が受ける」

突然の事態にオロオロしているエレンを他所に、アーノルドが落ち着いた声で対応する。

「はっ！　承知致しました！」

馬を降り、ヨレてくたびれた文書を読み上げる伝令兵。

「パルマに潜伏中の斥候より報告！　ノール軍約五千がパルマを出立し、ここヨルク川へと進軍を開始！　会敵まで、およそ一日！　ついては、速やかに防衛体制を整えられたしとの事！」

伝令の報告を聞いたアーノルドが豪快に笑う。

「ガッハッハ！　いよいよ来なすったな！　フェイゲン連隊長殿へは連絡済みか？」

「いえ、これからです！」

「分かった、教会までは俺が案内する！　イーデン中尉含めて全員が其処《そこ》で会議中だ！」

伝令が乗ってきた馬に、勢いよく相乗りするアーノルド。突然大男が跨ってきた為、驚いた馬が大きく嘶《いなな》き声を上げる。

「毛玉ちゃん！　名簿の確認の続きはこっちでやっとくから、砲撃準備の続き頼んだぜ！」

ドップラー効果を伴いながら遠ざかっていくアーノルドの声。状況に頭が追いついて来るまで、エレンは口を半開きにして棒立ちしていた。

「毛玉隊長～」

指示を仰ぎに来た輜重隊員の言葉で、やっとエレンは我に返った。

第二十一話：第一次ヨルク川防衛戦（前編）

「さて、進軍は予定通り進んだが……」

ヨルク川の対岸に布陣するオーランド連邦軍を眺めながら、簡易な木椅子に腰掛けたヴィゾラ伯が呟く。

「半月の代償がこれとはな……何とも、惚れ惚れする程に面倒な陣容ではないかッ!!」

肘掛けに拳を叩き付けながら、侮蔑の眼差しを眼前へ向けるヴィゾラ伯。

何重にも張り巡らされた土塁と塹壕。数少ない渡河地点を潰す様に設置された馬防杭。塹壕線の先に見える重厚な野砲陣地。

思わず迂回の選択肢を取りたくなる様な防衛線がそこに築かれていた。

「如何して、攻め立てますかな？」

横に立つオルジフが尋ねる。

彼が身に纏う白銀の板金鎧が、燦々《さんさん》たる太陽に照らされ、神々しい光を映射させている。

「ああいった陣地を攻める場合、先ず行うべきは突破口となる綻びを作り上げる事だ。まともに正面から押した所で、無駄な被害が増える一方だからな」

苦々しい表情で相手陣地を見つめ、嫌々ながらも作戦を考え始めるヴィゾラ伯。

「有翼騎兵を突破口として用いる形となりますかな？」

「いや、貴卿の出番はそこでは無い」

野砲陣地を指差しながら首を振るヴィゾラ伯。

「有翼騎兵《フッサリア》の出番は、突破口をこじ開けた後だ。味方が開けた風穴から速やかに突入し、敵砲兵部隊を沈黙させろ。砲兵援護が無くなれば、後はどうとでも料理ができよう」

「御意に……して、突破口の作成はいずれの部隊に？」

オルジフ達の眼下には、白服のノール戦列歩兵達が既に横隊を形成し、前進命令を待っていた。先のパルマ攻略戦が空振りに終わっている為か、皆浮き足立っている。

「そうだな……リヴィエール！　二個中隊を中央の渡河地点へと進めろ！　奴等の手札が何枚あるのかを知りたい！」

ヴィゾラ伯は、彼の傍《そば》に立っていた黒長髪の参謀へと命令を飛ばす。

「御意に、連隊総指揮官殿。渡河地点は左右翼にもございますが、あくまで中央を渡河する認識で相違無いでしょうか？」

三ヶ所の渡河地点を図示しながら、リヴィエールと呼ばれた壮年の参謀が念を押す。

「その通りだ。最も火力の集中する場所に兵を進めれば、敵の最大火力が見えて来る筈だ。突破口を開く前に敵の手札……つまり攻撃手段を全て把握しておきたい」

意図を説明しつつ、オルジフとリヴィエールの両名を交互に見据えるヴィゾラ伯。

「敵の手中が全て明らかになった所で、本格的な攻勢計画を練るとしよう。手札が無くなった籠城戦力など、恐るるに足らん。では、委細よいな？」

「「御意に」」

ヴィゾラ伯の身長が低い所為で、二人は目線を下げながら敬礼をする。対するヴィゾラ伯は不満げに、二人を見上げる様にして答礼を返した。

◆

【第一次ヨルク川防衛戦】
—オーランド連邦軍—
パルマ・リヴァン連合駐屯戦列歩兵連隊　1000名
パルマ軽騎兵中隊　55騎

臨時カノン砲兵団　8門

―ノール帝国軍―

帝国戦列歩兵第一連隊　1500名
帝国戦列歩兵第二連隊　1500名
帝国戦列歩兵第三連隊　1500名
帝国重装騎兵大隊　150騎
帝国榴弾砲小隊　3門
帝国カノン砲小隊　3門
有翼騎兵大隊　61騎

◆

「南部辺境伯達の義勇軍はギリギリ間に合わずか……」

「一日耐えれば二千の援軍が来るって、前向きに考えれば良いじゃない」

イーデンとエリザベスは肩を並べながら、前進を開始したノール軍の動向を観察していた。

「あ～と……敵先鋒は三百ってとこか。なんとも中途半端な数なこって」

横目でイーデンを見ていたエリザベスも、やっと前方のノール軍に目を向ける。

「確かに妙な数ね。複雑な機動が出来る程の少人数でもないし、かといってスクラム組んで射撃戦が出来る程の大人数でもないし……」

渡河地点は左右にもある。それにもかかわらず、わざわざ防御火力を集中させやすい中央を進軍してくる意味が解《げ》せない。この攻勢の意図が理解できるか？　と相手から挑戦状を出されている気分だ。

負けず嫌いの性格も相まって、何とかして相手の真意を読み解こうと熟考するエリザベス。

「何にせよ、正面から来るからには全力で歓迎してやらねぇとな。全砲門、射撃用意！」

全砲門の単語に突如頓悟《とんご》するエリザベス。


「それよ！　それが狙いだわ！　イーデン、射撃するのは四ポンド砲だけにしてくれないかしら？」

「四ポンドだけ？　フェイゲン大佐からは最大火力で応戦する様にって言われてんぞ？」

前方の自軍塹壕線を指差しながら反論するイーデン。

「敵は私達の総戦力を把握しようと企んでる筈よ！　こんな序盤で最大火力を敵に見せたら、後の手札が無くなっちゃうわ！　可能な限り手の内は隠しておくべきよ！」

「イーデンおじさーん、結局どっちなの～？」

困った様子のエレンの背後には、どっちつかずの態勢で待機する輜重隊員と砲兵達の姿が見えた。

「あ～！　分かった。取り敢えず今はベスの言う通り、四ポンド砲だけで支援砲撃だ！　他の砲は稜線裏に下げておけ！　おいベス、フェイゲン大佐に今言った事を伝えてきてくれ！　連絡将校としての初仕事だ！」

「了解よ！」

自分の輓馬に跨り、カッポカッポと駆け出すエリザベス。威勢よく陣地を飛び出したものの、この輓馬は早駆けの調教を施していない為、何とも言えない牧歌的な速度で丘を下っていく。

下り途中で、背後の砲兵陣地から轟音が響き渡り、風切り音と共に頭上を丸弾が飛び過ぎていく。ギリギリ目で追うのがやっとの弾速だ。

「ほらほら。あの砲弾程ではないにしろ、もうちょい速く走りなさいな」

脚で馬のお腹を叩いてみたが、終始、並足に毛が生えたような速度しか出る事は無かった。

とは言え、陣地間の距離は五百メートルも無い。いくら輓馬の速度が遅いと言っても、フェイゲン大佐の居る歩兵陣地までは結局五分も掛からなかった。

歩兵陣地は、ヨルク川に対して緩やかなV字を描く様に構築されており、進めば進む程に両側からの攻撃が苛烈《かれつ》になる構造をしている。包囲を想定していない鶴翼陣とでも言えばいいのだろうか。今回の様に進軍路が限定される場合においては、中々に攻め辛い防御陣地になるだろう。

歩兵司令部のテント脇に佇むオズワルドを見つけると、エリザベスは馬の勢いを殺しながら、飛び降りる様に下馬した。

「オズワルド！　連隊長さんへ繋いでくれない？」

「エリザベス!?　お前は砲兵側の連絡将校だった筈では？　歩兵側の連絡将校は俺がやるって言っただろ!?」

「ああもう、おバカね！　アナタの言う通り、砲兵連絡将校としての役目を果たしに来たのよ！　通しなさい！」

「そういう意味か！　スマン、こっちだ！」

　V型陣地の根本に当たる地点に設営された歩兵司令部テントへと駆け込む二人。

「連隊長殿！　臨時カノン砲兵団のエリザベス士官候補が参りました！」

「前進してきた敵の二個中隊に関してだろう？　通せ。私としても話をしておきたい」

「ご機嫌よう連隊長殿。この度は敵方の進撃意図についてご進言を賜りたく参上致しましたわ」

　お嬢様時代の癖が抜けておらず、有りもしないドレスの裾を掴み損ねるエリザベス。

「し、失礼致しましたわ」

　慌てて敬礼をするエリザベス。

「構わんよ、一片《ひとひら》の香りが漂う砲兵士官というのも風情《ふぜい》がある。それで、進言とは？」

「端的に申し上げます。いま進軍中の敵三百に対しては、正味三分の力で以って当たるべきかと存じますわ」

「正味三分？　こちらの歩兵は千名しかおらんぞ。その三分とあっては三百名だ。敵と同数の戦力で当たれと？」

　恐れながらその通りです、と姿勢を正すエリザベス。

「ノール帝国は軍国と評されるほどの兵量と兵質を有しておりますわ。であれば、この中途半端とも取れる攻撃にも必ず意図があると考えましたの」

「ふむ、そうか……」

暫し顎に手を当てた後、口に手を当てながら小声で話すフェイゲン。

「敵の事を良く知っている様で感心だが、あまり敵を持ち上げる発言は慎んだ方が良い。我が軍には、文字通り親をノールに殺された者もいるのでな。要らぬ恨みを買いたくはあるまい？」

「りょ、慮外な発言、失礼致しましたわ……」

口を塞ぎながら謝るエリザベス、

自分はもうラーダ人ではなく、オーランド人として見られているのだ。オーランドとラーダの争いを、いつまでも第三者目線で見ている訳にもいかない。当事者意識を持てと、フェイゲンは暗に示しているのだろう。

「それでエリザベス。敵の意図とは何なのだ？」

オズワルドが続きを促す。

「この攻勢で敵は、我が軍の戦力を把握しようとしておりますわ。この防衛戦、如何に我が軍の手数を見せずに時間を稼ぐかが肝要かと……」

私は当事者である。フェイゲンが私に送ってくれた軍服の意味を、よく考えねばならない。

最早、私は傍観者では無い。

第二十二話：第一次ヨルク川防衛戦（中編）

「構《Take Aim》え！　撃《Fire》てェ！」

塹壕線から顔を出したオーランド兵達が、陣地中央へと邁進《まいしん》するノール軍へ射撃を浴びせる。

彼らは射撃を担当する兵士一人と、装填を担当する兵士三人の、計四人一組のグループに纏められていた。

一人が射撃を行っている間に、三人掛かりでマスケット銃を装填する。装填の終わった銃から次々にリレー方式で発砲する鶴瓶《つるべ》撃ちのスタイルだ。

「あんだけ四方八方から撃たれてんのに何で足を止めねぇんだ？」

「敵の全力射撃を受けるまで帰ってくるな、とでも言われてるんでしょ。敵ながら可哀想だこと」

砲兵陣地にて、どんどん撃ち出される四ポンド砲の弾道を眺めながら、他人事を述べるエリザベス。

「あのままだと鶴翼陣の根元まで到達しちまうぞ。もう少し砲兵火力を投射した方が……おお？」

イーデンが言い掛けた所で、陣地の中程まで進んだノール軍がとうとう来た道を引き返して退却していく。

「よっしゃあ！　おとといきやがれ！」

「寂しそうな背中が良くお似合いだぜ白蛇共！」

歓声を上げる砲兵達。四ポンド砲を担当していた砲兵以外は暇を持て余していた為、余裕綽々《よゆうしやくしやく》の面持ちである。

「敵ながら良く持った方だとは思うけど、やっぱり砲撃には耐えられなかったわね！　味方の士気を支え、敵の士気を挫《くじ》く事こそが大砲の役目ですわ！　おーっほっほっほ！」

上体を反らす勢いで高笑いを響かせるエリザベス。

「いや、まだ諦めちゃいねぇみたいだぞ」

イーデンが苦虫を噛み潰した表情を浮かべる。

対岸へと退却していく戦列歩兵と入れ違う様にして、今度は百名程の歩兵が前進を開始してきた。

「次から次へとご苦労な事ね。戦力の逐次投入とは、ノール軍らしくない凡ミスだけど……」

疎《まば》らに間隔を空けながら、低姿勢でゆっくりと接近する歩兵達。四ポンド砲が射撃を再開するが、密集していない敵兵に丸弾が当たるべくも無く、虚しく狭間を通り過ぎてくのみである。

「散開してるせいで丸弾が当たらないわねぇ。最右翼の突出部に向かっているみたいだけど……」

鶴翼陣の弱点と言えば、左右へ突き出した突出部である。左右どちらかでも崩されると逆包囲の危険性が一気に高まる為、防御側は突出部に戦力を集中させるのが定石である。

「フェイゲン大佐も突出部への攻撃は織り込み済みで、突出部の戦列を一番厚くしてるんだ。何とかなる筈だぜ」

イーデンの言葉を証明するかの様に、塹壕内から幾丁ものマスケット銃が銃口を覗かせている。対するノール軍歩兵は伏射姿勢のまま銃を構える。彼らの三角帽子には、緑色の羽飾りがあしらわれていた。

「もうノール兵は射撃姿勢に入るのか？　百メートルは離れてるぞ？」

マスケット銃の撃ち合いは、少なくとも彼我の距離が五十メートル以内に入ってからでないと、お互いに有効射を加えられない。

にもかかわらずノール兵が射撃態勢に入ったという事は、命中させる自信があるという事だ。

「あの距離からの伏射に加えて、やけに散開した布陣……嫌な予感がするわね」

エリザベスの予感を助長させる様に、ノール軍の射撃号令が掛かる。

「放《Feu》て！」

ノール兵達が放った鉛玉が、塹壕内に向かって飛翔する。その弾丸は、塹壕から頭だけを出しているオーランド兵をいとも容易く撃ち抜いた。

「クソっ！　本当にこの距離で撃って来やがった！　撃ち返せっ！　撃て！　撃て！」

オーランド側も応射を開始するが、散開しつつ身を隠しているノール軍相手には全く有効打を与えられない。

「畜生ッ！　やけに向こうの弾ばっかり当たるじゃねぇか！　おい野郎ども！　塹壕超越の用意だ！　接近戦でカタを付けるぞ！」

少数部隊であれば近接戦闘で撃退できると踏んだ最右翼の中隊指揮官が、隷下の部隊を塹壕から外に出そうとする。

「右翼の中隊長さんは何考えてますの!?　塹壕から出ずにジッとしてなさい！　クッソ危険ですわよ!?」

腕をブンブン振りながらエリザベスが忠告を入れるが、遠くの歩兵陣地に届く訳もなく、兵士達は続々と塹壕壁に足を掛けていく。

「塹壕超越《Over the Top》――！」

オーランド兵達が塹壕の頂点に到達した瞬間。

歪《いびつ》な太陽が、閃光と爆音と共に、彼らの頭上に輝いた。

「え？」

塹壕を這い出た兵士達が頭上に目を向ける。

それはまるで、見られた事を恥じるかの様に、自らの姿を幾千もの破片へと変貌させた。

鉄の雨が、彼らの頭上へと降り注ぐ。

「榴散弾《Shrapnel》――！」

そう叫ぼうとした兵士は、頭と喉をズタズタに引き裂かれ、ゴボゴボと自らの血に溺れながら塹壕内へと倒れ込んだ。

塹壕から身を乗り出していた兵士は全て榴散弾の餌食となった。破片が全身に食い込み、ハリネズミの様な姿となった兵士が塹壕の中へと崩れ落ちて行く。生き残った兵士達も、閃光と爆音によって自我亡失の様相を呈している。

「榴散弾による疾風射《はやてしゃ》……！」

エリザベスが唇を噛む。

塹壕から攻勢を仕掛ける瞬間を狙う疾風射は、炸裂のタイミング次第では攻勢そのものを破砕する威力を有する。今の射撃タイミングは正にその理想例だ。

「猟兵《イエーガー》の施条銃《ライフル》で敵を吊り出し、塹壕から這い出て来た所で榴散弾を叩き込む……完全に敵の術中に嵌ったわね」

今も伏せながら射撃を継続しているあの敵兵は猟兵《イエーガー》で間違いないだろう。

ライフリングという、螺旋状《らせんじょう》の溝が彫られた特注のマスケット銃を持つ彼らは、通常のマスケット銃兵よりも射程と精度に優れる。

我々が塹壕から動けないのを良い事に、このまま射程外から戦力を削り取るつもりなのだろう。

「イーデン！　臼砲で焼夷弾《カーカス》を打ち上げて！　パルマ軽騎兵に出撃の合図よ！」

「け、軽騎兵？　百人くらいの敵相手にもう虎の子を出しちまうのかよ？」

呑気な返答をするイーデンにエリザベスが地団駄を踏みながら捲し立てる。

「アレは猟兵《イエーガー》よ！　敵は長距離射撃戦を仕掛けてきてるわ！　このままだと延々と射程外から攻撃されるわよ！」

「あれ猟兵《イエーガー》なのかよ!?　また高級な部隊を引っ提げて来やがって！　おいエレン、臼砲発射だ！　焼夷弾《カーカス》を打ち上げろ！」

「うぃ！　焼夷弾《カーカス》発射用意《Present》～。真上に撃ち上げるのが目的だからね～、敵に向かって撃たないでね～」

「仰角八十度！　撃《Fire》てぃ！」

エレンの号令と共に、まるで鐘の様な上品な音を響かせながら、臼砲が発射される。

砲兵陣地の直上、最大高度に到達した所で、真っ赤な火花を散らしながら燃え盛る焼夷弾《カーカス》。

「緒戦で軽騎兵と臼砲の手札を明かす事になるとは、先が思いやられるわ……」

煌々《こうこう》と輝きながら、両軍へその存在感をアピールする焼夷弾《カーカス》を見つめながら溜息を吐くエリザベス。

臼砲は、敵の要塞や防衛設備を延焼させる為に使うのが主目的であり、この様に信号弾代わりに使う事はあまり無い。

その曲射性能を活かして物陰から奇襲砲撃を行う事も出来る兵器だったが、それは夢想と消え失せた。臼砲が敵方にあると知ったノール軍が、そう易々と奇襲砲撃に引っ掛かる筈もないだろう。

「おや、砲兵令嬢《カノンレディ》からの御指名だ」

「意外と早かったですな」

一方で、リヴァン市内に待機していたフレデリカとクリスが、上空に浮かぶ小さな太陽を見つめる。

「籠城側の騎兵は暇な事が多いらしいが、今回は退屈しなくて済みそうだな……速歩《トロット》！　前進《Forward》！　リヴァン・パルマ両辺境伯閣下の御為《おんため》に、卑しき白蛇の軍を討伐せしめよ！」

隷下の騎兵を鼓舞しながら、フレデリカはサーベルを天高く掲げた。

◆

「臼砲と軽騎兵の手札が判明しましたな、連隊総指揮官殿」

パルマ軽騎兵が前線へと到達する前に、指揮下の猟兵《シャスール》に後退命令を下達するリヴィエール。

「リヴィエールの進言通り、軽歩兵を出してみて正解だったな！　はてさて。そろそろ有翼騎兵《フッサリア》を突入させても良い頃合いだろう。オルジフ！　出番ぞ！」

ヴィゾラ伯の号令と受け、有翼騎兵《フッサリア》達の先頭に立ったオルジフが右手を高く上げる。

「味方猟兵《シャスール》が開けた敵陣右翼へ突入せよ！　敵鶴翼陣を突破し、勢いに乗じて砲兵陣地を叩いて来い！　敵砲制圧が最優先目標だ！」

突撃喇叭《ラッパ》の音と共に、意気揚々と進撃を開始する有翼騎兵《フッサリア》。

彼らが背負う大羽根飾りを見ながら、リヴィエールがヴィゾラ伯へと口を開いた。

「連隊総指揮官殿。有翼騎兵《フッサリア》と共に重騎兵大隊も出撃させた方が宜しいかと」

「その故は？　述べてみよ」

進言の許可も取らずに、ヴィゾラ伯へ提案を行うリヴィエール。対するヴィゾラ伯も、そんな事を歯牙にもかけずに言葉を返す。

「先の会戦経過を鑑みるに、敵騎兵戦力はあの軽騎兵一個中隊のみでしょう。こちらが騎兵二部隊を出せば必ず、必ずや一部隊は砲兵陣地に到達出来ましょうぞ」

糸目を僅かに開きながら、左右翼の渡河地点を指差すリヴィエール。その手は骨張っており、まるで病人の様にか細い。

「ふーむ。まぁ、父上の様に戦力を温存して敗北するのは避けたい所だな……よし採用！　重騎兵を出せ！」

「御意に、連隊総指揮官殿。重騎兵を有翼騎兵《フッサリア》に追従援護させましょう」

リヴィエールはヴィゾラ伯に一礼をすると、至近に侍らせていた騎兵指揮官へと蚊の鳴くような声で指示を出した。騎兵指揮官は聞き辛そうに耳を傾けた後、一応の頷きで応えた。

「前進《Mars》！」

胸甲鎧を身に付けたノール重騎兵が、有翼騎兵《フッサリア》の斜め後方に追従する。

「頼むぞ～オルジフッ！　この攻勢で決着をつける勢いで攻め立てよ！」

我が子の門出を応援するかの様に、ヴィゾラ伯は大きく手を振った。

第二十三話：第一次ヨルク川防衛戦（後編）

「しまった！　間に合わなかったか……！」

組織的な抵抗力を喪失している右翼突出部に、有翼騎兵《フッサリア》と重騎兵が殺到する姿を目の当たりにしたフレデリカが、舌打ちを重ねる。

彼らは塹壕内で大混乱に陥っているオーランド兵達には目もくれず、自らが操る馬の跳力を以て塹壕を次々に飛び越えていく。

彼らの狙いが塹壕後方の砲兵陣地である事は、火を見るより明らかだった。

「このままではエリザベス達が危険です！　大尉殿、隊を分割して双方の騎兵部隊を迎え撃ちましょう！」

「否！　ならん！」

丘を高速で駆け降りながら、クリスの進言を即刻否定するフレデリカ。

「圧倒的な数的劣勢下で隊を分割などしたら、各個撃破されるのが関の山だ！　今我々が行うべきは、有翼騎兵《フッサリア》か重騎兵、どちらか一部隊を確実に足止めする事だ！」

二つの騎兵部隊を真正面から相手取れる程の兵力が、今のパルマ軽騎兵に残っている筈も無い。であるならばフェイゲンの命令通り、今は少しでも相手を長く足止めする策を取るべきだとフレデリカは判断した。

「では、どちらを相手取るのですか？　小官の目測では、あの有翼騎兵《フッサリア》と交戦するのは危険と判断致します！　ノール重騎兵部隊と交戦すべきかと――」

「それも否だ！　危険な部隊を砲兵陣地へ辿り着かせる訳にはいかん！」

サーベルを左に振り、部隊に左旋回を促すフレデリカ。

「我々は敵重騎兵を迂回し、背後の有翼騎兵《フッサリア》と交戦する！　旋回射撃《カラコール》、用意！」

フレデリカの号令と共に、隷下の軽騎兵が一斉に懐から短銃を取り出す。

迂回機動に気付いたノール重騎兵が、パルマ軽騎兵の鼻先を抑えようと速力を上げる。対してフレデリカは部隊速度を更に落とす様に命じ、ノール重騎兵の接近を敢えて許す動きを見せた。

百メートル。

五十メートル。

三十メートル。

彼我の距離が近づくにつれて、重騎兵はその衝力を維持する為に、みるみる直線的な軌道になって行く。

二十メートル。

十五メートル。

重騎兵が完全に突撃態勢に入った瞬間、フレデリカはサーベルを振り下ろした。

「撃《Fire》てェ！」

目も眩む閃光と共に、ノール重騎兵が爆音と白煙に包まれた。

至近距離で爆音と閃光を食らった最前列のノール軍馬が、けたたましい嘶き声を上げながら転倒する。

「な、なんだっ⁉　何が起こった⁉」

密集で突撃陣形を組んでいた為、転倒した騎兵に折り重なる様にして、次々とドミノ倒しになっていくノール重騎兵。

「なんだあの爆音は⁉　奴らハンドカノンでも持っていたのか⁉」

軍馬は、小銃の発砲音や銃剣に対してある程度の耐性を持っている。それはノール帝国軍の重騎兵も例外ではない。

短銃の一斉射撃程度では重騎兵の突撃は止められない。ノール指揮官はそう踏んでいた。

不幸にも、彼らは知らなかったのだ。フレデリカ達の短銃に込められた弾丸は、威力を弱める代わりに、閃光と激発音を極限まで増した特注品であった事を。

「襲歩《ギャロップ》！」

混乱状態のノール重騎兵のすぐ脇を高速で通り過ぎていくパルマ軽騎兵。破れかぶれのノール騎兵の何騎かが直剣を振り回すが、その多くは虚しく空を切るのみであった。

「……ほう、中々に姑息な手を使いこなすではないか」

自分の元へ突進するパルマ軽騎兵へと長槍を向けながら、笑みを浮かべるオルジフ。

「いいだろう。その姑息な手諸共切り落としてやろう」

右手の長槍を前方に、左手の直剣を天に掲げるオルジフ。

「襲歩《Nalot》！」

オルジフの号令から三十秒後。

パルマ軽騎兵と有翼騎兵《フッサリア》、両騎兵が激突した。

◆

「敵砲陣地まで二百メートル！　駆歩《キャンター》の速度を崩すな！」

ノール重騎兵の指揮官がサーベルを前方へと向ける。

「落伍者の数は？」

「敵軽騎兵の一斉射撃により二十騎程度が落馬！　加えて十騎程度が落伍しております！」

「その程度であれば問題ない！　我々の目標は砲兵だ！　到達しさえすれば勝てる！」

オオーッ！　と後続の重騎兵達も歓声を上げる。

砲陣地の丘へと接近するにつれて、徐々に防衛設備の構築状況も見えてくる。

「敵砲陣地の正面と左側面には馬防杭が敷設されております！　防備が薄い右側面へと回り込むべき

かと！」

「承知した！　右旋回用意！　陣形を崩すなよ！」

指揮官の号令に合わせて、流麗なダイヤモンド陣形を維持しながら右へと迂回するノール重騎兵。

「馬防杭の切れ目だ！　総員、襲歩《ギャロップ》！　突撃《Assault》ィ！」

雄叫《おたけ》びを上げながら突撃する重騎兵達。砲兵陣地からは、散発的なマスケット銃による反撃があるのみだ。

「そんな射撃で重騎兵が止まるよ！　進路そのまま――!?」

前方を駆けていた騎兵が突如馬ごと転倒し、続く騎兵も数騎かが地面へと倒れ込む。まるで、何かに躓いたかの様に。

「何事だ!?　どうした!?」

「隊長！　鉄線です！　地面に鉄線が引かれています！」

地面に倒れ込んだ騎兵が、眼前で光る極細のピアノ線を偶然発見する。草花等の植生に遮られている為、騎乗している状態で発見するのは困難を極める。

「このっ……！　寄せ集めの三等国風情がァ！　調子に乗りおってぇ!!　ノール重騎兵の名誉と伝統を穢《けが》しおったな！」

軽騎兵の旋回射撃《カラコール》による目眩《めくら》ましに続いて、鉄線による妨害を受けた騎兵指揮官が、とうとう苛立ちの余り激昂する。

「各騎に通達！　跳躍を繰り返しながら敵陣へ突撃せよ！　鉄線に足元を掬われるぞ！」

鉄線地帯をジャンプによって無理矢理突破しながら、憤怒の勢いで砲兵陣地に雪崩れ込むノール重騎兵。

「敵騎兵が来たぞ～！」

「砲を棄《す》てて逃げるんだ！」

「丘下へ退避しろ～！」

先程までささやかな抵抗を見せていた砲兵達が、砲を捨てて丘の稜線向こうへと逃げ出していく。

「制圧した砲は何門か⁉　直ぐに知らせい！」

「はっ！　四ポンド砲が二門、臼砲が三基でありますっ！」

「よし！　事前に知らされていた砲兵戦力と一致している、最優先目標は達成したぞ！　後は――」

丘向こうへと無様に撤退していくオーランド兵隊を憎らしげに見つめる指揮官。

「敵砲兵を一人残らず斬り殺せ！　捕虜は要らん！　陣形を維持したまま総員追撃！」

砲兵陣地を完全制圧したと判断したノール重騎兵達は、制圧した大砲陣地の脇をすり抜け、疾風怒《しっぷうど》濤《とう》の勢いで丘を越える。

彼らが辿ったのは、パルマ軽騎兵を掃討しようと丘を越えてきた、あの時のノール重騎兵達と同じ道である。

「人は怒ると動きと思考が単純になる、って習ったけど……どうやら本当の様ね？」

同じ道を辿った先にあるのは、同じ末路のみである。

「んなッ――⁉」

丘下には、散弾の装填が完了した十二ポンド砲、八ポンド砲、六ポンド砲。そして火縄式マスケット銃を一列に構える砲兵輜重隊の姿があった。

「か、各騎追撃中止ィ！　戻れ！　戻るんだ！」

最早、全てが後の祭りと化したノール騎兵指揮官の撤退命令を嘲笑しながら、十二ポンド砲の側に立つエリザベスがホイールロック式ピストルを構える。

「ようこそおいでませ《Welcome to》……殺し間《Killzone》へ！」

「待っ――――！」

「斉射《Salvo》！」

イーデンの号令と共に、銃列と砲列が火花を散らした。その戦果は、言葉にするまでも無かった。

彼らは再装填を行うまでも無く、散り散りに撤退していく重騎兵を笑いながら見送ったのである。

◆

一方で、パルマ軽騎兵と有翼騎兵《フッサリア》の闘いは熾烈を極めていた。

「馬上射撃戦に食いついてくる重騎兵がいるとは……！」

「我らを只の重騎兵と見たか。愚かなり」

重騎兵らしからぬ速度を誇る有翼騎兵《フッサリア》相手には、逃げながらの馬上射撃は通用しない。

パルマ軽騎兵はたちまち追い付かれ、不利な白兵戦へと引き摺り込まれていた。

敵味方が入り乱れて戦う乱戦の中では、指揮官の号令など聞こえようも無い。それは歩兵戦とて騎兵戦とて同じ事である。

敵のか味方のかも分からない怒号や悲鳴が渦となって両軍を支配する最中において、勝敗を決するのは部隊練度などでは無い。

士気と運。たったこの二点のみである。

「くっ……！」

オルジフが繰り出してきた直剣突きの軌道を、サーベルの反りでギリギリ逸らすフレデリカ。

「ほう、中々やる。女とはいえ、指揮官職を拝領するだけの事はあるな」

「私の事を詮索する余裕があるとでもっ……⁉」

懐から素早く短銃を抜き取り、腰撃ちで発砲するフレデリカ。しかしそれよりも速く、オルジフの直剣が短銃の銃身を叩き、射線を大きく逸らされる。

発射した弾丸が、オルジフの操る軍馬の足元に着弾する。

「貴様こそ、この距離で短銃を抜く余裕があるとでも？」

「くそっ……！」

オルジフの突きをサーベルでいなしながらも、徐々に余裕が無くなってくるフレデリカ。

「……っ！　舐めるなッ！」

一か八か、オルジフの刺突をサーベルの柄《ヒルト》部分で受け止める。

鋭い金属音と共に、柄《ヒルト》と直剣の切っ先が激突する。すると、柄に施された繊細な装飾が衝撃で歪み、引き抜けない程強固に直剣を固定した。

「――ほぅ？」

フレデリカはそのままサーベルの軌道を自身の背後へと振り上げ、一本釣りの要領でオルジフの手から直剣を引き抜く。

直剣が地面に叩きつけられ、ガラガラと音を立てながら地面を転がる。

流石のオルジフも、己の武器を失い僅かに眉を動かした。

「貰った！」

振り上げた腕で、そのまま大振りな縦斬りを繰り出すフレデリカだったが。

「貴様に教えておこう。今が短銃の使い時だ」

左肘部分の鎖帷子《メイル》で斬撃を防ぎつつ、腰に身につけた短銃を右手で引き抜くオルジフ。

フレデリカは慌ててサーベルを引き戻そうとするが、肘の関節を締められて、サーベルが引き抜けない。

「しまっ……！」

オルジフの撃った弾がフレデリカの左肩に命中し、そのまま後ろに仰け反るようにして落馬する。

背中から地面に墜落し、苦悶の表情を浮かべながら左肩を押さえるフレデリカ。

「女の身で善く此処まで戦った……しかして、勝つ迄には至らなかったか」

騎乗したまま、近くの地面に突き刺していた長槍を抜き取ると、フレデリカへとその切っ先を向ける。

「名乗れ。その名、憶えておこう」

「フレデリカ……ランチェスター……」

上体を起こし、長槍と相対する様にサーベルを真っ直ぐオルジフへと向けるフレデリカ。

「なぜ、ヴラジド人がノールの手先に……貴様の国を滅ぼしたノール帝国と、なぜ轡《くつわ》を並べているのだ……？」

「答える義理も無し」

フレデリカの胸元に切っ先を突きつけるオルジフ。

「我はオルジフ・モラビエツスキ。貴様を弑《しい》し奉つる者なり」

槍を引き、突き出そうとした瞬間。

フレデリカの肩越しに見えたノール軍本陣から、白色の狼煙が上がっているのを認めた。

「……ふむ」

長槍を回転させながら、地面に落ちた直剣を器用に掬い上げるオルジフ。

「……なぜ……殺さない？」

「退却命令だ。大方、貴様らの援軍が到着したのだろう」

「私を、殺してからでも……退却は出来るだろうに」

上体を起こし、情けをかけられたことを恥じるかの様にオルジフを睨むフレデリカ。

「命が下れば、それに従うまで。今より我々の任務は、敵の殲滅《せんめつ》から撤退へと変わった」

自分に背を向け、足早にその場から去って行くオルジフ。周りを見渡してみると、他の有翼騎兵《フッサリア》達も皆一様に撤退を開始していた。

「大尉殿！　ご無事ですか⁉」

クリスがフレデリカの元に猛スピードで駆け寄る。

「南部辺境伯が送った義勇軍が到着した模様です！　敵が退《ひ》いていきます！」

オルジフが去っていった方向とは逆の方角を指差しながら、フレデリカの止血を始めるクリス。

「ご安心を、弾は貫通しております！　さぁ私の馬へ！」

クリスの馬に、うつ伏せで寝そべる形で横乗りするフレデリカ。

「上手く負ける筈が、この体《てい》たらくだ……なんとも不甲斐無い」

地面を見つめながら、漏れ出す様な小さな声で笑うフレデリカ。

「まだ大尉殿は生きております。生きているのであれば、その選択が最善策だったと考えましょうぞ。おぉ！　援軍が見えましたぞ！」

クリスの指差す先に首を向けてみると、リヴァン市の街並みの更に遠くから、青き軍服に身を包んだ戦列歩兵達が陽炎《かげろう》の様に、ゆらゆらと揺れていた。

「はは……遅いが、早かったな。何よりだ……」

そこでフレデリカの意識は途切れた。

【第一次ヨルク川防衛戦：戦果】

―オーランド連邦軍―

パルマ・リヴァン連合駐屯戦列歩兵連隊　１０００名→７３５名

パルマ軽騎兵中隊　55騎→30騎

臨時カノン砲兵団　８門→８門

死傷者数：２９０名

―ノール帝国軍―

帝国戦列歩兵第一連隊　１５００名→１２６０名

帝国戦列歩兵第二連隊　１５００名→１５００名

帝国戦列歩兵第三連隊　１５００名→１５００名

帝国重装騎兵大隊　１５０騎→46騎

帝国榴弾砲小隊　３門→３門

帝国カノン砲小隊　３門→３門

有翼騎兵大隊　61騎→58騎

死傷者数：３４７名

第二十四話：北部二大辺境伯の奔走（前編）

第一次ヨルク川防衛戦から数日後。

タルウィタの首長官邸にて。

「わざわざこの様な場所にご足労頂き感謝の念に堪《た》えません」

「この様な、とはご謙遜を。名士ランドルフ家の素晴らしい設計の賜物《たまもの》ではありませんか」

貴賓室に腰掛けながら、リヴァン伯が首長官邸の部屋構えを見回す。調度品類はパルマ市庁舎と全く意匠が異なるが、間取りや壁、柱のデザインは確かにパルマ市庁舎と同じ造りをしている。

「あぁ、それもそうでしたな。今ではこの街でランドルフの名を聞く事も殆ど無くなってしまいましたが……それで、御用とは？」

好々爺《こうこうや》じみた笑い声と共に、タルウィタ市長のオスカー・サリバンがリヴァン伯へ尋ねる。

「もちろん、臨時連邦議会の開催について……より踏み込んで申し上げるとするならば、連邦軍動員の議題について、ですかな」

「左様にございますか」

使用人に差し出された紅茶を飲みつつ、ふむと一息吐くサリバン。

「閣下もご存知の通り、連邦軍動員の採決には議会での全会一致が必要でございます。加えて、私も議長の身ではありますが、持ち票は皆々様と同じく一票にございます。恐れながら、この老体をどうこうした所で、採決には殆ど影響は出ないかと――」

「あいや果たして、そうですかな？」

そう言うとリヴァン伯は懐から一枚の紙を取り出し、茶褐色のローテーブル上に置いて見せた。

「これは……前回の連邦議会で行われた連邦軍動員決議の投票結果ですかな？」

特注の眼鏡を掛けながら、紙面に目を通すサリバン。

「お言葉の通りに。票数結果にある通り、賛成が三十七票、反対が二票となった様ですな」

「ええ、前回議会の記憶を忘失するほど耄碌《もうろく》はしておりませぬ。パルマ女伯閣下が連れてきた……えー、エリザベスでしたかな？　あのお嬢さんには少々手を焼きましたが……」

連邦議会は辺境伯六名、貴族諸侯三十二名に議長一名の計三十九票が総投票数となる。辺境伯が全員賛成に票を投じている事は既に判明している為、反対に票を投じたのは必然的に貴族諸侯の誰かという話になる。もしそうでなければ……。

「オスカー・サリバン殿。貴殿はどちらに票を投じたのですかな？」

目の前に居座るこの老骨も、反対に一票を投じていた事になる。

リヴァン伯はその真偽を確かめる為に、ここ首長官邸まで足を運んでいた。

「如何ですかな？」

リヴァン伯の問いかけに対し、やれやれといった表情で苦笑するサリバン。

「……投票においてその権利を有する者は、その良心と本心に従い、これに票を投じる。また、その権利を有する者の投票先如何について、これを暴き、侵してはならない。閣下もご存知の筈でしょう？」

「連邦議会規則第四条ですな。それについては重々承知致しております」

では申し上げますが、と佇まいを正すリヴァン伯。

「貴殿の投票は、本当に貴殿自身の良心と本心に従っての行動だったのですかな？」

「無論にございます。私の良心と、オーランドを思う一心で票を投じましたとも」

「では賛成に票を投じたと？」

問いに対し、規則ゆえ答えられませんな、と肩をすくめるサリバン。

「規則を重んじる姿勢は称賛に値しますが、その姿勢はかえって疑念を呼ぶ事になりますぞ」

「疑念とは心外ですなぁ。まさか私が誰彼に指示されて反対へと票を投じたと仰りたいのですかな？」

「反対に票を投じた事は認めるのですな？」

「……例えば、の話ですぞ」

こめかみに手を当てながら答えを取り繕うサリバン。

この回答の時点で、サリバンが黒という事は誰が見ても明白だった。

後は、なぜこの老獪《ろうかい》が反対に票を投じたのか、その部分の解明をしなければならない。

幸いにも、リヴァン伯には心当たりがあった。

「ふむ、この件につきましては承知いたしました。では、少し話題を変えましょうか」

話題を変える気など全く無かったが、相手の警戒を緩める為にも一応述べてみるリヴァン伯。

「後学の為にお尋ねしたいのですが、ランドルフ家とサリバン家は、建国時に国体のあり方を巡って政争を繰り広げてきたとか」

突然昔話を始められて、眉をひそめるサリバン。

「まぁ、大分昔の話ですがな。確かに、立憲君主制を掲げるランドルフ家と、議会制を掲げる我が家との間でイザコザはありましたな。こちらの家系が庶民出な事もあって、当時は貴族と庶民の代理政争だと囃《はや》し立《た》てられておりました」

喉が渇いたのか、カップに注がれた紅茶を一気に飲み干すサリバン。

「流石は銀行家として名を挙げたサリバン家。あのランドルフ家と互角に張り合うとは！」

仰々しく両手を天井に掲げるリヴァン伯。

「張り合う、とは人聞きの悪い。サリバン家はあくまで対話による解決を望んでおりましたぞ」

カッカッカと、老人特有の喉に詰まりがある笑い声をあげながら、紅茶のおかわりを催促するサリバン。

「結果的には話し合いの上、ウィリアム・ランドルフ卿に議会制を容認して頂くことが出来てな……そして、連邦議会制が誕生したのだ」

「それがおおよそ建国当時……六十年前の話という訳ですかな」

左様、とカップを置きながら頷くサリバン。

「おかしいですなぁ。余がパルマ女伯から直々に伺った話とは大分食い違っている様でございます」

「食い違っている、とは？」

演技じみた疑問符を声に乗せながら、淡々と話すリヴァン伯。

「まず、ウィリアム・ランドルフは死の直前まで議会制を否定していたと。それに加えて……」

一拍置いてから、ポツリと述べる。

「ウィリアム・ランドルフはサリバン家の刺客によって暗殺されたと、そう申しておりました」

「ぶ！　無礼な！　貴卿ともあろう御仁が、サリバン家に濡れ衣を着せようと言うのか⁉」

とうとう立ち上がって指を差し向けるサリバン。

「当時の民衆の間でその様な噂が立ちはしましたが、根も葉も無い！　質の悪い作り話だ！」

「ほほう？」

リヴァン伯がニンマリと笑みを溢す。

「市長殿、正直にお話し下さい。パルマを見捨てる代わりにノール帝国から袖の下を貰ったのでしょうか？　あるいは、嘗ての政敵が治めるパルマを灰に出来て、さぞ満足でしょうか？」

相手の怒りを誘発させ、さらに畳み掛けるリヴァン伯。

「あんないけ好かない小娘が治める都市など、灰になるのがお似合いだ！　さっさとノールに明け渡してしまえばそこで停戦の案もあったのにもかかわらず、バカな奴め！」

語るに落ちるとはこの事かと、吹き出しそうになるのを必死に抑えるリヴァン伯。

激昂してくるとは、余程図星な部分があったのだろう。

「出ていけ！　気分が悪い！」

「承知致しました。ではこれにてお暇《いとま》させていただきます」

杖を振り上げながら叱責するサリバンから半ば逃げる様にして、リヴァン伯は首長官邸を飛び出した。

「……ふーむ。取り急ぎ、黒は黒だと分かったが……」

馬車に乗り込みながら、腕組みをする。

「臨時連邦議会の際に、彼奴《あやつ》にどうやって賛成票を投じさせるか……まぁ、取り敢えずランドルフ卿に相談か」

御者に出発の合図を出し、座席に再度深く腰掛ける。

「私怨か、ノールによる指図か、どちらかとは思っていたが。まさか両方とは」

窓の外を眺めながら溜息を吐く。

「これは骨が折れるぞ……」

女伯の物とは対照的な黒塗りの馬車に揺られながら、暫く物思いに耽っていたが、そのうち大きないびきが馬車から漏れ出し始めた。

第二十五話：北部二大辺境伯の奔走（後編）

リヴァン伯がタルウィタの首長官邸を訪れていた頃と、ほぼ時を同じくして。

「面会の承認、誠にありがとうございます。コロンフィラ伯、フィリップ・デュポン卿」

「貴卿が畏まって謝辞を述べる時は、どうせ碌でもない相談だと相場が決まっている。前置きは良い、

「結論から述べてくれ」

コロンフィラ伯の爵位を持つ男が、肘掛けに頬杖をつきながら気だるそうに応対する。パルマ女伯程ではないが、それなりに若い面持ちである。

「では結論を申し上げます。貴卿の有するコロンフィラ騎士団へ出陣命令を出して頂きたく」

「待て、話が全く読めん。やはり順を追って説明してくれ」

コロンフィラは、タルウィタから程近い場所に位置する都市である。街の規模としてはリヴァン以上、パルマ以下といった所感だろうか。

「第一、貴卿は連邦議会の和を乱した罪で自宅謹慎処分中の筈だろう？　なぜ外を出歩いているのだ？」

自分の襟周りに巻かれた純白のクラバットを忌々しそうに緩めながら尋ねるコロンフィラ伯。

後ろの裾が長い深緑のコートと白シャツ、白ブリーチに黒の革靴を履いた彼は、どこか窮屈そうな表情をしている。

「自宅は灰になりましたので、そのまま焼け出されました」

「……それは冗談か？」

事実です、とピシャリと言い放つパルマ女伯。

想定していたよりも事態が深刻な事を知り、頭に手を当てるコロンフィラ伯。

「ノールは今どこまで攻め込んでいる？」

「ヨルク川まで進出してきています」

「ということは、リヴァン市はまだ無事か？」

「今の所は防衛に成功しています。ただ、長くは持たないでしょう」

絡めた両手を何度も額に打ち付けるコロンフィラ伯。リヴァンが落ちれば、次はここが標的となる事など言わずもがなである。

「……話が逸れたな。なるほど、なぜ俺の騎兵を必要としているのかは理解した」

彼はそう言うと大きく息を吐き、そして首を横に振った。

「……無理だな」

「ここで決断せねば、次は貴卿の街が灰になるやもしれませんよ？」

「いや、援軍を出さないという意味では無い。出しても無駄だと言っているのだ」

自分のグラスにボトルワインを注ぎながら答えるコロンフィラ伯。

「コロンフィラ騎士団の末裔《まつえい》ともあろう貴卿が、戦う前から勝負を諦めるのですか？」

「まぁ待て、理由については今から説明する」

グラスに並々《なみなみ》と注がれたワインを一気に飲み干すと、パルマ女伯へとボトルを突き出す。

「飲むか？　南部の友人が送ってきたヤツだ」

「結構です。援軍を出しても無駄と考える理由をお聞かせ頂けますか？」

手を僅かに上げてボトルを制止するパルマ女伯。では私が全部飲むと言わんばかりに彼はワインボトルを自身の手前に寄せた。

「一言で言ってしまえば、俺の騎兵は時代遅れだ。今の戦場とは相性が悪すぎる」

「……もう少し分かり易く説明して頂けますか？」

大分に端折《はしょ》った回答を受け、女伯の眉間に皺が寄せられる。

「どう説明するかな……。俺の持つ重騎兵は、五百年前に結成されたコロンフィラ騎士団がルーツになっている事は知ってるな？」

「はい、存じ上げております。その昔は北方大陸中に名を馳せる程の精鋭揃いだったと」

僅かに頷きながら答えるパルマ女伯。

「自分で言うのも何だが、その通りだ。そしてここが一番重要なんだが、俺の持つ重騎兵は五百年前から全く装備が変わっていない。この意味が分かるか？」

「積み重ねてきた伝統を重んじる良い部隊、という意味に聞こえましたが」

「違う、そうじゃない。いや、まぁ、それも理由の一つではあるか……とにかく、シンプルに時代遅れなんだ」

兜を被り、長槍を脇に構える仕草を見せるコロンフィラ伯。

「銃器が発達する前、戦場の花形といえば騎兵、特に重騎兵は無類の強さを誇った。それは騎兵に対抗できる兵科がごく僅かだったからでもある」

クロスボウ部隊や重装槍歩兵《ファランクス》なんかの精鋭部隊がそれだな、とグラスにワインを再度注ぎながら話すコロンフィラ伯。

「だが、フリントロック式マスケットの普及や銃剣の開発で歩兵の火力が上がり始めると、徐々に騎兵一強の立場が揺らぎ始めた。少なくとも、戦場の花形としての役割は戦列歩兵に奪われちまったと、俺は思ってる」

「余のパルマ騎兵などは、現代の戦場にしっかりと追従しているように見えますが」

フレデリカの部隊を悪く言われたと思ったのか、少しムッとした表情になるパルマ女伯。

「あぁ、勘違いしないでくれ。騎兵そのものが時代遅れって言ってる訳じゃない。そっちのフレデリカ嬢ちゃんの部隊は軽騎兵だろ？　速力のある騎兵は今の戦場でも十分に活躍できる。突撃以外にも、迂回や後方襲撃みたいな機動戦術が使えるからな」

「要するに、重騎兵は遅いから活躍できない、という事ですか？」

「より正確に言えば、ウチみたいな全身鎧《フルプレートメイル》に身を包んだ旧態依然の重騎兵は活躍できない、って所だな」

コロンフィラ伯はグラスワインをまた一気飲みすると、足を組んでパルマ女伯から目線を逸らす。

「重騎兵は敵に突撃した時のインパクト……衝力ってヤツを与えるのが一番の仕事なんだが、現代じゃ真正面から突撃したところで簡単に射撃で頓挫させられちまう。かといって側撃が出来るほど足が速いわけでもない。なんとも扱いが難しい兵になっちまった」

「そうでしょうか。敵の有翼騎兵《フッサリア》などは、正面から味方戦列に突撃して戦果を上げておりましたが……」

「有翼騎兵《フッサリア》ぁ？　なんで旧ヴラジド大公国の超重騎兵がノール側に付いてんだよ？」

「余も存じ上げておりません。謎です」

二人の間に少しばかりの沈黙が流れた後、気を取り直すように咳払いをするコロンフィラ伯。

「コホン……有翼騎兵《フッサリア》は別格だ。足も速いし衝力もある重騎兵なんて、反則も良い所だ。全ての重騎兵があんな立ち回りを出来る訳じゃない。部隊としての練度も高いしな」

「では、重騎兵から軽騎兵への兵種転換は？」

「理論上は可能だな。ただ現実的じゃない」

いちいちグラスに注ぐのが面倒になったのか、とうとうボトルから直接ワインを飲み始めるコロンフィラ伯。

「貴卿も言った通り、古くから存在する部隊ってのは、伝統という名のプライドで雁字搦《がんじがら》めの状態だ。特に重騎兵なんかは、自分達の纏う鎧以上に強固な矜持を持っている。つまり――」

「鎧を脱ぐのはプライドを捨て去るのと同義という事ですね？」

その通り、とボトルを前に突き出しながら相槌を打つ。

「ただでさえ、重騎兵と軽騎兵の仲はお世辞にも良いとは言えんのだ。今から貴君らは軽騎兵だ、などと言おう物なら、最悪暴動に発展しても可笑しくは無い」

「なるほど」

全く納得していない表情で頷くパルマ女伯。

「な？　ウチの騎兵を出した所で無駄だって分かったろ？　分かったら大人しく――」

「無駄かどうかはこちらで判断しますので、取り急ぎ出陣をお願い致します」

椅子から立ち上がり、パルマ女伯に帰るよう促そうとしたコロンフィラ伯が思いっきりズッコケる。

「話、聞いてたか？」

「はい、聞いておりました。結論から言えば、出陣自体は可能であると認識しました」

「だからな!? 出陣した所で碌な戦果も上げられないと言っているだろう！」

勘弁してくれ、といった様子で頭を抱える彼に対して、引き続き毅然とした態度で物申すパルマ女伯。

「余は戦術知識については素人同然です。しかしそれでも今のリヴァン市防衛線には、一兵でも多くの戦力が必要である事くらいは理解出来ます」

初めに会った時よりも更に深く頭を下げながら、言葉を繋げる。

「今、万難を廃してリヴァンを防衛している兵士達の前に、漆黒の全身鎧《フルプレートメイル》を纏った味方重騎兵が現れたら、どれほど心強いか……貴卿なら理解出来る筈です」

俯き、腕を組んだままコロンフィラ伯は何も答えない。

「たとえ時代遅れと揶揄《やゆ》されようとも、その勇姿が自軍へ齎《もたら》す心理効果は、五百年前のそれと全く相違ありません。今ヨルク川防衛線に必要とされているのは、コロンフィラ騎士団が来てくれた、という事実そのものなのです」

お願い致します、と頭を下げたまま微動だにしないパルマ女伯。

寸刻の間、壁際に掛けられた時計の運針音のみが、部屋と二人の空気を支配する。

窓から滑り込んだ冷たい隙間風が、二人の足元を何度か撫でた後、コロンフィラ伯が口を開いた。

「……俺の部下を、死地に送れと？」

秒針の音が、より一層重く聞こえる。

「送らなければ、いずれ此処が死地となるやもしれませんよ」

指を真下に向けながら、ゆっくり、雪の上を踏みしめるように答えるパルマ女伯。

コロンフィラ伯は、一段と長い鼻息を漏らした後、瞼《まぶた》を開けた。

「俺が自ら指揮をする、それが条件だ。部下を無駄死にさせるのだけは御免だ」

「お力添え、誠に感謝申し上げます」

コロンフィラ伯が最後の言葉を言い終わるのを待たずに、深々と一礼するパルマ女伯。

「出陣の準備が出来次第、また連絡する。さぁ、もう帰った帰った」

「恐縮ですが、今のが一点目の用件です。二点目についてお伺いしたいのですが」

腰を折られ、よろける様にして椅子にもたれるコロンフィラ伯。

「……わーったよ！　とことん聞いてやるよ！　その代わりだな！」

パルマ女伯の目の前に、残り三分の一程度になったワインボトルを突き出す。

「飲めって！　俺は自分だけが飲んでる状況が嫌いなんだ！」

一瞬目を逸らした後、両手でボトルを掴み取ると、一気にワインをラッパ飲みするパルマ女伯。

「……粗暴な性格は、十年前から変わっていませんね」

口元を拭いながら不敵な笑みを浮かべる女伯。

「そっちこそ、十年前から相変わらず石頭だな」

面会が始まって以来初めて、両者の顔に笑みが浮かんだ。

「で、次は何だ？　住む所を用意してくれとか、そんな所か？」

「違いますね。前回否決された連邦軍編制の議題についてです」

テーブルに、リヴァン伯が持っていた物と同じく、投票結果を纏めた紙を置くパルマ女伯。

「賛成が三十七、否決が二です。否決票のうち、一票は既に目星がついておりますが、もう一票、否決に票を投じた者についての情報を探しております」

言い終わると、ジッと相手を見つめるパルマ女伯と、サッと目を逸らすコロンフィラ伯。

「心当たりがあるんですね？」

「いや、まあ……俺とも言えるし、俺じゃないとも言える」

「別に今更どうこうする気も無いので、さっさと白状しなさい」

「話すからその顔やめてくれ……」

発言とは裏腹に、女伯の三白眼が更に鋭くなる。

「……退廷処分を受けたお前んとこの小娘、エリザベスだったか？　あいつの御高説の後、俺を含めた貴族諸侯の間で色々と口裏合わせがあってな。その結果、一票だけ否決に入れておこうって話になったんだ」

「その理由は？」

「今は夏季だろ？　丁度、小麦の収穫時期と被ってるんだ。刈り入れ時に兵役で人手を失うのはキツいって意見が多数あってな……次回の連邦会議では全会一致で賛成に入れる想定だったんだが、ここまでノール帝国の動きが速いとは思わなかった」

ここに来て初めて頭を下げるコロンフィラ伯。

「すまない。俺としたことが、時流を見誤った。エリザベスの言う通り、なんとしてでも全員賛成票に入れさせるべきだった」

「構いませんよ、次回の臨時会議で賛成票を入れてくれるのであれば問題ありません。どちらにせよ、否決されていたでしょうから……」

ふぅ、と嘆息を漏らしながら、運ばれてきた水を飲む女伯。

「どちらにせよって、残りの一票のことか？　目星は付いてるって言ってたよな、誰なんだ？」

「今、アスター卿が裏を取りにタルウィタの首長官邸に向かっている所です。そろそろ白黒が付く頃でしょうね」

水のお代わりを所望しながら、腰に下げた懐中時計に目を落とすパルマ女伯。

「タルウィタの首長官邸って……オスカー・サリバンか⁉　あの妖怪ジジイ、まだランドルフ家を恨んでんのかよ！」

「人の恨みはそう簡単に潰えませんよ。特に野望を打ち砕かれた者の怨嗟《えんさ》は、何年経とうとも治る事は無いでしょうね」

運ばれてきた水をまた一気に飲み干す。

「サリバン家の中央銀行構想か……。詳しくは知らんが、士庶《ししょ》であるサリバン家の増長を危惧したランドルフ家が、その構想を潰したんだっけか」

「まぁ、突っ込みたい所は沢山ありますが、それで概ね合っていますよ……お水のお代わりを頂けますか？」

壁際の侍者に向かって手を挙げるパルマ女伯。

「お前がそんなに水が好きだとは知らなかったぞ」

「貴卿が無理矢理飲ませた葡萄酒の所為です」

よくよく見てみると、パルマ女伯の顔が徐々に赤くなってきている。

「あれ、お前って酒弱かったんだっけか？」

「……十年前の初対面時から、余は酒を嗜《たしな》まないと何度も伝えてきた筈ですが」

「そうだったけか、いやーすまん。どう見ても酒強そうな見た目なもんでな。おい、水を大量に持ってこい。なんなら樽ごとでも良いぞ」

水のお代わりを持ってきた侍者にそう言いつけると、彼は革製の水筒を手渡した。

「これに水を入れて持っていけ。ホームレス領主様へのささやかなプレゼントだ」

「有難うございます。未来のホームレス領主様からの餞別《せんべつ》、痛み入ります」

皮肉を打ち返され、ふんと鼻を鳴らすコロンフィラ伯。

「六十年前のオーランド連邦構想といい、十五年前の中央銀行構想といい、つくづくサリバン家と縁があるな、お前ん所は」

「いい加減切りたい縁ではあるんですがね。向こうがそうしてくれない様でして」

両手を上げて肩をすくめる女伯。

「……んで？　そのサリバン家の妖怪ジジイに賛成票を入れさせる名案はあるのかよ？」

「はい、あります。あの御仁の性格を利用しようかと考えています」

性格ぅ？　とワインをもう一本、セラーから取り出しながら尋ねるコロンフィラ伯。

「旧弊家、守銭奴《しゅせんど》、拝金主義……そういった人物は、己が築いてきた社会的な地位や信頼を失う事を何よりも恐れます。具体的な方法としては――」

また長話になると踏んだコロンフィラ伯だったが、次回の臨時議会に向けた作戦会議は驚くほど早く終わった。


それほどまでにパルマ女伯が提示した作戦は、単純かつ明瞭であったのだ。

第二十六話：第二次ヨルク川防衛戦

「敵弾、来ます！」

「総員伏せろーッ！」

漆黒の鉄球が付近の地面を抉《えぐ》り取《と》り、なおも取り憑かれたように地面を転がり疾走する。

着弾した敵弾の一つが陣地後方に置かれた前車に命中し、前車だったモノの破片と、中に積まれていた丸弾が周囲に四散する。

「わーっ!? 弾がどっか行っちゃう前に拾ってー!」

エレンの悲鳴にも似た号令を受けて、輜重隊が姿勢を低くしながら転がる丸弾を追いかける。

「敵カノン砲までの距離出ました! およそ六百!」

「仰俯角変更無し! 射角左に三度修正! 必ず全砲門で敵一門を狙いなさい! 対砲兵射撃は火力集中が命よ!」

「射撃準備が完了した砲からで良い! とにかく撃て!」

「畜生! このタイミングで霧なんて出て来やがって……!」

前防衛戦から一週間後の早朝。濃霧に包まれたヨルク川を挟んで、第二次ヨルク川防衛戦が繰り広げられていた。

「リマもパルマも早朝は濃霧が良く発生するわ……その二都市に近いリヴァンも当然霧が発生しやすい環境って事ね! 傍迷惑ですことっ!」

射撃が終わった大砲の砲身に掻き棒を突っ込み、煤や薬包の残りカスを外へ掃き出しながら悪態を吐くエリザベス。

この朝霧に乗じてノール軍が一気に渡河攻撃を実行してきた為、オーランド軍側は全戦線で混乱状態に陥っていた。

「観測員から報告! 敵カノン砲一門に直撃弾を確認! 無力化しました!」

「ザマぁ見なさい! このわたくしに砲撃戦を挑んできた事を後悔させてやりますわっ!」

濃霧で敵砲兵が目視出来ない為、臨時カノン砲兵団は止むを得ず砲兵の一部を斥候兼着弾観測員として前線へ派遣し、対砲兵戦を継続していた。この時代では大変珍しい、間接照準による砲撃戦である。

「相手が見えない条件は同じなのに、なんで向こうは正確にこっちを撃ってこれるんだ⁉」

「バカか！　こっちは前回の防衛戦から一ミリも大砲を動かしてねぇんだ！　とっくに射撃位置が割れてるんだよ！」

「じゃあなんで移動しないんだ⁉　このままだと延々砲撃に晒されちまうぞ⁉」

「移動先が無いからここで踏み留まって対砲兵戦してんだろうが！　死にたくなきゃ先にこっちが相手の砲兵を沈黙させるしか方法は無ぇ！」

「敵弾、また来るぞ！　伏せろーッ！」

大砲の前で再装填作業を行っていた砲兵達が一斉に地面に伏せる一方、エリザベスは伏せるどころか身を隠す素振りすら見せずに、自身の操砲する十二ポンド砲の再装填作業を進めていく。

「おいバカベス！　伏せろって言ってんだろ！」

イーデンが地面に伏せながらエリザベスに忠告するが、本人は聞く耳を持とうとしない。

「着弾数……ひとつ……ふたつ！　イーデン！　敵カノン砲の残りは二門よ！　こっちの方が砲門数で優ってるんだから、一々退避させせずに砲撃を継続させなさいっ！　間接射撃は沢山撃った方が勝つ戦法よ！」

「あぁったく！　ほんとに女なのかアイツは……総員！　射撃を最優先！　撃ち続けろ！」

イーデンの号令で、伏せていた砲兵達が必死の形相で砲撃を再開する。しばらくの間、こちらの砲撃に対して敵が応射する形での対砲兵戦が行われていたが、徐々に敵の応射間隔が長くなっていき、最終的には敵の砲撃がパタリと止んだ。

「観測員から報告！　敵カノン砲は全門沈黙！」

「やったぞ！　対砲兵戦で初勝利だ！」

馬を駆ってきた観測員の戦果報告に、歓声を上げる砲兵達。

「よかったわ……ここからは味方歩兵の援護を――」

そう言い掛けたエリザベスの頭上に、ヒュルルル、と下手な口笛の様な風切り音が鳴り響いた。

「――ッ!?」

反射的に、敵砲撃で出来た砲弾穴に身を投じる。それは飛翔してきた敵弾――榴弾に対する最も効果的な防御姿勢だった。

「て、敵榴弾が飛来！　弾着！　今ッ！」

誰かの報告と同時に、砲兵陣地のすぐ後方で榴弾が炸裂する。

丸弾の様な唯の鉄球とは違い、砲弾そのものに火薬が仕込まれている榴弾は、爆発時に周囲を破片と炎で焼き尽くす恐るべき兵器である。

「あ、危なかったわ……」

エリザベス達が操るカノン砲とは違い、榴弾砲は直射ではなく曲射で相手を狙う兵器である。故にその弾は放物線を描き、障害物を飛び越えての射撃を行う事が可能である。

「もし陣地直上で炸裂したら――」

自身の頭上で炸裂しなかった事を安堵しつつ背後を振り返ったエリザベスは、目の前の惨状に背筋を凍らせた。

「……あぁあぁああ、なんてことをっ……！」

榴弾は砲兵陣地のやや後方——つまり、輜重隊員達の直上で炸裂していたのである。

隊員達は四散した砲弾を拾い集めようと散開していた為、幸いにも甚大な被害には至らなかったが、それでも何人かが榴弾の餌食となっていた。

「あああああ熱い熱い熱い！　誰か消してくれェェェ!!」

「助けて！　私の足が、足が……！」

「火薬運搬車を火から遠ざけて！　消火作業を最優先に！　負傷者の救助はその後だよ！」

噴煙の向こうから聞こえてきたエレンの声に胸を撫で下ろすと同時に、身内の無事のみを案じた自分の器量の狭さに舌打ちをするエリザベス。

「もうバカ！　士官なんだから部隊全体を見なさいよ……！　イーデン！　各砲の間隔を離して！　榴弾で一網打尽にされる前に！」

「分かった！　全砲兵に指令！　各砲の配置間隔を二十メートル離せ！　敵榴弾砲が射程圏内に入ってきてるぞ！」

「伍長さん！　砲を右に二十メートル動かすわよ！」

「あいよ嬢ちゃん！」

アーノルドと共に、大砲に備え付けられた車輪を肩押ししながら思考を巡らす。

榴弾砲はその射程の短さが大きな欠点だ。ノール軍の採用している榴弾砲の種別は知らないが、それでも射程三百メートルが精々だろう。

単純に榴弾砲を前に出しただけでは、その射程差から簡単にカノン砲に撃破されてしまう。恐らく、自分達の注意をカノン砲部隊へと逸らしている内に、霧に紛れて密かに榴弾砲部隊を前進させていたのだろう。

「敵榴弾砲の射程から考えると、確実にヨルク川を渡河している筈……考えなさいエリザベス、私なら砲をどこに置くか……？」

川岸から自軍歩兵陣地までの距離は三百メートルも無い。その僅かな空白地点に榴弾砲部隊を配置しようと思えば、当然選択肢は限られてくる。

砲を動かしながら、白く靄掛かった戦場を凝視するエリザベス。

一瞬霧が薄くなり、俄《にわか》に戦場模様が露わになる。

その須臾《しゅゆ》とも呼ぶべき瞬間的なチャンスを、エリザベスは見事に拾い上げた。

「……見つけた！」

川岸に程近い、ほんの少し隆起した数メートルの小丘《しょうきゅう》の裏から、白煙が濛々《もうもう》と立ち上っていたのだ。

「イーデン、敵榴弾砲部隊の位置が掴めたわ！　地点5Dよ！　小丘の裏から曲射してきているわ！

こっちも臼砲の曲射で応戦しましょう！」

「地点5Dだぁ!?　いつの間に渡河してきやがったんだアイツら！」

臼砲に射撃指示を出しながら、砲撃地図を食い入るように見つめるイーデン。

「敵榴弾！　次弾来ます！」

再び、下手な口笛がオーランド砲兵陣地の頭上に響く。

「伏せろーッ！」

飛来した榴弾の一つが六ポンド砲の直上で炸裂し、炸裂時の衝撃で砲座と砲身が倒壊する。

「ぐあァッ！」

付近で伏せていた砲兵の腕に破片が突き刺さり、呻《うめ》き声《ごえ》を上げながら地面をのたうち回る。

「救助ーッ！」

後ろに待機していた砲兵輜重隊員が飛び出し、負傷した砲兵を安全地帯まで運んで行く。


「臼砲射撃用意ヨシ！　撃てェ！」

後送されて行く砲兵達の傍で、臼砲が鐘の音と共に発射される。榴弾が響かせる耳障りな口笛と比べると、臼砲の発射音は荘厳な雰囲気すら漂わせている。

「着弾！　今！」

狙いは寸分の狂いも無く正確だったが、発射された弾丸は小丘の裏までは届かず、手前の斜面を抉り取るに留まった。

「射程が全然足りてねえ！　臼砲！　射程を最大まで上げろ！」

「既に仰角最大です中尉殿！　これ以上臼砲の射程は伸ばせません！」

臼砲の仰角調整具を最大値まで引きげながら、泣きそうな声で報告する臼砲担当の砲兵達。

「臼砲じゃダメか……！　カノン砲で撃とうにも小丘が邪魔をしやがる……現状打つ手無しかよ……！」

「イーデン中尉殿ー！」

頭を抱えるイーデンの元に、オズワルドが馬蹄《ばてい》の音を響かせながら丘を駆け上がってきた。いつかの会戦の時と同じ様に、彼の背後にはパルマ軽騎兵達が列を連ねている。

「おぉオズワルド！　丁度良かった！　実は敵榴弾砲が――」

イーデンはてっきり、また前と同じ様にパルマ軽騎兵が援護に駆けつけてきてくれたと思っていたのだろう。だがその期待は、オズワルドの発する言葉によって無惨にも打ち砕かれた。

「フェイゲン連隊長より報告！　我が方の戦列は崩壊しつつあり！　歩兵部隊はこれよりリヴァン市内へ退却致します！　砲兵部隊にあっても、パルマ軽騎兵の援護を受けつつ、リヴァン市内へ後退せよとの命令です！」

「……こ、後退だとっ⁉」

驚嘆の声を上げながらオズワルドの両肩に掴み掛かるイーデン。エリザベスも何事かと二人の元へ駆け寄ってくる。

「三つの渡河地点には何重にも防衛線を敷いていた筈だろ⁉　なんでこんな早く突破されちまったんだ⁉」

「お、落ち着いてください中尉殿！　敵は濃霧に紛れて架橋設備を展開した模様！　第四の渡河地点を新たに作り出したんです！」

「か、架橋設備……架橋装備、か……」

オズワルドから手を放し、霧と硝煙に包まれた最前線を凝視しながら、咀嚼するかのように単語を繰り返すイーデン。

「じ、じゃあ南部辺境伯が送ってくれた義勇軍はどうなった！　二千は居たはずだろ⁉」

「そ、それが……防衛線中央に布陣していた辺境伯義勇軍が真っ先に士気崩壊を起こしてしまいまして……」

両の手を揉みながら、戦線中央方面を横目で見るオズワルド。

「なんで一番数が多い部隊が真っ先に敗走してるんだ⁉」

「彼らは士気が低すぎるんです！　自分の故郷ですらない街の為に死ぬのは御免だと、次々に脱走していきました！」

イーデンの追及に対して、逆上する様な口振りで説明を続けるオズワルド。

「左右翼に残されたパルマ・リヴァン連隊も懸命に戦いましたが、敵包囲の危険有りと判断したフェイゲン連隊長が、先ほど全戦線での退却命令を出しました」

その悔しさから、目尻に涙を浮かべるオズワルド。

「誠に遺憾ながら、此度は我が軍の敗北です。どうかリヴァン市へ退却の程を……！」

イーデンは、前方の霧がかった戦場とリヴァン市内とを交互に一瞥した。

そして、いつもの様な溜息は吐く事なく、指令を下した。

「全砲門撤収準備！　リヴァン市内に退却する！　輜重隊は前車と乗馬との連結を急げ！　砲兵は大砲を稜線下に引き下げろ！　これ以上榴弾砲の被害を増やすな！」

◆

「報告致します！　我が軍はヨルク川の渡河に成功！」

「善し！」

「加えて我が軍は敵戦列中央に大打撃を与え、敵軍はリヴァン市内へと敗走中！」

「尚善し！」

「さらに我が軍は既にリヴァン市を半包囲しており、間も無く完全包囲網が完成致します！」

「甚だ善し！」

連隊長の報告を聴くや否や膝を叩いて立ち上がり、拳を天へと突き上げるヴィゾラ伯。

「やっと胸を張って勝利と言える勝利を手に入れたぞ！　一時はどうなる事かと思ったが……まぁ終わり良ければ全て良し！」

「まだ終わりでは御座いません、連隊総指揮官殿。リヴァン市を攻略してこそ、軍団長の覚えも良くなるというもの」

連隊長から戦闘経過を記す報告書を受け取りながら、リヴィエールが忠言する。

「一つ肩の荷が下りたのだ、少しくらい勝利を喜んだ所でバチは当たらんだろうに……」

ヴィゾラ伯の言葉を小耳で聞きながら報告書を読んでいリヴィエールが、おぉと小さく声を上げる。

「……連隊総指揮官殿。またもや例の小娘が敵砲兵の中に居た様です。我が方の重騎兵が奴に壊滅させられております」

「何ぃ？　またオーランドの銀魔女がいたのか。最早我が軍にとっての疫病神だなソイツは……」

そこまで言うと、何かを思いついたのか指を鳴らすヴィゾラ伯。

「リヴィエール、リヴァン市に立て籠るオーランド軍へ使者を出せ！」

「はっ、畏まりました」

何の前触れも無い急な命令にもかかわらず、即答するリヴィエール。

「して、その内容は？」

ヴィゾラ伯は自分の足元を指差した後、ニヤリと笑った。

「連隊総指揮官のシャルル・ド・オリヴィエが、貴軍の銀魔女に会いたがっていると伝えろ！　魔女の素顔をこの目で確かめてみようではないか！」

【第二次ヨルク川防衛戦：戦果】

―オーランド連邦軍―
パルマ・リヴァン連合駐屯戦列歩兵連隊　735名→503名
南部辺境伯連合義勇軍　2000名→875名（脱走による喪失を含む）

パルマ軽騎兵中隊　30騎→30騎
臨時カノン砲兵団　8門→7門
死傷者数（脱走者を含む）：1370名

―ノール帝国軍―
帝国戦列歩兵第一連隊　1260名→1122名
帝国戦列歩兵第二連隊　1500名→1345名
帝国戦列歩兵第三連隊　1500名→1419名
帝国重装騎兵大隊　46騎→40騎
帝国榴弾砲小隊　3門→3門
帝国カノン砲小隊　3門→0門
有翼騎兵大隊　58騎→58騎
死傷者数：433名

第二十七話：臨時連邦議会

オーランド軍のリヴァン市内退却と時を同じくして。

「こりゃあ、一体どういう風の吹き回しだ？」

連邦議事堂前広場の停留所。馬車から降りてきたコロンフィラ伯が声を失う。

そこには、議会開催予定日の一週間程前であるのにもかかわらず、貴族諸侯達全員分の馬車が既に停まっていたのである。

「普段は当日になるまで碌に集まろうとしない癖に、今回はやけに皆早いな……」

「おや、来ましたね」

議事堂へと向かう階段の中段あたりに、いつもの仏頂面のパルマ女伯が腕を組んで佇んでいる。

「今回の貴族諸侯達は随分生真面目な様だな？」

ズラリと並んだ色とりどりの馬車を見ながら尋ねるコロンフィラ伯。

「今回は可及的速やかに臨時連邦議会を開催する必要がありますからね。諸侯らが早く集まる様に一計を案じてみた所、見事に全員集まってくれました」

「早く集まる様に？　何だ、金で釣ったのか？」

はいその通りですと、ロール紙を取り出す女伯。

「議会の早期開催に協力してくれた者には、余から報償を与える旨を方々へ知らしめました」

手渡されたロール紙を見てみると、そこには先着順で金品を贈呈する旨の文面がパルマ女伯の名で認められていた。

「……俺の所にはこんな書状来てなかったぞ」

目角を立てながら紙を指差すコロンフィラ伯。

「貴卿はこんな書状が無くともしっかり一週間前には来てくれますからね。加えてコロンフィラはタルウィタに一番近い都市ですので、他諸侯へのハンデを考慮した結果です」

「……ふん。まぁいい」

褒めるついでで丸め込まれた様な気がしたが、実際悪い気はしなかった為、鼻息を漏らすだけで済ませるコロンフィラ伯。

「金の出所は？　まさかサリバン家が出してくれた訳でも無いんだろ？」

「無論、自費です。パルマから持ち出してきた財産が幾らかあったので、それを使いました」

「そんで、幾ら残ったんだよ？」

「ありませんよ。全て使い切りました」

「は？　全部使ったたぁ!?」

後ろに仰け反りながら三歩後退するコロンフィラ伯。

「それじゃあ今のお前は、土地無し金無し状態ってことか!?」

「そうですね。強いて言うなら、没落貴族とかいう身分でしょうかね」

絶対身分制度においては、どれだけ没落したとしても貴族は貴族であり、どれだけ財を成したとしても平民は平民である。

そうであるが故に、堕ちるところまで堕ちた貴族は途方も無く惨めである。平民以下の生活を強いられながらも、己は貴族であると胸を張って言わねばならないのだから。

「辺境伯一人の財産と引き換えに連邦軍動員の時間が早まるとあれば、迷わず実行すべきです」

懐中時計に目を落とした後、議事堂への階段を上る女伯。

「臨時連邦議会は全諸侯が集まり次第の開催となります。貴卿が最後ですので、お急ぎの程を――」

「ランドルフ卿。一つ質問していいか？」

階段へ足を乗せつつ、コロンフィラ伯が問う。

「お前……貴卿は、このオーランド連邦という国をどう思っている？」

「どう、と申しますと？」

身体は動かさずに、首だけを僅かに後ろに向ける女伯。

「貴卿がオーランド連邦構想の発起人たる、ランドルフ家の血脈である事を承知で言おう。この国は、そ・こ・ま・で・し・て・守る価値が本当にあるのか？」

階段を上る足を止め、背中でコロンフィラ伯の質問を受け止める。

「国王不在という致命的な組織欠陥を抱えたまま六十年、国として纏まろうとする姿は一向に見えてこない。それればかりか、他国からの侵略を受けても意に介さず、ラーダ王国の小娘にすら呆れられる始末だ」

ここまで一息で述べた後、一段と息を大きく吸うコロンフィラ伯。

「俺は……連邦構想そのものが間違っていたという可能性を捨て切れずにいる」

最上段に足を伸ばしていたパルマ女伯が、その歩を戻す。

「この期に及んで貴卿はどう思っているのかと、ふと聞きたくなってな」

「……この様な事しか言えず申し訳ないのですが」

白のドレスが石段の上で美しい半円を描きながら翻る。

「もう少しだけ、余と連邦の事を信じていてくれませんか？　必ずや、守る価値のある連邦を創り上げて見せますので」

申し訳ない。そう言う表情には悔悟の念など微塵もなく、その瞳には一切の曇りもなく、その佇まいには万難不倒の気さえ感じられた。

「……あいも変わらず痩せ我慢が上手いな。貴卿は」

諦観染みた笑みと軽口を叩きながら、コロンフィラ伯は目の前の石段へと、その一歩を踏み出した。

◆

「この度は、本邦各地を治むる領邦領主殿の御臨席を仰ぎ、第二百四十九回、オーランド臨時連邦議会を催す物と致します。特に、遠地よりはるばる御足労頂いた辺境伯のお歴々におかれましては、日々の国防と国境の安寧に身を尽くしている最中の御臨席となりし事、平にご容赦の程を申し上げ奉ります――」

オスカー・サリバンの口から、いつもの開会宣言が行われる。

すり鉢状の議事堂内、六人の辺境伯と三十二人の貴族諸侯、そして議長の一人。計三十九人が一堂に会する。

「なお、皆々様も知っての通り、今回は臨時連邦議会として催行致します故、通常議会にて論じられる各所領の現況報告、並びに議題については割愛させて頂き、緊急議題たる連邦軍編制の採決のみ執り行う事とさせて頂きます」

サリバンが言い終わると同時に、中央の演説台に木製の投票箱が設置される。

「ランドルフ卿、手筈の程は如何ですかな?」

リヴァン伯がパルマ女伯に耳打ちする。

「先程コロンフィラ伯から密紙を受け取りました。問題無さそうです」

「おぉそうか! わざわざ首長官邸まで出向いた甲斐があったという物だ!」

「お静かに」

女伯に窘められ、慌てて口を閉じるリヴァン伯。

「ではこれより採決を行います。第一投票者、発議人アリスシャローナ・ランドルフ卿、前へ」

サリバンの号令と共に席から立ち上がり、悠然とした態度で投票箱の前へ進むパルマ女伯。議会参加者の全視線を背に受けながら投票紙に一筆、賛成と記入する。

紙面の擦る音すら立てずに投票箱へ票を投じると、パルマ女伯は口火を切った。

「余、アリス＝シャローナ・ランドルフは、パルマの為、そしてオーランドの為、賛成に票を投じます」

己の投票先を高らかに宣言したパルマ女伯に対し、議長のサリバンがすかさず口を挟む。

「ランドルフ卿、その発言は連邦議会規則第四条に違反しております。己の投票先如何について公言する行為は控えて頂きますよう――」

「投票権を有する者の投票先如何について、これを暴き、侵してはならない……議長殿の仰る議会規則第四条は、あくまで他人の投票先を暴く行為を禁ずる条文でございます」

女伯の口端が僅かに吊り上がる。

「余は自らの良心に従って投票し、そして自らの意志で投票先を公言したに過ぎません。これを第四条違反とするのは余りに拡大解釈が過ぎるのではないでしょうか？」

女伯の理路整然とした物言いに、思わずたじろぐサリバン。

「如何いたしますか？　余の発言が第四条に抵触するかどうか、更に採決を取りましょうか？　その場合、全会一致ではなく過半数にして頂きたい物ですが――」

「いやいや結構、失礼致しました……では次、コロンフィラ伯フィリップ・デュポン卿、前へ」

公衆の面前で言い争いになることを危惧したのか、手を振りながら次の者へ投票を求めるサリバン。

すり鉢の端の方に座っていたコロンフィラ伯が立ち上がり、演説台へと歩みを進める。

連邦議会において、全会一致での採決を取り行う場合、発議人が最初の一票を投じる。その後は首都タルウィタに近い地方領主から順番に票を投じて行き、最後に議長が一票を投じて終了となる。故に今回は第一投票者がパルマ女伯、第二投票者がコロンフィラ伯となっている。

紙面を投じたコロンフィラ伯は、白々しさをも感じさせる声で高らかに言い放った。

「余はランドルフ卿の言に、誠心を動かされた！　よって余も賛成に票を投じるものとする！　焦土とされたパルマの仇を取る為に！」

貴族諸侯達がコロンフィラ伯のスタンドプレイに驚きの表情を浮かべる。

「奴らは我々を愚弄した！　卑怯な奇襲攻撃を以て！　そして事後宣戦布告を以て！　確かに貴卿らの顔に泥を塗ったのだ！」

怒りを誘発させ、正義感を煽り、その矛先を敵へと向ける。

エリザベスが使った手法をコロンフィラ伯は再利用したのだ。

「さぁ！　堂々と、誇りを持って投票しようではないか！　我々オーランド連邦はやられっぱなしではない事を奴等に示す為に！」

その芝居掛かった言い回しに影響され、演説台を立ち去るコロンフィラ伯へ拍手が向けられる。拍手を禁じる規則もない為、サリバンも止めるに止められない状態である。

「密書にも書いた通り、後の奴も全員賛成に投票するよう説得しといたぞ」

演説台から立ち去る際に、コロンフィラ伯がこっそりと呟く。パルマ女伯は目こそ合わせようとしなかったが、僅かに顎を引いて了承の意を示した。

「皆の者！　聞いてくれ！　余もオーランド連邦の未来を考え、賛成に票を投じる！」

続く貴族諸侯も二人の振る舞いに触発されたのか、手を天高く上げながら賛成へと票を投じ、今度は先程よりも大きな拍手と賞賛の声が議会に響き渡る。

「私も賛成だ！　ノール帝国の侵攻に対して、断固として立ち上がるべきだ」

「賛成に投票した！　今こそ連邦が一丸となって立ち上がる時だ！」

「今賛成せずして何がオーランド諸侯か！」

六人目が投票を終える頃には、皆立ち上がって歓声を送る様になり、堰《せき》を切った様な拍手と熱気が議会を包み込む。

「珍しく貴族諸侯達がオーランドを想う発言をしておりますな。みな賛成に票を投じる旨はデュポン卿より聞いておりましたが……」

ある種の演劇の様な状況を目の当たりにしたリヴァン伯が、怪訝な面持ちで呟く。

「……彼らは、己の意思という物をそれほど持ち合わせていません。自分は正しい事をしているという空気を外側から作ってしまえば、後はその空気に乗って勝手に進んでくれます。また暫くしたら、いつもの無気力な議会へと戻っていくのが関の山です」

面白くない物を見るような目つきでパルマ女伯が答える。

「彼らは自分の投票する姿に酔っているだけです。自分はオーランドの為を想って、己の正義に従って投票している。そう宣言しながら賛成に票を投じるのはさぞ気持ちが良い事でしょうね。そういう意味では、発作的愛国心とでも言った方が正しいのかもしれません」

そこまで言い掛けて、議会中央に座する顔面蒼白の老人を一瞥する。

「静粛に。ここは厳粛なる連邦議会の場でございます、その場に相応しくない振る舞いは控えて頂きます様――」

そこまで言い掛けたサリバンの顔が、まるで蝋人形の様に固まる。そして徐々に、その額から大量の冷や汗が噴き出始めた。

「ようやく気がつきましたか。まぁ、もう手遅れですが」

見る見るうちに憔悴《しょうすい》の表情へと変わって行くサリバンの様子を見ながら、ボソリと呟くパルマ女伯。

彼はようやく気付いたのだ。このまま全員が賛成に投票し、自分だけが反対に投票した場合の末路について。

「……あの憔悴振りを直に見られた事に関しては、まぁ良かったと言えるでしょう」

そう言い放った女伯の顔は、嗜虐的な三白眼の笑みに満ちていた。

「さぁ議長殿、後は貴殿を残すのみでございます。どうぞご自身の良心に従って投票をお願いいたします」

パルマ女伯に促されると、サリバンは目を泳がせながら、フラフラとした足取りで演説台へと向かい始めた。それは何も歳の所為だけではない事は明らかである。

今まで全員が賛成と宣言した上で票を投じてきたのだ。ここで反対に票を投じよう物ならば、投票結果で自分が反対に票を入れたことが必ず発覚してしまう。そうなれば、他国から宣戦布告をされているのにもかかわらず動員を拒否した無能の烙印を押され、終いには今まで築いてきた社会的地位も喪失することになるだろう。

「わ、私は……」

顔から噴き出る汗を拭いながら、カタカタと震える手で筆を走らせる。

「も、もちろん、賛成に票を投じますとも……」

賛成と書かれた紙面を投票箱へ投じるサリバン。

若きランドルフ家の当主が、サリバン家の老骨に敗北を認めさせたのである。

◆

「終わってみると、呆気ない物でしたな」

「呆気なく終わらせる為に準備を重ねてきましたので。何事も無くて良かったです」

二人を乗せた馬車は、コロンフィラへと続く街道を進んでいた。

「にしてもコロンフィラ伯を頼る案は大正解でしたな！　流石は、貴卿が婚約者として認めた御仁だ！」

「元婚約者です。今は只の領主同士、何の関係もありません」

珍しく、少しムキになった様子で答える女伯。

「はっはっは！　デュポン卿に御礼をしようと思っていたのだが、議会が終わった途端に何処かへ行ってしまってな」

「彼が率いる黒騎士団の出陣準備が完了したとの事です。自ら指揮を執る為に一旦自領へ戻ると言っていました」

「おお、伝説のコロンフィラ騎士団がついにか！　貴卿とデュポン卿の婚約式にも出席していたあの……！」

やめてくれ、と女伯は元々小さい瞳をさらに小さくしながら、窓の外をうんざりした様子で見つめていた。

第二十八話：リヴァン完全包囲網（前編）

リヴァン市内の教会。

この建物には、先の防衛戦で負傷した兵士達が次々と運び込まれおり、床の美しいモザイク模様が見えない程に負傷兵が敷き詰められていた。治療に当たっているのはリヴァン市民と、故郷からこの地へ避難してきたパルマ市民達だ。

「む……」


「わぁ！　起きた～！」

礼拝堂の隅。申し訳程度の板切れによって仕切られた空間の中で、フレデリカは目を覚ました。

「お水飲む？　どうぞ～」

隣に座っていたエレンからピッチャーを手渡され、左手で受け取ろうとするが、刺す様な痛みに思わず顔を歪ませる。

「左腕はあんまり動かさない方がいいと思うよ？　傷がまだ治ってないからね～」

「あぁ、すまない……私は一体何日眠っていた？」

右手でピッチャーを受け取りながら尋ねるフレデリカ。

「前の会戦からずっとだから……二週間弱？　途中で何度か夢遊病みたいになってたらしいけど。クリスおじさんが心配してたよ～」

日数を指折り数えつつ、ピッチャーを受け取るエレン。

「二週間か。銃創一つでここまで戦闘不能になるとは情け無いっ……!?」

無理矢理身体を動かそうとすればする程、激痛がその意志を砕こうとしてくる。結局、他の兵士達と同じ様に呻き声を上げながら、ゴザの上で安静の姿勢を取る。

「私が眠っている間、何があった？」

「色々あったよ。話すと長くなるけど」

「構わない、教えてほしい」

「うぃー」

エレンはフレデリカへ、第二次ヨルク川防衛戦に敗北した事、自軍は時間稼ぎの為にリヴァン市内での籠城戦を選択した事、ノール軍はリヴァン市の包囲を既に完成させている事を伝えた。

「そうか。すまない、私の不在で多分に迷惑を掛けた事だろう」

特に戦況を悲観する事もなく、己の不在を伏し目で詫びると、無事な右腕を支えにしながら身体を起こそうとする。

「あーダメだって、寝ててなきゃ！」

安静にさせようとするエレンの手を振り解き、無理矢理上体を起こすフレデリカ。

「なんの、これしき……！」

「毛玉殿の言う通りですぞ、大尉殿」

間に入ってきたテノール声に反応した二人が頭上を見上げると、仕切りの上から馴染みのカイゼル髭が顔を覗かせていた。

「エレン殿、留守の番をありがとう。輜重隊の所へ戻っていいぞ」

「うぃ」

ポンポンとエレンの頭を撫でると、先ほどまで彼女が座っていたスツールへ身を寄せるクリス。

「無事目を覚ましたようで何よりです、大尉殿」

「少尉、図らずも騎兵隊を貴様に預ける形となってしまい、すまなかった。負担を掛けたな」

壁に背中を預ける形で座り直すと、フレデリカは今まで少し緩めていた目尻を、普段の様に吊り上げた。

「第二次防衛戦における我が隊の損害は?」

「ありません」

「彼我の損害は?」

「おおよそ千人強かと。敵はカノン砲を全門喪失したものの、歩兵の損害は軽微と認めます」

「想像以上に我が軍の損害が多いな……」

顎に手を当てて顔を顰《しか》めるフレデリカ。

「正面を任されていた南部辺境伯義勇軍の兵が次々に脱走した為、早々に戦線が崩壊しました。フェイゲン大佐曰く、敵の架橋設備を用いた渡河攻撃と霧の所為もあり、我が方はまともな抵抗が出来なかった模様にございます」

戦況を述べるクリスの声に、震えが混じり始める。

「そうか、南部義勇軍が脱走か……」

「誠、理解し難い行動でございます」

努めて無表情を維持しながら述べるクリスの喉奥からは、震えるような憤怒が見えていた。

「無理も無い。兵士達からすれば、強行軍で遥か北の地まで連れてこられ、何処の地とも分からない場所で正規軍と戦闘をさせられたのだ。我々と轡を並べるには、あまりに士気差があり過ぎたのだ」

「……なぜ」

クリスの怒りを感じ取ったフレデリカが、彼の怒りを鎮めるために最もらしい理由を与えたが、かえってそれは彼の怒りを湧き立たせる結果となった。

「なぜ皆！　一様に！　他人事なのですかッ!?　自国領が侵略されているのにもかかわらず！　なぜ!?　なぜなのですか!?」

怒りに任せて拳を叩きつけられた仕切りが、音を立てて大きく揺れる。

「なぜ……！　なぜこんな薄情な国の為にパルマが灰にならねばならなかったのですか!?　この国はパルマを灰にしてまで守る価値があるのですか!?」

フレデリカに問うたところで答えが出るはずも無かったが、彼は問わずにはいられなかった。

「私は……私は……」

フレデリカは彼の言葉を一切遮らず、ただ実直に受け止め続ける。

「パルマを灰にした者を、死ぬまで恨みます」

最後にその言葉を残した後、クリスは沈黙した。

治療に走る市民達の喧騒や負傷兵の悲痛な叫びが、まるで屋外の出来事であるかの様に、くぐもって聞こえる。

「……パルマを灰にした者とは、ノール軍のことか？　それとも――」

フレデリカがその先を言う前に、クリスは答えた。

「……両方です」

◆

「すまないな、こんな役割を押し付けてしまって」

「向こうの連隊総指揮官直々のご指名なのでしょう？　わたくしの代わりが居ないのなら仕方ないですわ」

「御両人、こちらでございます」

ノール軍の兵士に案内され、一際大きな天幕の前に立つフェイゲンとエリザベス。

二人は、昨夜ノール軍指揮官から届いた面会希望の手紙に応える形で、ノール軍の野営地へと足を踏み入れていた。

「連隊総指揮官閣下！　オーランド連邦軍より、パトリック・フェイゲン大佐、並びにエリザベス・カロネード士官候補が遥々《はるばる》お越しあそばして御座います！」

「通しなさい」

か細い病人の様な声が、僅かにテント内から漏れ聞こえる。思わず聞き逃しそうな声だったが、案内役の兵士はすぐさま天幕を捲り、中へと二人を促した。

「お初にお目に掛かります。私奴《わたくしめ》は栄えあるノール帝国軍の参謀職を仰せつかっております、アラン・ド・リヴィエールと申します」

「オーランド軍指揮官のパトリック・フェイゲンだ」

「同じく第三砲兵中隊所属のエリザベス・カロネードですわ」

リヴィエールと握手を交わすエリザベスとフェイゲン。

臨時カノン砲兵団と名乗れば、如何にも切羽詰まっている事がバレそうだった為、それらしい部隊名を騙る事にした。

「僭越《せんえつ》ながら、貴軍には独立した砲兵部隊はないと伺っておりましたが……思いもよらず先進的な軍組織をお持ちの様ですな」

「いやはや、それほどでも……して、貴殿が連隊総指揮官ですかな?」

「いえいえ、申し上げた通り、私奴は一介の参謀でございます。もうそろそろ……」

目を細めて天幕の外を見つめるリヴィエール。すると数秒置いて、外から誰かがドタドタと走り込んでくる音が聞こえてくる。その音の主は天幕を勢いよく捲ると、額の汗を拭いながらリヴィエールの隣に回った。

「いやー、すまない御両人！　呼んだ側が待たせてしまったな！　こちらの軍団長に呼び止められてしまってな……」

　ハンカチで手を拭いた後に右手を差し出すヴィゾラ伯。

「改めて、よく来てくれた。ヴィゾラ伯シャルル・ド・オリヴィエだ。パルマ会戦、そしてヨルク川攻略戦での貴軍の勇戦には心から敬意を表するぞ」

　その手を握ろうとする寸前で、フェイゲンが警戒しながら口を開く。

「書面に記されていた通り、確かに負傷兵と民間人をリヴァン市から退避させて頂けるのですな？」

「無論だ。一日だけ、タルウィタへ続く道の包囲を解いておこう……おぉ、そして君が例の、銀魔女か」

　フェイゲンの手を固く握り返しながら、エリザベスへ顔を向ける。

「魔女とは大層な呼び名ですのね。ただの小娘でしてよ？」

「ただの小娘が我が軍の誇る重騎兵隊を二度も撃退できるものか。何処で教育を受けた？」

「特には。独学のみですの」

　だいぶ前に同じ質問をフレデリカから受けたことを思い出しながら答えるエリザベス。

「なんと独学とは……！　リヴィエール、貴様と同じ来歴の者がいたぞ！　握手の一つでもすべきではないのかね？」

「既に交わしておりますので、お構いなく」

　僅かに手を上げるリヴィエールに、少しばかり瞳を向けてみるエリザベス。

　自分が言えた義理ではないが、本当に軍人かと思える程に細い。肌にピッタリ沿うブリーチズボンの構造からか、脚がより一層細く見える。目も虚がちで、室内であるにもかかわらずどこか遠くを見ている様な印象を受ける。

「レディ・カロネード。なぜ貴殿は女性の身でありながら軍人を目指そうと思ったのかね？　独学ということは、本業たる生業《なりわい》が別にあったのだろう？」

興味津々で自分の内情に土足で足を踏み入れてくるヴィゾラ伯に内心嫌悪感を抱きながらも、柔和な表情の維持に努めるエリザベス。

「本業は商家でしたわ。残念ながらわたくしは商人としての才を持ち合わせておりませんでしたので、軍人となる事を決意しましたの」

あまり細かいところまで説明すると更なる深堀が飛んでくることが容易に想像できた為、表面的且つ簡素な説明に留める。

「商家のご令嬢から軍人か……その年なりでなんともロマンチックな人生を歩んでいるものだな。して、軍人の何処に惹《ひ》かれたのかね？」

「それは……幼い頃に軍事演習を観て、その時に大変感銘を受けまして――」

そこまで述べたところで、エリザベスは漠《ばく》とした違和感を自分自身に対して覚えた。

確かに自分はラーダ王国軍の軍事演習を見た事が切っ掛けで、軍人を目指す事を決めた。そうである筈なのに、何故か釈然としない。こんな宙吊りの感情になるのは初めてだ。そんな漠然とした理由ではなく、もっと具体的な、熱心に励む彼らの姿に惹かれた理由が自分の中に存在する筈なのに、どうしてもそれが言葉となって出てきてくれない。

なんとかして絞り出そうと考えを巡らせてみるが、思考はぐるぐると心の外縁を彷徨《さまよ》うのみで、肝心の本心を突く事ができなかった。

「まぁ、答えられぬ事があるならばそのままで構わんよ」

黙ってしまったエリザベスを気に掛けてか、肘掛け椅子に座り直しながら、彼女を客椅子へと促すヴィゾラ伯。

「……士官候補生となったからには、目指したい階級役職というものがあろう。貴殿は何処まで上り詰めるつもりだ？」

「軍団長ですわ。それ以外は眼中にありませんの」

しっかりと相手の目を見ながら、堂々と自分の野望を宣言するエリザベス。

ヴィゾラ伯は数秒表情が固まったかと思えば、貴族とは思えない盛大な笑い声を響かせた。

「ふ、ふふふっ、ふはははははッ!!　軍団長とは随分大きく出たな！　……リヴィエールッ！　貴殿はどう思う？　我らが軍団長殿とこの小娘が、同等の力量を持つと感じるか!?」

「発言を差し控えさせていただきます」

梯子《はしご》を外され、ガクッと頬杖を外すヴィゾラ伯。尚も堂々とした表情を崩さないエリザベスを一瞥すると、少し恥じ入る様な手つきで紅茶を手に取った。

「今までも、方々へそう言い放ってきたのかね？」

「そうですわ」

「その際の相手の反応は？」

「大方、貴卿と同じ反応でしたわね」

紅茶を一口含むと、片眉を上げながらエリザベスを見つめるヴィゾラ伯。

「……己の夢を笑われてなんとも思わんのか？」

「夢は素晴らしければ素晴らしい程、笑われる物ですわ。わたくしの夢を素晴らしいと仰って下さり有難うございますわ」

そう言って微笑むエリザベスの表情からは、皮肉を言わんとする気など微塵も感じられなかった。

ヴィゾラ伯は、しばしエリザベスを凝視し続けた後、フェイゲンへと目を向けた。

「フェイゲン大佐殿、呼びつけておいて大変恐縮なのだが、少しばかり席を外してくれんかね？」

「……承知致しました。しかしながら、会話の内容については後程エリザベスより直接聴取致しますので」

構わんよ、と右手を上げるヴィゾラ伯に一礼すると、フェイゲンはテントを後にした。

しばらく無言の波がテント内へと押し寄せた後、ヴィゾラ伯は自身の座る椅子を軋ませながら、口を開いた。

「我が軍は貴殿を高く評価している。加えて幸いなことに、我が軍は優秀な砲兵指揮官を必要としている」

「……何が言いたいんですの？」

彼が何を言おうとしているのかは分かっていたが、無意識に口を衝《つ》いた。

「では畏まって述べさせて頂こう」

ヴィゾラ伯は一枚の紙をテーブルの上に置くと、手元に置いた羽ペンをエリザベスの元へと寄せる。

「エリザベス・カロネードよ、我が軍に加わる気は無いかね？」

「……面白い事を仰いますのね」

「こちらは至って真面目であるのだがね」

パイプに火をつけながら、帝国軍士官登録書と題された紙を指差すヴィゾラ伯。

「軍団長とまでは行かないが、砲兵中隊指揮官のポストを用意しようじゃないか。貴殿の努力如何によっては、軍団長も夢では無いぞ？」

目の前に用意された士官登録書を、じっと見つめるエリザベス。

ノール帝国は軍人への待遇に定評のある国だ。軍国としての体を成すには、良く訓練され、良く統制された軍隊が必要となる。そうであるが故に、他国よりも軍人の社会的身分が高く、給金も良い。

職業軍人を目指す者からすれば、目の前にあるこの書類は喉から手が出る程に欲しい代物である事は間違いない。

「大変魅力的な条件ですわね」

正直、家を飛び出した頃の自分が聞いていたら、迷わず飛びついていた事だろう。

「おぉ！　それでは――」

「……謹んでお断りさせて頂きますわ」

だが今はもう、あの頃の自分ではないのだ。

エリザベスの答えを聞いたヴィゾラ伯は、溜息を吐くと、目を瞑りながら右手を差し出した。

「幾らだ？　望みの額を言ってくれたまえ」

「金額の問題ではありませんの」

「ではどの問題かね？　できる限り、それを解決できる様に取り計らおうではないか」

余程エリザベスを逃したく無いのか、強く食い下がるヴィゾラ伯。

「オーランドの兵士達と、約束を交わしておりますので」

「どの様な約束かね？」

エリザベスは一段と瞳を見開き、ヴィゾラ伯の双眸と相対する。

結局の所、約束を交わした相手は冗談半分に受け取っていたかもしれない。そんな事は出来っこ無いと思ったが故に、彼らは愛想笑いを浮かべていたのかもしれない。

「軍団長を目指すついでに――」

しかし、彼らがどう思うと関係無いのだ。

「――オーランドに勝利を齎《もたら》すと。確かに彼等と約束しましたの」

少なくとも、私は本気だったのだ。

「……ふっはははは！」

エリザベスの答えを聞くや否や、豪快に笑い飛ばすヴィゾラ伯。

「誠に残念だが、余はその約束を反故にしてやらねばならんな！」

交渉決裂！　と彼が言い放つと同時に、入り口に佇んでいた兵士が天幕を捲り、エリザベスへ退出を促す。

「その約束の決着は戦場で付けるとしよう！　銀魔女……いや、砲兵令嬢《カノンレディ》よ！」

ヴィゾラ伯の啖呵《たんか》を受け、エリザベスは、いつもの意地悪い笑顔で啖呵を切った。

「望む所ですわ。覚悟しておいてくださいまし」

第二十九話：リヴァン完全包囲網（後編）

夕刻、リーヴァ教会にて。

「皆、よく集まってくれた」

教会の中心部、内陣に誂《あつら》えた祭壇に佇むフェイゲンが、集結したオーランド連邦軍兵士達を見下ろす。

「まず、この教会に集った諸君らは、選りすぐりの古強者《ふるつわもの》である。先ずもってはそれを自覚し、誇ってほしい」

選りすぐりの古強者。

それは裏を返せば、教会内に全兵力を集結できてしまうほどに、自軍が消耗している事を暗に示していた。

「さぁ、しっかりと誇ったかね……おい、そこの第三中隊！　もっと胸を張らんか！　先の会戦で最後まで左翼を守ろうとした貴隊らしくないぞ！　誇らんか！」

名指しで部隊名を言われるとは思っておらず、驚きと共に姿勢を正す第三中隊の兵士達。

「よし、それで良い……では本題に入ろう。本来であれば、こういった情報は先ず士官へ伝達してから諸君らに伝えるべきだと考えるが、事の重要性を鑑みて、同時に伝える事とした」

コロンフィラ伯の手紙を広げながら、一同を見回す。

「まず一つ。数日前、連邦首都タルウィタにおいて第二百四十九回臨時連邦議会が開催された。議題は諸君らも知っての通り、連邦軍編成についての採決だ。その結果がコロンフィラ伯閣下よりたった今もたらされた……」

勿体ぶるような口ぶりの後、彼は右手を天高く掲げた。

「全会一致だ！　連邦軍が間も無く動員されるぞ！　皆、よくぞ耐え抜いてくれた！」

フェイゲンの嘆声と同時に、兵士達の間にどよめきと小さな歓声が上がる。一ヶ月近く続いていた、逃げることの許されない遅滞戦術が、ようやく終わりを迎えたのだ。彼らの顔が綻ぶのは当然の帰結であった。

しかしそれでもまだ、大多数の兵士達は、諦観を帯びた力の無い表情を、フェイゲンへと向けるのみであった。

「…………」

彼らの多くは察していたのだ。今すぐ連邦軍が動員されたとしても、このリヴァンの地へ正規軍が救援に来るのはずっと後になるという事を。

その時までリヴァン市を防衛し続ける事など不可能である事を。

包囲網を突破し、脱出する事など尚不可能である事を。

自分達は結局、時間稼ぎの死兵の役から脱する事は出来なかったという事を、彼等は理解していたのである。

その様子を壇上から観察していたフェイゲンは、少し声のトーンを落とすと、手紙を祭壇の傍に退《の》けた。

「諸君らは、耐え難きを耐え、凌《しの》ぎ難きを凌ぎ、勝ち難きを勝利してきた。それは小官が保証しよう。紛れも無く、諸君らは殊勲部隊である」

頭の制帽を取り、胸に当て、敬意を表するフェイゲン。

「諸君らには、然るべき場所で、然るべき御仁から勲を賜る権利がある。いや、賜らなければならない！」

今一度、手紙を手に取りながら語気を強めていくフェイゲン。

「その為にも、我々はノール軍の包囲網を突破しなければならない。首都タルウィタへと辿り着く為には、あの忌々しい白き囲いを破らねばならんのだ！」

数的優位を持ち、防衛線を形成している相手に突破機動を実行する。戦略眼を持つ士官でなくとも、それが絶望的な作戦である事は理解できよう。

「…………」

街に迫る夕闇よりも暗く、重い空気が教会内に充満する。これが最期の戦いとなるのだろうと、口にせずとも皆一様に、そう感じていた。

少なくとも、この時点までは。

「皆が思っている通り、我々だけでこの作戦を完遂する事は難しい。しかしながら……他ならぬ女伯閣下の御助力によって、我らは強力な援軍を得るに至った！」

漆黒の封蝋を高々と掲げながら、満を持して宣言するフェイゲン。

「これが二つ目の伝達事項だ！　コロンフィラ伯が直々に！　隷下の騎士団を率いてこの地に向かっている！　深夜には到着するだろう！」

コロンフィラ騎士団の言葉に、俯いていた兵士達が一斉に顔を上げる。死人同然の面持ちだった兵士達の目に、再び光が戻る。

「コロンフィラ伯の騎士団って……あの黒騎士団か⁉」

「マジか！　数百年にわたってノール軍の侵攻を防ぎ続けてきた英雄達だぞ⁉」

「黒騎士団なら、アイツらなら！　俺達を助けてくれるかもしれないぞ！」

驚きにも似た期待の声は、程なくして教会中を沸き立たせる歓声へと変貌した。

フェイゲンは、焚きつけた希望の炎を更に燃え広がらせる為、今一度声を大にして叫んだ。

「断固たる決意を持って、私は述べよう！　諸君らは、決して死兵などではない！　断じて！　捨て石などではない！　この戦争の最も苦しい時期を共に乗り越えた、掉尾《ちょうび》を飾るに相応しき英雄達である！　必ずや、共にタルウィタへ！　そして最後にはパルマへ！　諸君らを連れ帰って見せよう！」

限界まで膨れ上がった期待と熱気が弾け、割れんばかりの拍手と歓声が噴き上がる。

フェイゲンは、興奮覚めやらぬ彼らの拍手を背中で受けながら、壇上を後にした。

◆
「連隊長殿、素晴らしい演説でしたわ」

事の顛末を見守っていたエリザベスが、教会の裏手からひょこっと顔を出す。

「なに、君が連邦議会で見せたという大立ち回りに比べれば、どうと言う事は無い」

裏口から教会を後にした二人は、作戦司令部と化したリヴァン伯の邸宅へと歩みを進める。

押し並べて話すことも無く、二人の足音だけが夕闇のリヴァン市に響く。

再びフェイゲンが口を開いたのは、教会から漏れ聞こえる喧騒の音が、限りなく小さくなった頃合いであった。

「この戦い、勝てると思うか？」

壇上の演説時とは違い、フェイゲンは不安の表情を浮かべている。

「絶対に勝たねばならない戦いを前にして、その発言はナンセンスだと思いますわ」

微笑を帯びた澄まし顔で言い放つと、そのままスタスタと前を歩いて行くエリザベス。

「……そうだな、無粋な質問だった」

制帽を深く被り直し、町の屋根伝いに沈んでいく太陽を見つめるフェイゲン。

北方大陸は季節を問わず日が短い。夏季であっても、太陽の落ちる速度はかなりの物だ。

今日もその例に漏れず、二人が町の広場へと差し掛かる頃には、フェイゲンの持つランタンの光に頼らざるを得ない程に、辺りは暗くなっていた。

「……別に、向こうへ行っても良かったのだぞ？」

ランタンの火力を調節しながら、不意に口を開くフェイゲン。

「向こう？」

会話の意図が掴めずに、首をかしげるエリザベス。

「あの時、ノール軍へ降らないかと、ヴィゾラ伯から提案を受けていたのだろう？」

「あぁ、その話ですわね。ノール軍砲兵中隊長の席を提示されましたけど、丁重にお断りさせて頂きましたわ」

歩きながら腕を組んで答えるエリザベス。

「帝国軍将校の地位など、喉から手が出る程欲しい者が沢山いるだろうに。なぜそこまでしてオーランド軍に拘る？　元々貴官は成り行きでこの戦争に巻き込まれている立場なのだ。出ていった所でそれほど文句も言われまい」

「あらあら、そんなにわたくしに軍から出ていって欲しいんですの？」

そうではない、と足を止めるフェイゲン。

「今が、この町から逃げ出す最後のチャンスだという事だ」

その言葉を聞いて、フェイゲンから十歩ほど進んだ所でパタリと歩みを止めるエリザベス。

「今ならまだヴィゾラ伯へもう一度とりなす暇もあろう。演説ではああ述べたが、この包囲網を突破出来る可能性は低い。負け戦に付き合わせるのも悪いと思ってな……馬の用意なら出来ているぞ？もし気が変わったのなら——」

「……おーっほっほっほ！」

高笑いをしながら満面の笑みで振り向くエリザベス。暗闇ですらその意表を突かれたのか、僅かに場が明るくなった様な錯覚をフェイゲンは覚えた。

「今更ノコノコ敵に降るなんてお下品な事、死んでも嫌ですわねっ！　それにわたくしは、軍団長を目指すついでにオーランドに勝利をもたらすと約束しましたの！」

劣勢を自覚し、尚もオーランド軍に残る事を堂々と宣言するエリザベス。

「……なるほど。ランバート中尉は、良い部下を持った様だ」

取り越し苦労だったよと、エリザベスの肩を叩き、彼女を追い越して先を歩き始めるフェイゲン。

「だがこれだけは教えてくれ。我が軍の何処にそこまで惚れ込む要素があったのだ？」

エリザベスの顔を照らす様に、ランタンを低く掲げながら問うフェイゲン。

「……正直、つい先程まで、わたくし自身もその答えを探しておりましたの」

すると、広場の中央にポツンと置かれた黒いベンチへと近付いていくエリザベス。

「少し、身の上話をさせて頂いても宜しいかしら？」

ベンチに腰掛けながら、エリザベスが尋ねる。

「リヴァン伯の邸宅に着いてからではいかんのか？　もう大分暗くなってきているぞ」

「本音は他人に聞かれたくないモノでしょう？」

人っ子一人居なくなった広場を一望しながら答えるエリザベス。

「驚いたな。君は自分から本音を話したがらない性格だと思っていたが……」

「まあまあ、わたくしに軍服を授けて下さった御礼だとでも思って下さいまし」

袖の余った部分を上下にパタパタさせてアピールするエリザベス。フェイゲンは微かに笑うと、ゆっくりとベンチにランタンを置いた。

「……わたくしは、幼い頃からカロネード商会の教育を受けてきましたわ。教育を受けている間は勿論、自由時間であっても他人と関わり合う事は厳しく制限されておりましたの」

「私も噂には聞いていたが、大商人の跡取りともなると、並大抵の努力では務まらんらしいな？」

エリザベスは無言で頷く。

「だから、分からなかったのよ」

「何がだね？」

フェイゲンの問いに対し、笑い混じりにエリザベスは次の言葉を連ねた。

「友人の作り方よ。こればっかりは、幾ら本を読んだところで分かりっこなかったわ」

思いの外、年相応の発言が飛び出してきた事に対して、思わず口元が緩むフェイゲン。

「それはそれは、お嬢様らしい悩みだな。ご両親には聞けなかったのかね？」

「殆ど家にいる事が無かったから、聞くに聞けなかったわ。個人的に両親が嫌いだっていうのもあるけど……」

話が逸れたわね、とベンチに浅く座り直すエリザベス。

「友人が良いものである事は本で知っていたけど、実際はどんな関係なのか、見当もつかなかったわ……ラーダ王国の軍事演習を見るまでは、ね」

なぜ、王国軍の軍事演習の光景が、延々と自分の心に燻り続けていたのか。

なぜ自分は軍人を目指そうとしたのか。

その理由をヴィゾラ伯に述べた際に、なぜ漠とした違和感を覚えたのか。

エリザベスはその答えに、やっと辿り着いたのだ。

「私は、ずっと軍隊の格好良さに一目惚れしたと思っておりましたの。だけど、本当は――」

演習の合間合間に、兵士達が時折見せる楽しそうな表情。

体勢を崩した仲間の肩を支え、共に進もうとする兵士達。

突撃する騎兵に対し、敬礼を以てその武運を祈る指揮官達。

「――本当は、兵士達《貴方達》の姿に、一目惚れしていた様ですの。どうしようも無く……ぇぇどうしようも無く、戦友として、貴方達と同じ視座に立ってみたいと。そう思ったんですの」

エリザベスの表情には、まるで想い人を偲《しの》ぶかの様な、耽美的《たんびてき》な笑みが浮かんでいた。

「……本音を聞いてくれて有難う御座いますわ。こういう事柄は、近しい人には却って打ち明け辛かったんですの」

ベンチから腰を上げると、エリザベスはランタンを片手に、軽やかな足取りで先を進み始める。

「……エリザベス。貴官は」

エリザベスの背中を追い掛けながら、慈しむ様な目でフェイゲンが呟く。

「ずっと寂しかったのだな」

フェイゲンの言葉が、エリザベスの耳に届く事は無かった。

第三十話：リヴァン市退却戦（前編）

「リヴァン市の戦況はどうなっている!?　暗闇のせいで碌に分からんぞ！」

「斥候を放っております故、もう暫くのご辛抱を！」

深夜の暗闇に塗り潰されたヨルク川に沿って、鎧に身を包んだ重騎兵が疾走する。時折、雲の切れ目から差し込む月の光が、彼らが纏う漆黒の重装鎧《プレートメイル》を鈍く照らす。

「さっきすれ違った避難民から何か情報は得られたか？」

「はっ！　リヴァン市は完全包囲下にあり、敵軍戦力は自軍戦力を圧倒しているとの事！」

「じゃあまだ完全に落ちちゃいないって事だな!?　急《せ》ぐぞ！」

それほど速度が出る訳でもない重装軍馬を目一杯急かしながら、二百を数える黒騎士団の長、コロンフィラ伯が叫ぶ。

「アスター卿、並びにランドルフ卿より伝言です！　二卿の助力により、既に連邦軍の動員が開始されているとの事！　編成完了までおよそ一ヶ月！」

「一ヶ月か！　平和ボケしてた国の割には動きが大分早いな！」

立ちはだかる倒木を飛び越え、視界を遮る小枝を直剣で切り払い、口笛と声で隊形を維持するコロンフィラ伯。ノール軍に自分達の存在を悟られる訳にはいかない為、松明を始めとする明かりの一切を廃して彼らは進んでいく。川のせせらぎ音を道標《みちしるべ》に進んでいるのだ。

「急停止！」

口笛と共に全部隊に急制動をかけるコロンフィラ伯。進路上に、松明の灯りがチラついているのを目視したのだ。

「三列縦隊！　前列長槍構えェッ！」

長槍《ランス》を脇で挟み込みながら、密集隊系を取る騎士達。対して松明の主は、敵意のない事を示す様に明かりを左右に振った。

「団長殿！　斥候只今戻りました！」

松明を振りながら、斥候として出していた騎士数騎が近づいてくる。

「馬鹿者！　誰が松明を焚けと言った⁉　ノール軍に我らの位置がバレたらどうする⁉」

斥候から松明を奪い取ると、それをヨルク川の水面《みなも》に思いっきり投げ込むコロンフィラ伯。

「も、申し訳ございません団長殿！　余りに暗く、前後どころか上下不覚に陥りそうでしたので……」

鉢型兜《バシネット》のバイザーを押し上げながら、謝罪の言葉を述べる斥候役。

「で、何か収穫はあったか？　何もなかったとは言わせんぞ？」

「はっ……ノール軍のリヴァン市包囲網について、あらかた陣容は掴めました。やはり、タルウィタへと続く街道周辺の包囲線が、最も厚い様です」

「他には？」

「はい、実は斥候を行っている最中、怪しい女を捕まえまして……オーランドの軍服を着用しておりますので、味方かとは思われますが……」

そう述べる斥候達の背後に、手縄を掛けられた状態で騎乗している女性士官がいる事に気づくコロンフィラ伯。暗がりでよく見えないが、彼女の左肩には包帯が巻かれている。

「誰だ？　所属と階級を名乗れ」

「お久しぶりですね、フィリップ・デュポン卿。直接お会いするのはパルマ女伯閣下の婚約式以来でしょうか？」

銀髪を帯びた彼女。フレデリカの顔が月明かりに照らされる。

「お前……フレデリカ・ランチェスターか！　久しいな！　パルマ軽騎兵の活躍は余の耳にも届いているぞ。おい、縄を解いてやれ！　パルマ女伯閣下の騎兵隊長様だぞ」

コロンフィラ伯の命令を受け、慌てて縄を解こうとする騎兵達。

「貴殿、わざと俺の斥候に捕まったな？」

「はい、捕まった方が早く貴卿の元に辿り着けると思いましたので」

縄を解かれながらコロンフィラ伯の詰問に答えるフレデリカ。

「どうやって包囲網を脱したのだ？　ちょっと失礼します、で通してくれる程ノール軍も馬鹿じゃないだろう？」

「民間人と負傷兵のみを包囲網から逃す、という取引が両軍の間で取り交わされましたので。負傷兵に混じって包囲網を脱して参りました」

縛りが解かれた手で、左肩の包帯をさすりながら答えるフレデリカ。

「ノールがそんな殊勝な取引を？　此度のノール軍指揮官は、今までと一味違うみたいだな」

「例のエリザベス・カロネード嬢に直接会う事を条件に、非戦闘員の脱出を認めた様です」

「エリザベスって、あの小生意気な嬢ちゃんの事か？　アイツ、そんなに目を見張る戦果を上げてるのか？」

「はい、ノール重騎兵の突撃を、砲兵隊のみで二度も撃退しております。至近距離での散弾一斉発射が得意戦術の様ですね」

「おおう、マジか……」

自身も重騎兵に該当する兵種である為か、驚き身震いするコロンフィラ伯。

「それで、何の用があって俺のところに来た？　何の理由もなしに捕まった訳じゃないんだろ？」

「はい。リヴァン市で籠城中のパトリック・フェイゲン大佐より、任務を預かっております」

胸元から手紙をスルリと取り出す。

「リヴァン包囲網の脱出作戦概要です。午前五時が作戦開始時刻となります」

作戦開始時刻と聞いて、瞬時に懐中時計を取り出すコロンフィラ伯。

「あまり時間はないが、まぁ五時までならギリギリ間に合うか」

それにしても、とニヒルな笑いを漏らすコロンフィラ伯。

「この状況でまだ脱出を諦めて無いのか、そのフェイゲン大佐とやらは。ただの阿呆《あほう》か、それとも勝算があるのか……」

「貴卿ともあろうお方が、何を世迷言《よまいごと》を」

作戦要領を手渡しながら、不敵な笑みを浮かべるフレデリカ。

「貴隊こそが、勝算そのものです」

◆

ほぼ同時刻。ノール軍包囲網の総司令部にて。

「一体何事かねこんな朝早くに……！」

苛立ちを隠せない口調で、ヴィゾラ伯が天幕からコートに袖を通しながら出てくる。

「申し訳ございません連隊総指揮官殿。しかし、先程から敵軍が妙な動きを見せておりまして……」

大隊長が単眼鏡をヴィゾラ伯へと手渡しながら釈明する。

「妙な動きだと？　どれどれ……暗闇と霧で碌に見えんが」

受け取った単眼鏡をリヴァン市内に向けながらボヤくヴィゾラ伯。

連邦の中でも比較的歴史の浅い都市であるリヴァン市は、パルマ市とは違って現代式の防壁で守られている。

低く、しかして固く積み上げられた土塁と、厚みのある砂塵の層で構成された市外防壁は、二十四ポンドを超える重砲を用いたとしても、そう簡単に崩すことは出来ない。

先の会戦でカノン砲を全門喪失している事情もあり、いくら圧倒的数的優位を持つノール軍といえども、攻勢には慎重にならざるを得ない状況であった。

「今は落ち着いておりますが、本日未明より、リヴァン市内から断続的に焼夷弾《カーカス》が発射されました」

大隊長の状況説明を聞きながら、灯りの落ちたリヴァン市内を観察するヴィゾラ伯。

「こちらの損害は？」

「ありません。ほぼ直上へ打ち上げておりましたので、何かしらの信号弾かと思われますが、意図は不明です」

「……こういった事に関しては、我らが参謀に聞くべきだな。リヴィエールを呼んで来い！　彼の意見を聞きたい！」

承知致しました、と馬に跨り、タルウィタ方面の包囲線へと消えて行く大隊長。

それから程なくして、リヴィエールが自身と同じぐらいに痩せ細った馬と共に現れた。

「リヴィエール、こんな夜更けに呼び出して済まない。タルウィタ方面の包囲網は盤石《ばんじゃく》か？」

「はい、リヴァン市民の脱出後、包囲網は再度閉じられました。ご命令通り、タルウィタ方面は最も防衛線を厚くしております」

付き人の兵士に介助を受けながら、馬を降りるリヴィエール。

「先程未明より、リヴァン市内から上空へ焼夷弾《カーカス》が何度か打ち上がっている。この意図、貴殿ならう見るか？」

「直上へ焼夷弾《カーカス》を打ち上げる意図は、まずもって何かしらの合図でしょう。情報を伝えようとしているのかと思われます」

ヴィゾラ伯がその回答では満足していない事を、彼の表情から読み取ったリヴィエールは、さらに言葉を続ける。

「……打ち上げられた焼夷弾《カーカス》を実際に目視していないので断言は出来ませんが、その信号は包囲の外へと向けられた物かと」

「ほう、包囲の外とな？」

自身の背後に繁茂する林に目を遣るヴィゾラ伯。

「はい……。大隊長、焼夷弾《カーカス》は合計何発放たれましたかな？」

「はっ、計五発でございます」

「射撃間隔は？」

「最初に間を置かず三発。その後に比較的長い間隔を伴って二発です」

「射撃間隔の秒数までは記録しておりますかな？」

「いえ、そこまでは……」

不覚を感じた大隊長が謝ろうとするが、問題ありませんと、一言添えるリヴィエール。

「これではっきりしました。オーランド軍は包囲の外と連絡を取り合おうとしております……ゴホゴホッ」

一つ二つ咳を起こしながら、ヴィゾラ伯に向き直るリヴィエール。

「包囲下の友軍同士で連絡を取り合っている可能性は無いのかね？」

「包囲下の者同士で連絡を取り合うのであれば、伝令で十分の筈です。わざわざ敵軍に悟られる可能性の高い焼夷弾《カーカス》でやり取りはしないでしょう」

「それもそうか……では、単純に誤射だったという可能性は？」

「その可能性も低いかと。誤射であれば、前半の三発は兎も角、後半の間隔を開けた二発の説明がつきません。オーランド砲兵は、聞き及んでいた以上に優秀な兵士達です。そう何度も誤射など起こさないでしょう」

「ふーむ……納得！」

自身の中でも腑に落ちたのか、ポンと手を叩きながら叫ぶヴィゾラ伯。

「そうだとするならば、奴等は何を伝えようとしていたのか、そこが一番気になる所だな！」

「いえ、最も重要な点は何をでは無く誰にの部分かと」

「だ、誰に……？　あの信号の受け取り手の方が重要なのだな？」

発言を一刀両断されつつも、素直に聞き入れるヴィゾラ伯。

「その通りです、閣下。包囲されている軍が包囲外に向かって出す信号など、ほぼ援軍要請と相場が決まっております。我々が行うべきは、オーランドがアテにしている援軍は今何処にいて、どの様な兵種なのか、そしてどれ程の数がいるのかを把握する事です」

言い終わるや否や、再度介助を得ながら馬に跨るリヴィエール。

「包囲網を形成している戦力の一部を抽出して、リヴァン近郊の偵察へと充てましょう。少なくとも、敵援軍はあの焼夷弾《カーカス》を直接目視出来る位置に居るでしょうから……」

「よう分かった、許可しよう。包囲網の背後でコソコソ動き回られるのは気分が悪いからな。何か見つけたら直ぐ報告する様に」

「畏まりました」

そう言い残すと、リヴィエールは、自身が直接指揮を行うタルウィタ方面の包囲戦列へと向かっていった。

「……包囲外の敵、か」

背中で蛇が這いずる様な、不快な感覚がヴィゾラ伯を襲う。

無意識の内に思い込んでいた背後の安全という概念が、音を立てて崩れて行く。

「……さしたる数ではあるまい。連邦軍は未だ編成されていないのだから」

自分に言い聞かせる様に呟いた後、なんの気無しに懐中時計を開いてみるヴィゾラ伯。文字盤に雨粒が当たり、空を見上げる。

「むぅ、雨か……」

時計の針は、五時丁度を示していた。

「オルジフ率いる有翼騎兵《フッサリア》も兵員補充された事だし、何ら心配する事は――」

その瞬間、リヴァン市内から幾つもの砲撃音が響く。

「な、何だぁ!?」

上空高く打ち上げられた焼夷弾《カーカス》達が、煌々と薄明の中に瞬く。

依然としてその信号の意味は判らなかったが、ヴィゾラ伯は、自身の中に走った直感に従う事にした。要するに、貴族の優雅さをかなぐり捨てる様な大声で、自軍兵舎に向かって叫んだのだ。

「ぜ、全軍臨戦態勢ーッ！　皆起きろーッ！　オーランド軍が仕掛けてくるぞーッ！」

彼の言う通り、午前五時に発射されたこの砲撃こそが、リヴァン市脱出作戦の開始号令であった。

◆

【リヴァン市退却戦】

―オーランド連邦軍―
パルマ・リヴァン連合駐屯戦列歩兵連隊　５０３名
南部辺境伯連合義勇軍　８７５名
パルマ軽騎兵中隊　30騎
臨時カノン砲兵団　７門

―ノール帝国軍―

帝国戦列歩兵第一連隊　１１２２名
帝国戦列歩兵第二連隊　１３４５名
帝国戦列歩兵第三連隊　１４１９名
帝国重装騎兵大隊　40騎
帝国榴弾砲小隊　３門
有翼騎兵大隊　１００騎

第三十一話：リヴァン市退却戦（中編）

「だーかーらー！　最初に撃つべきは戦列中央なの！　敵の陣形を乱すためにはど真ん中に弾を撃ち込むのが一番効率的なの！」

「敵の陣形を乱すのが目的なら、敵最右翼の擲弾兵《てきだんへい》中隊から撃つのが定石だろう!?　精鋭の擲弾兵中隊が瓦解すれば、射撃戦で優位に立てる上、連鎖士気崩壊も期待できる！」

「今回の作戦は歩兵同士による射撃戦なんて想定してないでしょ！　撃つだけ無駄よ！」

「敵の士気にダメージを与える事はどんな作戦だろうと有用だ！　士気が低下すれば敵は大胆な戦術を取れなくなる！　コロンフィラ伯の突撃が成功するまでは、こちらが戦場の支配権を常に握っている必要があるんだよ！　それが分からんのか！」

リヴァン市の西門、タルウィタ方面へと続く街道の前で、二人の士官候補がギャーギャーと騒いでいる。

二人の後ろで砲を備える臨時カノン砲兵団の面々も、どう制止してよいか分からず当惑の表情を浮かべている。

「そもそも士官候補歴で言ったら俺の方が上なんだぞ！　年長の指示に従え！」

「実戦経験と階級は全く同じなんですけど!?　それに第一次ヨルク川防衛戦で、私は実質カノン砲兵団の総指揮を執ったわ！　むしろ実戦経験で言ったら私の方が上よ！」

いつしか話の内容は、どちらの戦術が正しいかではなく、どちらが偉いかに変わっていた。

「おいおい嬢ちゃんと坊ちゃん。士官同士でそんな言い争いしている様じゃ、俺達が困っちまうぞ？」

見かねたアーノルドが仲裁に入ろうとする。

「聞いてよ伍長さん！　コイツ士官学校出の癖に机上論でしかモノが語れないみたいよ！」

「聞いてくれアーノルド！　コイツ定石ってモノがまるで分かってない！　教練を知らない現場上がりの士官候補はコレだから嫌なんだ！」

「いや、そうではなくてだな……」

仲裁に入るつもりが、かえって火に油を注ぐ結果となってしまい、閉口するアーノルド。

「一体どうした。市内まで騒ぎ声が漏れてきてるぞ？」

市内から戻ってきたイーデンが、馬を降りながら尋ねる。

「「中尉殿!!」」

イーデンの元に駆け寄りながら二人がお互いの持論を矢継ぎ早に述べる。

「「それで中尉殿はどっちが正しいと思いますか⁉」」

詰め寄られたイーデンは、一旦大きく溜息を吐いた後、制帽を片手持ちにして、二人の頭を思いっきり引っ叩いた。

「貴様ら馬鹿か‼　手前の部下の前でそんなみっともねぇ争いをするな！　士官は味方の士気統制を維持するのが仕事だろうがッ！　お前らが士気を下げる様なマネをしてどうする⁉」

「「も、申し訳ありません……」」

普段は滅多に怒らない人物から激怒され、一気に消沈する二人。

「全く……まずオズワルド！　お前は自分の階級を盾にして部下に言うこと聞かせようとするのを止めろ！　階級差が無くとも、相手を納得させられる位には理論を組み立ててから発言しろ！　その調子だといつか部下に愛想をつかされるぞ！　わかったな⁉」

「りょ、了解致しました！」

姿勢を正して敬礼するオズワルド。

「それからエリザベス！」

「な、何よ⁉」

我を引っ込めたオズワルドに対して、まだ反抗的な眼差しを向けているエリザベス。それを見抜いたイーデンは、少し声のトーンを落として話す。

「どれだけ実戦経験を積んでいたとしても、軍隊じゃ軍歴が全てだ。オズワルドの言う通り、お前の方が下だ。そこは弁えろ」

イーデンに諭され、それでも反抗の意志を崩さないエリザベス。

「わ、私はオズワルドの案に看過できない欠点があったから、それを指摘しただけよ！」

「じゃあ、オズワルドの案にも一理があることは認めるんだな？」

「それはっ……そうだけど……」

ここに来て初めてエリザベスの顔が曇る。彼女の怒気に弱まりが見えた所で、イーデンは言葉を畳み掛ける。

「エリザベス。お前は荒唐無稽な案に対して、わざわざ激昂する様な馬鹿じゃない。そうだよな？」

イーデンの問いに対し、唇を噛みながら僅かに顎を引くエリザベス。

「オズワルドの案にも一理あると感じているからこそ、持論を通そうとムキになってるんじゃないのか？　だとしたら、お前が最初に言うべき言葉は否定じゃない」

制帽を被り直し、腕を組むイーデン。

「先ずは大まかに相手の意見に対して同意を示してから、自論を述べるべきだ。自分から見て上の者に意見を具申する際は特に、な」

「うぅ、わ、分かったわよう……オズワルド、ごめんなさい」

「済まない、俺も悪かった」

お互いに頭を下げるエリザベスとオズワルド。

「めでたく仲直りできた所でだが……現代カノン砲に、敵戦列の一部分を精密射撃できるほどの精度は無い。取り敢えず敵戦列を大まかに照準する事を意識しろ。戦列中央への直撃や擲弾兵中隊への直撃は、あくまで副次的効果として捉えるんだ。わざわざ狙いに行くもんじゃねぇ。この天気と暗さとなっちゃあ、なおさらだ」

暗闇の先、敵戦列が居るであろう方向を指差しながら、イーデンは持論と経験論から来る結論を導き出す。

「「了解致しました！」」

結局の所、イーデンというベテラン砲兵の前では、二人の理論はどちらにせよ、机上論に過ぎなかったのである。

「ゴホン……。砲兵各員、済まなかった！　予定通り、我々はタルウィタ方面の敵包囲戦列に砲撃を行う！　敵を後退させるのが目的だ！」

手を後ろで組み、胸を張りながら、朗々と命令を下達するオズワルド。

「砲兵《Cannon》射撃用意《Make Ready》！」

「丸弾《Round Shot》！　装填用意《Load》！」

「射角三度！　距離約一キロ！　射撃用意《Present》！」

オズワルドの準備号令に続いて、エリザベスの射撃号令が西門に響く。

大小交々、てんで統一感の無い砲門達ではあるが、その砲口は皆一様に、一点を見据えていた。

「撃《Fire》てェ！」

リヴァン市に轟音が響いた後、未だ明けぬ北方大陸の空に、漆黒の丸弾が列を成して飛んでいった。

◆

臨時カノン砲兵団の射撃開始から三十分後。

「敵弾飛来！」

ノール兵士の警告と同時に、もう何度目かも分からないカノン砲弾の一斉射が襲い掛かる。

第二次パルマ会戦の時とは違い、今回はカノン砲の有効射程圏内である為、放たれた砲弾は風切り音を立てながらノール軍戦列へ着弾する。

たかが三キロから五キロ程度の鉄球といえども、黒色火薬の力によって撃ち出されたそれは、着弾の衝撃波で四、五人の兵士を吹き飛ばす位の力は余裕で有している。

加えて、自分の攻撃が届かない場所から延々と撃ち下ろされるストレスや、隣に立っていた戦友の手足が引きちぎられ、叫び声と共に地面に倒れ込む姿を間近で見せ付けられる恐怖感も手伝って、タルウィタ方面戦列の中には早くも動揺が見え始めていた。

「狼狽えるな！　戦列を崩すな！　戦列が崩れた瞬間に、奴等は脱出突撃を敢行してくるぞ！」

逃亡防止用の槍を携えた各小隊長が、その穂先を部下達へ向ける。

「し、しかし我々は、いつまでこの砲火に晒されれば良いのでしょうか？　このまま此処で待機していては、戦力が削られ続けるのみです！　前進命令はまだなのですか!?」

度重なる砲撃に苛《さいな》まれた中隊長の一人が、大隊長へ意見具申という名の弱音を吐く。

「我々は現在、長距離砲兵戦力を欠いている。砲兵支援なしでリヴァン市に突撃を敢行しようものなら、数的優勢を喪失しかねない程の大損害を被《こうむ》る事になるだろう。本隊から援軍のカノン砲中隊が到着するまでは、絶対に包囲を維持せよとの命令だ！」

「ではその砲兵支援はいつ到着するのですか⁉」

「夜明けまでには来る！　中隊長ともあろう者が取り乱すな！」

そう一蹴しつつも、ブツブツと苛立ちから来る言葉にならない言葉を呟きながら、戦列後方へと下がっていく大隊長。霧と暗闇の奥深くから、不気味な風切り音と共に突如飛来する丸弾達は、指揮官クラスの人物にさえ、無視出来ぬ動揺を与えていたのである。

大隊長は戦列後方で単眼鏡を構えるリヴィエールの下へ向かうと、痩せ我慢にも似た威勢の良さで報告を行う。

「参謀閣下、報告致します！　敵砲撃は苛烈なれども、我がタルウィタ方面戦列に乱れなしであります！　このまま我が方の砲兵隊が到着する迄、必ずや守り切って見せましょうぞ！」

「わかりました。その意気込みは何よりですが……」

砲弾の飛翔音に耳を澄ませながら、顎に手を当てるリヴィエール。

「余りにこの状況が長引くのは、士気統制上好ましくありませんね。包囲を崩さない程度に、連隊を後ろに下げましょう。そうですね……一先ず、敵弾の有効射程範囲外まで下がりましょうか。各隊に五百メートルの後退指示を」

「は……はっ！　承知致しました！　林を背にする形になりますが、宜しいでしょうか？」

「構いません、背撃に対して若干脆弱になりますが、背に腹はかえられません」

畏まりましたと、各中隊長へ指示を飛ばす大隊長。

砲撃下にもかかわらず、整然と移動体制を整え、回れ右の号令と共に後退を始めるノール軍。依然として反跳射撃の射程範囲ではあるが、少なくともこれで直撃弾は避ける事が出来る。暗闇と霧が目隠しの役割も果たしている為、優れた視力《イーグルアイ》の持ち主でもいない限り、自分達が後退した事を敵に悟られる心配もない。

リヴィエールが打ち出した戦術は、至極真っ当な考えに基づいていた。

「……お？　ノール軍が後退し始めた、かも……臼砲射撃準備して〜」

真っ当であるが故に。

優れた視力《イーグルアイ》の持ち主が、リヴァン市庁舎の屋上という、リヴァン市随一の高所から自分達を観察している事など、到底考え付きようも無かったのである。

エレンは覗き込んでいた単眼鏡を畳むと、屋上の縁部分から身を引っ込め、焼夷弾《カーカス》を準備している臼砲達の下へと駆け寄る。

「タルウィタ方面の敵が後退したよ！　だから初弾は一射、その五秒後に第二射、その七秒後に第三射だよ！」

エレンが命令を下達してから約十秒後、再度リヴァン市上空に焼夷弾《カーカス》が打ち上がる。

暫くすると、打ち上げた焼夷弾《カーカス》の意味を解読したイーデンが、リヴァン市庁舎屋上へと上がってきた。

「エ、エレン……ちょっと、いいか……？」

「あー、イーデンおじさん。お疲れ～」

虫の息で階段を上ってきたイーデンが、階段の踊り場部分に座り込みながらエレンに尋ねる。

遠くへ信号を届けたいのであれば、なるべく高い位置から臼砲を発射した方が良いという、至って短絡的な考えが招いた激務である。

「タルウィタ方面の敵は、どの辺りまで……下がったか？」

「霧のせいであんまり見えないけど、林のすぐ前まで下がったみたいだよ～」

「お、マジか……！　林の手前まで下がってくれたか……！」

手すりを掴みながら、よっこらと立ち上がるイーデン。汗まみれの顔には、確かな手応えを感じる笑顔が浮かんでいた。

「現時刻は、午前六時前か……よし、やるぞ！　全臼砲一斉発射だ！　コロンフィラ伯閣下へ、突撃開始を告げる狼煙を上げろ！」

俄に明るみを帯び始めた東の空を背にして、額の汗を拭いながら、イーデンが作戦第二段階の号令を下達する。

「りょうかーい！　みんな一斉発射の準備は良い～？」

「『OKです！　毛玉隊長殿！』」

徐々に強まる雨足。しかして、それを物ともしない位に、力強い輜重隊員達の返事が屋上に響く。

「臼砲一番から三番！　弾種焼夷弾《カーカス》！　一斉発射《Salvo》！　射撃用意《Present》！」

姉と違って要所要所に、間伸びするような独特のイントネーションを挟みながら、射撃号令を下すエレン。

「斉射《Salvo》！」

三発の鐘の音が重なり合い、一際大きく、そして兵器とは思えない優雅な音色を伴いながら三つの焼夷弾《カーカス》が打ちあがる。

「……フレデリカお姉さん。ちゃんとコロンフィラ様と出会えてるかなぁ」

夜明け前の空に輝く三つの小さな太陽を見つめながら、不安げな表情で呟くエレン。

「会えてると信じようぜ。この脱出作戦の肝が神頼みっていうのも、中々締まらん話だけどよ……」

焼夷弾《カーカス》を星と見立てて、まるで願いを託すかの様に、エレンとイーデンは両手を合わせた。

◆

数分後、タルウィタ方面ノール軍陣地にて。

「敵砲兵の射撃が止みました！　弾切れの可能性有りとの事です！」

「弾切れ……？　そんなバカな」

中隊長からの報告を、信じられないといった表情で受け取るノール軍大隊長。

「あの優秀なオーランド砲兵が残弾管理を怠るなど有り得ん話だ。リヴィエール参謀閣下が司令部から お戻りになるまで、決して――」

大隊長の言を遮るように、リヴァン市方面から再度カノン砲の砲声が轟《とどろ》く。

「そら見たまえ、まだ弾は尽きていない様だ――ッ!?」

眼前に視線を戻した大隊長の表情が、一気に険しくなる。

オーランド砲兵が発射した砲弾は、彼らの目の前に着弾するや否や、爆音と共に濛々と灰色の煙を上げ始めたからである。


「灰石弾だ‼　奴等煙幕を張りやがった！　煙に乗じて突撃してくるぞ！」

大隊長の叫び声と同時に、次々と灰石弾が着弾する。数十秒も経たないうちに、彼らの目の前には灰白色のカーテンが出来上がっていた。

「各隊構え《En Joue》！　敵が煙の中から姿を現した瞬間に射撃開始だ！」

三列横隊のノール戦列が一斉にマスケット銃を構える。

灰色に染まる視界の奥から微かに、しかして確実に、けたたましい馬蹄音の数々が響いて来る。

「て、敵の騎兵突撃だ！　総員着剣ーッ！」

銃口部分に銃剣を突き刺した横隊最前列が、片膝をつき、マスケット銃を地面に突き立て、槍衾《やりぶすま》を形成する。

強さを増す雨音に遮られつつも、馬蹄音は着実に速度を増しながら、自分達の方へと近づいて来ている。その震動で草木が揺れ、木立が騒めき、空気が打ち震える。

今か今かと、その射撃タイミングを見極めようとする大隊長。しかし彼の期待とは裏腹に、如何に目を凝らして煙幕を見つめようとも、蹄の音ばかりが近付くのみで、肝心の敵騎兵の姿が一向に現れてこない。

「……おかしい、いくら煙幕を張られているとは言え、そろそろ騎兵の姿が見えても良い頃――」

そう言い掛けた瞬間、大隊長の脳裏に最悪の展開がよぎった。

「そんな……まさか――ッ!?」

敏《びん》と振り返り、自身の背後に繁茂する林を凝視する大隊長。

そこには、獅子奮迅の如き勢いでこちらに接近する、漆黒の重装騎兵達の姿があったのである。

「……ぜ、全隊回頭ォォ!! 敵騎兵は後ろだぁぁぁぁ!」

大隊長が叫んだ頃には、もう何もかもが手遅れであった。

「コロンフィラ騎士団! 総員突っ込めえええええええ!!!」

完全武装の重騎兵による、歩兵戦列背面への奇襲突撃。

その衝力を受け止められる歩兵など、この世には存在しない。

第三十二話：東への脱出

コロンフィラ伯による騎兵突撃から、半日ほど時を遡る。

リヴァン市退却戦の前夜。リーヴァ教会での訓示の後、フェイゲンを始めとするオーランド軍将校達は、リヴァン市庁舎の一室に詰めていた。

「そもそも、この状況下で脱出作戦を実行するというのが余りに無謀過ぎます！」

辺境伯義勇軍を率いる将校の一人が、長机に広げられた地図を指差しながら、嘆願とも取れる口調でフェイゲンに異論を言い放つ。

「敵はおおよそ五千を数え、リヴァン市を完全包囲しております！　衆寡敵《しゅうかてき》せず、どうか旗を巻くご決断を！」

「……ここで白旗を振れば、敵にこれ以上の出血を強いる事が出来なくなる。リヴァン市を防衛する目的を、貴官は今一度確認した方が良い。最後まで耐えつつ、敵に損害を与える。それはこの地を脱出する際にも念頭に置くべき事項だ」

しかし連隊長！　と両手を机に置き、身を乗り出しながら言を連ねる将校。

「我々はもう十二分に時間を稼ぎました！　最早耐え凌ぐ理由はありません！」

執拗に降伏を進言する義勇軍将校。その姿を見たパルマ・リヴァン連合軍将校の表情がみるみる険しくなってゆく。自分達の故郷を踏《ふ》み躙《にじ》った者に対して、頭を垂れる選択肢を勧めているのだ。心中穏やかならざる事は明白であった。

「脱出の可能性が全くのゼロであるならば、当然降伏の選択肢も勘案すべきだ。だが、先の訓示で貴官も聞いただろう？　コロンフィラ伯が率いる黒騎士団の運用次第では、敵包囲網から脱出する事も不可能ではない。兵達の士気も幾分か回復しているのだ、脱出を決行する価値は十分にある」

「し、しかし……必成目標である、連邦軍編成までの継戦は達成しております！　これ以上いたずらに戦力を消耗させるのは――」

「……いい加減にしろ貴様ぁーッ！」

とうとう、堪忍袋の緒が切れたクリスが義勇軍将校の胸ぐらを掴む。

「何が時間稼ぎだ！　先の戦いでは貴様の連隊が一番先に逃げ出したではないか⁉　血を流しながら時間を稼いだのはパルマ・リヴァン連隊だ！　断じて貴様らではないッ！」

突然掴み掛かられた将校も、クリスの階級が自分より下である事が分かると、襟を掴み返す。

「黙れ少尉風情が！　領主の一声で、こんな訳のわからぬ北の辺境に連れてこられた上、終いには何の思い入れも無いこの地の為に、命を捧げろと言われる兵達の気持ちが貴様に分かるか⁉」

「落ち着け二人とも。敵はノール軍だ、味方同士で争えば敵の思う壺だぞ」

取っ組み合いの喧嘩に発展しかけた為、フェイゲンが間に入りつつ、両軍の将校達が二人を引き剥がす。

「クリス少尉、義勇軍連隊が敗走したのは、霧に乗じてノール軍が渡河攻撃を敢行してきたのが最大の原因だ。よく訓練された戦列であっても、あの攻撃を防ぎ切るのは厳しかっただろう。責めるべきは私の采配に対してであって、彼らではない」

「ですがっ！　あの様な厳しい戦況にあっても、両翼のパルマ・リヴァン連隊は包囲されかける直前まで粘っておりました！　それよりも遥かに兵数の勝る義勇軍の戦列が真っ先に崩壊した事に対して、小官は看過する事ができません！」

「少尉、気持ちは分かりますが堪えてください！」

「イーデン中尉殿の仰る通りです！　今は仲間内で争っている場合ではありません！」

イーデンとオズワルドに咎められ、漸く振り上げた拳を下ろすクリス。

「少尉。貴官の気持ちは分からんでもない。ただ、一戦での敗因を、将校一人の責めに帰すべきではない」

先程まで座っていた椅子へ座り直すと、足を組み直しながらクリスを諭すフェイゲン。

「貴官は先の会戦での失態ばかりを追及している様だが、第一次ヨルク川防衛戦において、パルマ軽騎兵が全滅せずに済んだのは、他でもない彼等義勇軍が駆け付けてくれたお陰でもある。それを忘れてはいまいかね？」

「……それは、ご尤もです」

クリスとしても仲間割れは本意ではない為、自ら溜飲を下げる。その様子を見て頷いたフェイゲンは、義勇軍将校へと顔を戻す。

「貴官の降伏提案を根本から覆す様で恐縮だが、既に脱出作戦は進行しているのだ。先程も、ランチェスター大尉を傷痍軍人として、リヴァン包囲の外へ逃す事に成功した。そろそろ、コロンフィラ伯と接触する頃合いだろう」

「左様ですか……」

既に脱出作戦が始まっているとあれば、今更降伏を申し出た所でノール軍が受け入れてくれる筈もない。諦めた表情で、一歩引き下がる義勇軍将校。

「貴官の心情も理解しているつもりだ。察するに心苦しいが、どうか同じ連邦軍人として、我らを助けてほしい」

一度頭を下げる事により、場を仕切り直すフェイゲン。

「さて、肝心の脱出作戦要領についてだが、この作戦はコロンフィラ伯率いる黒騎士団と、我らがオーランド砲兵達がカギとなる。カロネード士官候補、頼めるか？」

「畏まりましたわ」

今まで壁際で腕を組んでいたエリザベスが机の前に躍り出る。

「士官候補風情が、しかも女が作戦の説明をするのか……」

「いよいよこの国も軍人不足が深刻化してきたな……」

義勇軍将校の不安そうな囁き声に対して、今までの活躍を知るパルマ・リヴァン連合軍の面々は、温かな視線で彼女を迎えている。

「先ず結論から申し上げますと、我が軍は東へと脱出進路を取りますわ」

指をリヴァン市東門からパルマ方面へと続く街道へとなぞらせる。

「タルウィタへの脱出が目標であれば、西から脱出すべきなのでは？」

義勇軍将校の一人が挙手をする。

「仰る通り、最短経路でタルウィタを目指すのであれば、西からの脱出が最も適切ですわ。しかし当然、敵もそれは想定しておりますわ。現に、敵の包囲網は西が最も厚くなっておりますわ」

「成程。距離は取られるが、包囲が最も薄い東から脱出しようという訳だな」

「その通りですわ。しかしながら皆様方も察しの通り、ただ単に東から脱出するだけでは、包囲網の突破は困難でしょう」

リヴァン市をぐるっと囲むように、コンパスで円を描くエリザベス。

「包囲戦を説いた教本によると、敵に対して包囲を形成する際は、敢えて戦線の一部を薄くするのが定石とされていますわ」

東、パルマへ続く街道の包囲網の線をゴシゴシと消して薄く伸ばすエリザベス。

「……その程度の事は流石に我々も熟知している」

先程クリスと言い合いをしていた将校が口を挟んでくる。

「東の守りが薄いのは、西の包囲を厚くした結果であると同時に、我々を東へ誘引させる思惑もあるに違いない。貴官は、わざわざ敵の術中へ嵌りに行くと言っているのか？」

「どうか最後までお聞きになってくださいまし」

内心で舌打ちをかましながらも、話の腰を折られた事にも笑顔で対応するエリザベス。

「大尉殿が仰る通り、東の包囲網……より正確に言えば、東の包囲網の付近に、追撃掃討用の伏兵を置いている可能性が高いですわね」

「……そうなれば、脱出を決行する前に、伏兵として置かれている兵の兵種を明らかにする必要があるのでは？」

また別の将校が挙手にて質疑を飛ばす。

「その必要はありませんわ」

騎兵を象った盤上駒を、包囲網の東にコトン、と置きながらエリザベスは答える。

現代において、逃走する軍隊の追撃掃討を行える兵科など、騎兵くらいしか存在し得ない。加えて、ノール軍残存兵力の中で、追撃を行える余力を持った騎兵となると、もはや一種に絞られる。

「あぁ……有翼騎兵《フッサリア》か」

「その通りですわ。足も速く、衝力もあり、白兵戦力もある。追撃用としてこれ以上ない兵種ですわ」

自ずから答えを導き出した将校に、追認の頷きで応えるエリザベス。

「そろそろ、皆様も勘付いているかとは存じますが、この有翼騎兵《フッサリア》による追撃を如何にして防ぐかが、本東部脱出作戦の肝となる部分ですわ」

如何にして、の部分の語勢を強めながら、ゆっくりと述べるエリザベス。

「結論から申し上げますと、陽動攻勢を西部包囲網に仕掛けますわ。それに有翼騎兵《フッサリア》が釣られた段階で、本命である東部脱出作戦を発動します」

陽動作戦の言葉を聞いた将校達の間に、なんとも言えない微妙な空気が流れる。しかしエリザベスはその空気感に臆する事なく、堂々と続きを述べる。

「お察しの通り、生半可な攻勢では直ぐに虚仮威《ブラフ》と見透かされてしまいますわ。それ故に本陽動作戦は、熾烈且つ断固とした攻勢でなければなりませんの」

言いながらエリザベスは、西部包囲網の外縁から内縁に向かって、敵戦列を貫く様に、鋭い矢印を描く。

「そこでカギとなるのが、先程フェイゲン大佐も仰っていたコロンフィラ伯率いる黒騎士団と……」

続いて今度は、リヴァン市内から西部包囲網へ、幾つもの小さな矢印を飛ばす。

「わた……イーデン中尉率いる臨時カノン砲兵団ですわ」

危うく部隊を私物化しそうになり、慌てて言い直すエリザベス。

「コホン……。具体的に言うと、砲兵の煙幕射撃による援護を行いつつ、西部包囲網の外側から黒騎士団を突撃させますわ」

左右から伸ばした矢印を、敵戦列中央で衝突させた所で、一旦皆に息をつく暇を与えるエリザベス。

「陽動作戦の為に、ここまでするのか……」

「陽動作戦だからこそ、ここまでしなければなりませんの。戦力投射量を上げれば上げるほど、陽動作戦の成功率は高まりますわ」

どこからか漏れ聞こえてきた声であっても、丁寧に汲み取る。挙手をせずに漏らす独り言こそ、真に回答すべき質問である。

少なくとも、エリザベスは商会でそう習った。

「コロンフィラ伯との連絡手段はどうするのだ？　この状況下で、包囲外と連絡を取るのは容易ではないぞ？」

「リヴァン市の防衛設備である臼砲を利用しますわ。焼夷弾《カーカス》の弾数、及び発射間隔を調整すれば、意味のある信号を上げる事が可能ですわね」

「その信号の意味をどうやってコロンフィラ伯に伝えれば……あぁ、その為にランチェスター大尉を包囲外に逃がしたのだな？」

その通りですわ、と笑顔で答えるエリザベス。

「それで話を戻しますが……突撃の成功後は更なる陽動として、リヴァン市内からパルマ軽騎兵中隊を西部包囲網へ突撃させますわ。少数精鋭ではありますが、煙幕射撃と併用すれば、敵に数的以上の動揺を与える事が可能かと。陽動に掛かった有翼騎兵《フッサリア》が配置転換するのを確認出来次第、黒騎士団及びパルマ軽騎兵を東へ転進させます。その後は同騎兵二部隊を先鋒《スピアヘッド》として、東への突破機動を実行致します」

そこまで一息で言い切ると、エリザベスは息を整えるように大きく深呼吸をした。

「以上が作戦概要になりますわ。ご質問はございまして？」

「……よろしいかね？」

挙手はせず、腕を組みながら、クリスが声を上げる。

「我が隊の突撃はどの程度まで深入りすれば良い？　完全に敵戦列へ突撃するか、それとも突撃するフリを見せるに留めるか？」

「突撃するフリで結構ですわ。貴隊は東部包囲網の突破に必要な戦力です。死なれては困ります。ただ……」

数秒言い淀むと、歯切れの悪そうな表情でエリザベスは答えた。

「死ぬ必要はありませんが、死ぬ気で突撃して頂きたく……」

◆

「死ぬ必要は無いが、死ぬ気で突撃しろ、か……」

馬を走らせながら、エリザベスの言葉を反芻《はんすう》するクリス。

「……元より、覚悟の上よ」

彼の眼前、一キロ先に広がる煙幕と乱戦模様。

コロンフィラ伯による背撃が完璧に決まった今、西部包囲網に大きな綻びが生まれつつある。この綻びを更に広げ、陽動作戦を完璧な物とするのが、クリス達パルマ軽騎兵に課せられた使命である。

「中隊総員《Troop》！　突撃用意《Ready to Charge》！」

サーベルを振り上げ、最早中隊とは名ばかりの、少数騎兵を列後に集めるクリス。

「襲歩《ギャロップ》！」

土と泥を一層強く蹴り上げ、馬蹄が響かせるリズムを駆歩《キャンター》の三拍子から襲歩《ギャロップ》の四拍子へ一気に引き上げる。

速度を増すにつれて、頭上から降り注ぐ雨が、前方から吹き付ける横殴りのそれへと変貌して行く。

「抜刀《Draw Sabre》ォ！」

三十余名の彼らが一斉に引き抜いたサーベルは、度重なる剣戟の所為で、刀身は歪み、刃は毀《こぼ》れ、敵の血糊でほの暗く染まっていた。

「突撃《Charrrrge》ィィィ!!」

しかして彼等の突撃は、掲げられたサーベルの惨状とは全く対照的であった。

畢竟《ひっきょう》、その突撃には一糸の乱れも、曇りも、然《さ》すれば寸毫《すんごう》の迷いも無かったのである。

第三十三話：リヴァン市退却戦（後編）

「西部包囲網はまだ破られていないのか!?」

「煙幕と雨の影響で、ここからでは確認が困難です！」

「ならば現地まで行ってこい！　何の為の伝令か！」

「リヴァン市内の敵に動きは？」

「先程報告した軽騎兵《ハサー》による突撃以外の攻勢は皆無とのこと！　しかしこの機に乗じて西部包囲に突破機動を仕掛けて来る可能性大！」

「包囲外にまだ敵軍が潜伏している可能性は？」

「依然として不明！　現在斥候の数を倍にして周囲探索に当たらせております！」

包囲網南部に設置されたノール軍司令部内に、怒号と慌ただしい長靴の音が響き渡る。

「馬鹿者！　探索に出ていた部隊の目は節穴かッ!?」

ヴィゾラ伯が机に拳を叩きつけた衝撃で、盤上駒達が驚いて飛び跳ねる。

「申し訳ございません。このリヴィエール、不覚の極みにございます。敵は林を進軍ルートとして用い、巧みに身を隠していた様にございます」

ノール軍司令部内に、ヴィゾラ伯の大声とリヴィエールの小声が響き渡る。

「林だと!?　いや待て、であれば突撃してきた敵重騎兵は少数か？」

答える代わりに首を横に振るリヴィエール。

「おおよそ二百です。少なくとも一個騎兵大隊に匹敵する数が突撃を仕掛けております」

「い、一個大隊だとぉ!?　真っ暗闇の林の中で、どうやったら二百もの騎兵を無事に統率できるというのか!?」

想定を遥かに超えた兵数に、思わず後退りするヴィゾラ伯。

明かりの無い深夜、それも星を頼りに出来ない曇天時の行軍は困難を極める。地図を携えた日中行軍であったとしても、現在位置不明に陥るリスクはあるのだ。深夜に、道の無い林の中を、二百もの騎兵を率いて、敵に勘付かれる事も無く、完璧に進軍してみせたのだ。ヴィゾラ伯でなく、誰が聞いたとしても驚愕したに違いない。

「一体、敵重騎兵は何処の誰が率いているのだ……？」

天幕の支柱に手を預けながら、恐る恐るリヴィエールに尋ねるヴィゾラ伯。

「突撃してきた重騎兵の大部分は、漆黒の重装鎧《プレートメイル》に身を包んでおります。恐らく黒色騎士団《シュヴアリエ・ノワール》の末裔かと」

「シュ、黒色騎士団《シュヴアリエ・ノワール》？　な、なんだねその部隊は？」

耳慣れない部隊名に、思わず聞き返すヴィゾラ伯。

「ご存じ無くとも無理はありません。彼らがコロンフィラ騎士団の名の下に活躍していたのは、もう数百年も昔の話です故……当時は、有翼騎兵《フッサリア》と並び称される程の実力であったとか」

「このご時世に重装鎧《プレートメイル》で完全武装した重騎兵を運用しているとは何事かッ！　……いや、有翼騎兵《フッサリア》を運用している我が軍も人の事は言えぬのか……？」

右手を振り上げながら左手を顎に当てる事により、怒りと思案の並行処理を行うヴィゾラ伯。

「恐らく、黒色騎士団《シュヴアリエ・ノワール》は儀仗兵《ぎじょうへい》の一種かと。常備軍として持つ様な兵種ではありませんので」

「そんな情報が今更なんだというのだ!?」

「本来戦闘用ではない兵種を繰り出しているのです。オーランド側は相当に困窮しているものと思われます」

冷静に分析するリヴィエールだったが、ヴィゾラ伯の耳には全く届いていない。

「と、とにかく！　東部の戦力を西に回せ！　待機させていた有翼騎兵《フッサリア》もだ！　奴等を西に脱出させるでないぞ！」

「どうか落ち着いてくださ い連隊総指揮官殿。敵の狙いは閣下を、ひいては我が軍を混乱させる事です。敵の術中に嵌ってはなりません」

混乱した司令部の雰囲気に呑まれつつあったヴィゾラ伯。リヴィエールはそんな彼の肩を無表情で揺さぶりながら安静を促す。

「わ、分かった！　落ち着く！　揺するな！　揺するな！」

加減を知らない揺さぶりに観念したヴィゾラ伯は、リヴィエールの手を振り払うと、逃げる様な速さで自分の椅子に座り直した。

「それで……何だね？　我らが参謀閣下は戦力を移動させる事に反対なのかね？」

「いえ、それには賛成です。私が敵司令官の立場なら、この機は逃しません。迷わず全軍で西への突破を開始するでしょう」

腰を折り、衝撃で床に落ちた盤上駒を拾い上げながら所感を述べるリヴィエール。

「しかし」

大砲を模した敵駒を拾い、ゆっくりと、無言で、それをリヴァン市内へと置く。

「……敵参謀が、私よりも優れた頭脳の持ち主である可能性も十分にあります。万が一、敵が東への突破を選択した時の事を鑑みて、有翼騎兵《フッサリア》の移動は半数のみとしましょうか」

「半数というと、五十か？」

左様、と短く答えるリヴィエール。

「ふむ……分かった、貴卿がそう言うのならば……。伝令！　誰ぞおらんか！」

「はっ！　ここに！」

伝令騎兵の一人が、膝をついて応える。

「東で待機している有翼騎兵《フッサリア》へ伝令をお願いします。兵力の半数を西に振り直す様にと。敵に姿を晒しても構いませんので、最短ルートで西へ配置転換する様に伝えて下さい」

「承知致しました！」

踵を返し、早足で天幕の外へ駆けていく伝令騎兵。

「……少なくともこれで、敵が東西どちらから脱出しようとも、有翼騎兵《フッサリア》による追撃が可能となったな！　流石は我が参謀だ！」

先程までの慌て振りが嘘の様に、高笑いを漏らすヴィゾラ伯。対するリヴィエールは、まるで敗軍の将かと見紛う程に顔を顰め、眉間に皺を寄せていた。

◆

「コロンフィラ伯フィリップ・デュポン卿！　御入来――」

「挨拶はいい！　東部脱出を急ぐぞ！　敵の有翼騎兵《フッサリア》は余の突撃にちゃんと釣られたか⁉　あと道順を教えろ！　味方の脱出準備は完了してるんだろうな⁉」

恭しい挨拶を繰り出そうとしたオズワルドに対して、たった今西部包囲網を突破してきたコロンフィラ伯が、矢継ぎ早に質問を浴びせる。

「しょ、承知致しました！　このまま目抜き通りを東へ進めば、東門に到達致します！　既に歩兵部隊は移動準備を完了させておりますので、閣下が東門に到達次第、打って出る予定です！　有翼騎兵《フッサリア》の配置転換については……」

　オズワルドが、同じく出迎えに来たエリザベスに目で救援を求める。

「リヴァン市庁舎の屋上で偵察を行っていた砲兵輜重隊から、有翼騎兵《フッサリア》の配置転換を確認したと報告を受けておりますわ。陽動作戦は成功ですわ」

「あいわかった！」

　聞きたい事だけを聞くと、そのまま部隊速度を殺さずに、コロンフィラ伯率いる黒騎士団は西門を潜り抜け、東へと猛進していった。

　それからさほど間を置かずに、今度はクリス率いるパルマ軽騎兵がリヴァン市へ入場してきた。

「……あ！　ランチェスター大尉殿！」

　フレデリカの姿を目視したエリザベスが、彼女の元へ駆け寄る。

「ご無事で何よりですわ！」

「やぁ、遅くなってすまない。だが約束通り、援軍を連れて戻ってきたぞ」

　目抜き通りを突き進んでいくコロンフィラ伯達を見つめながら、一旦馬を降りるフレデリカ。

「見事な煙幕射撃だったぞ。お陰で騎兵側の損害は皆無だ、スヴェンソン士官候補共々、よくやってくれた」

「「勿体なきお言葉、有難うございます！」」

　ここ一番の敬礼で嬉しさをアピールするエリザベスとオズワルド。

「大尉殿、到着早々にて恐縮なのですが……。軽騎兵が所有している蹄鉄用の長釘を、何本か分けて頂けますでしょうか？」

解けた左肩の包帯を巻き直そうとするフレデリカを手伝いながら、エリザベスが尋ねる。

「どうしてもと言うのなら構わないが、騎兵にとって蹄鉄用の釘は貴重品だ。使用用途を教えてくれるか？」

そうエリザベスに尋ねつつも、先んじてクリスに蹄鉄釘を集めるよう指示を出すフレデリカ。

「長釘を使って、大砲の砲身を破壊致します。野砲を連れたまま脱出するのは困難ですので、鹵獲を防ぐ為にもここで全数を破棄せよとの命令が下りました」

そうエリザベスが指差す先には、鬱屈《うっくつ》とした表情でハンマーやツルハシを構える砲兵達の姿があった。

物言わぬ鉄の塊ではあるが、それでも彼らにとっては大切な戦友である。それを自らの手で破壊するのだ、思う所もあるに違いない。

「……そうか、分かった。貴官らの大事な戦友を、敵の手に渡らせる訳にはいかないな。持っていけ」

「有難うございます」

長釘を受け取った砲兵達は、砲身上に釘を据え付け、力一杯にハンマーを振り下ろした。

甲高い悲鳴にも似た金属音を響かせながら、一門、また一門と、砲身に亀裂が入っていく。大砲を使用不能にする為には、何も粉微塵に破壊する必要はない。砲身に亀裂を入れるだけで十分だ。

エリザベスが家から引っ張ってきた十二ポンド砲に対しても、容赦なくハンマーが振り下ろされる。

砲身に施された彫刻が裂け、青銅の破片が辺りに散らばる。

砲身に右手を乗せ、制帽を胸に当てながら、エリザベスが弔《とむら》いの言葉を述べる。

「……お疲れ様。私の我儘《わがまま》をここまで聞いてくれたのは、貴方が初めてだったわ」

他の砲兵達も、自身が破壊した大砲を前にして、最敬礼の姿勢を崩さずにいる。

一分一秒を争う脱出作戦を前にして悠長とも取れる行動だったが、彼らが弔意《ちょうい》を示した三十秒間、脱出を急かそうとする者は誰も居なかった。

◆

「何でこんな所にオーランド軍が居るんだ⁉」

「敵の攻勢は西だって話じゃなかったのかよ！」

「逃げろぉ！　轢《ひ》き殺《ころ》されるぞ！」

「敵戦列は薄いぞ！　蹴散らせえええええええ！」

コロンフィラ伯の突撃号令と共に、ノールの東部包囲網に黒騎士団が殺到する。

リヴァン市の奪取という、戦略的勝利が確定している中で、進んで命を投げ出せる兵士はそう多くない。加えて、東部包囲網全体の気が緩んでいた事も合わさり、騎兵突撃の脅威に晒されたノール軍歩兵は、まともな抵抗も出来ずに敗走するという無様を晒していた。

「黒騎士団が道を切り開いたぞ！　我らも続けぇ！」

黒騎士団が穿《うが》った敵戦線の穴を、パルマ軽騎兵が拡張し、そこを目指して歩兵達が全力疾走で突撃を敢行する。東への一点突破を企むオーランド連邦軍は、まるで一本の長槍の様な陣形を組んでいた。

「急いで！　辛いけど頑張って走って！　前の歩兵さん達と離れない様に！」

突破陣形の最後尾に位置する砲兵達が必死の形相で走る。輜重隊という名の民間人を連れている為、歩兵達に比べるとどうしても移動速度が遅くなってしまう。

「泥濘のせいで馬車がマトモに進まねぇ！　ベス！　押すの手伝ってくれ！」

「分かったわ！」

御者席から飛び降り、馬車の背後で奮闘するイーデンと肩を並べるエリザベス。馬車越しに、どんどん遠ざかっていく味方部隊の姿が見える。

「薄情者！　少しはこっちの事情も考えなさいよぉ……！」

恨み節を溢しながら馬車を手押しするエリザベス。雨足は弱まりつつあったが、地面の状態は最悪だ。泥に掬われた車輪が空転し、思っていた以上に速度が出ない。馬車の中では、女性の輜重隊員達が不安そうな表情で身を寄せ合っている。

「敵包囲網の突破まであとどれくらいなの⁉」

「あと五百メートルだ！　死ぬ気で押せ！」

「小官も手伝います！」

「俺も手伝うぜぃ！」

オズワルドとアーノルドが加勢し、四人体制で馬車を押し始める。アーノルドの見た目通りの怪力のお陰で、俄に馬車が軌道に乗り始める。一度スピードが乗ってしまえば、後は馬の脚力と慣性の力で進み続ける。

「よし、行けそうよ！　もう少しで石畳の街道に乗るわ！」

野路《のじ》を脱した泥まみれの車輪が、ガタンと音を響かせながら石畳の街道へ接地する。

「やったわ！　これで大分速度が上がる筈よ！　敵の追撃もまだ――」

振り向いて後方を確認しようとしたエリザベスの表情が、蝋の様に固まる。

「嘘……でしょ……？」

固まった彼女の表情が、徐々に恐怖の感情で染められていく。

「イーデン！　後ろよ！　後ろを見て！」

エリザベスの悲鳴の様な叫び声を聞き、イーデンだけでなく、砲兵全員が振り向く。

自軍の後方五百メートル。それだけの距離が離れていようとも、彼等の背負う大羽根の装飾が、これ見よがしに揺れているのがはっきりと視認できた。白銀の甲冑に付着した水滴が、雨雲の切れ間から差し込む太陽に照らされて、キラキラと輝きを放っている。

「有翼騎兵《フッサリア》だ！　逃げろぉぉぉ！」

背後から迫る銀翼の捕食者から逃れようと、歯を食いしばって走るオーランド砲兵達。

「どうして有翼騎兵《フッサリア》が居るんだ!?　西に移動したんじゃなかったのかよ！」

「そんな事知らないわよ！　とにかく逃げて！　追いつかれたら終わりよ！」

「イーデン中尉殿！　陣形前方の味方から援軍は呼べないのですか!?」

「無理だ！　この作戦は突破陣形の維持が最優先だ！　陣形から逸《はぐ》れた兵を庇《かば》う余裕なんて無ぇ！」

エリザベスも懸命に前へ進もうとするが、雨に濡れた身体から、急速に体力が喪《うしな》われていく。死に物狂いで動かしている筈の足が、徐々に縺《もつ》れ、鈍っていく。

「お姉ちゃん……」

顔を見上げると、馬車からエレンが不安そうな顔を覗かせていた。

「エレン……御者席に、座って……！　馬車のスピードを上げて！　貴女達だけでも、前の味方に追いついて！」

「わ、私馬車の運転なんてした事ないよ!?」

かぶりを振るエレンに対し、汗と雨でぐっしょりと濡れた顔を微笑ませながら、語りかける。

「出来るわよ。私の、自慢の妹なんだから……！」

エレンは、引っ掛かりのある頷きで応えると、這いつくばる様な動きで御者席へ移動し、恐る恐る手綱を握る。

「パイパーはワガママだけど良い子よ！　ちゃんと応援してあげれば必ず走ってくれるわ！」

エレンが手綱を握って暫くすると、エリザベスの愛馬であるパイパーは、屈強な輓馬らしく、グングンと馬車を引っ張って行く。その力は凄まじく、ものの数十秒で砲兵の集団を脱し、前方の味方歩兵集団の中へと消えて行った。

「やった……！」

妹から危機が去った事に安堵しつつ、周りを見回す。

皆、息も絶え絶えになりながら走っていた。リヴァン市の東門から一キロ弱、ひたすら騎兵に追い付こうと全力で走り続けて来たのだ。有翼騎兵《フッサリア》を振り切れる体力など、誰にも残っていなかった。

「も、もう駄目だ……」

体力が尽きたのか、それとも心が諦めを受け入れたのか。一人、また一人と走るのを止め、迫り来る有翼騎兵《フッサリア》を呆然と見つめる。

「俺達、ここで死ぬのか……？」

「やはり脱出など、到底無理な話だったんだ……」

残った男性輜重隊員達が、口々に呟く。

「諦めるな！　砲兵各員、横隊を形成しろ！　迎え撃つぞ！」

イーデンの号令で、七十名にも満たない小規模な戦列が形成される。二列横隊の一列目が、決死の覚悟で銃剣を構える。時間稼ぎにすらならない、苦し紛れの戦法だった。

「射撃《Make》、用意《Ready》——！」

イーデンが射撃命令を下そうとしたその時。

「中尉殿！　パルマ軽騎兵です！　クリス少尉の第一騎兵小隊です！」

オズワルドが歓喜の声を上げながら、後方を指差す。そこには、日の出を背負い、逆光を身に纏ったクリス達軽騎兵の姿があった。

「イーデン中尉、有翼騎兵《フッサリア》は我らが抑えます。我らが時間を稼いでいるうちに退却を」

十騎の手勢を率いて、イーデンの元に駆け寄るクリス。

「少尉殿！　……かたじけない。皆諦めるな！　走れ！　走るんだ！」

街道上に並んだクリス達の真横を、砲兵達が最後の力を振り絞って走り抜けていく。

「ク、クリス少尉はどうやって脱出するおつもりなの!?」

馬に跨るクリスの裾を掴みながら、エリザベスが尋ねる。

「……ランチェスター大尉から、許可は得ている」

何の許可を得たのか。

わざわざ口に出して聞かずとも、横一文字に唇を結んだクリスの表情から、容易に窺い知る事が出来た。

「そんな……どうして……」

「貴様に救われた命だ。どうせなら最期は、貴様の為に捧げたいのだ」

クリスはグローブを取り、指輪を外すと、エリザベスへ手渡した。

「私の妻へ、マリアに渡してくれ。タルウィタの父の元に身を寄せている筈だ」

クリスの敬礼に合わせて、横に並ぶ騎兵達が一斉に敬礼する。皆、笑っていた。

「ここは第一騎兵小隊に任せな！　俺たちゃ進む時は一番前、下がる時は一番後ろが定位置だ！」

「パルマ会戦の時は逃したが、今度は有翼騎兵《フッサリア》の野郎共を吹っ飛ばしてやる！」

「さぁ行きなお嬢ちゃん！　お空に行くにゃ、まだ早すぎるぞ！」

皆、パルマの丘で自分が助けた顔ぶれだった。

「違う！　私は、私は貴方達を死なせる為に助けた訳じゃ――」

「エリザベス！　何やってんだ！　急げ！」

馬を引いて戻って来たイーデンに、強引に腕を持って行かれる。

「嫌ぁ！　待って！　まだ皆の名前も聞いてないのに……！」

「少尉殿の尽力を無駄にする気か⁉　さっさと来い！」

イーデンの跨る馬に無理矢理乗せられるエリザベス。

「少尉殿……！　貴官の行く末に、幸多からん事を！」

敬礼を残して、イーデンとエリザベスはその場を去って行った。

「……さて」

クリスが配下の騎兵達を見回す。

「一泡、吹かせてやろうではないか」

「「了‼」」

サーベルを一斉に抜き散らす第一騎兵小隊。腰から外れた鞘《さや》が、音を立てて地面に落ちる。

「襲歩《ギャロップ》！」

怒りに任せて馬に拍車をかける。

故郷を灰にされた事。息子を失った事。様々な怒りとやるせなさがクリスの心中に押し寄せる。

「「ウオオオオオオオオオ‼‼‼」」

雄叫びを上げながら突撃するクリス達。

「……ほう」

対する有翼騎兵《フッサリア》。その先頭を走るオルジフが呟く。

「死兵か。面倒な……」

「突撃《Charrrrge》ィィィ!!」

有翼騎兵《フッサリア》の構える長槍《コピア》の軌道をサーベルで逸らしながら、一気に懐に飛び込む。クリスはそのままの勢いで敵騎兵の喉元にサーベルを突き刺した。

「ノールの手先がぁ！　死ねぇぇぇ!!」

今度は別の騎兵が繰り出して来た直剣の突きを、左手の平で直に受け止める。己の血で真っ赤に染まる左手を全く顧みずに、右手で短銃を至近距離で発砲する。

「名だたる有翼騎兵《フッサリア》の癖にその程度か!?　口ほどにもないぞ！」

兜が割れ、頭から血が噴き出ようとも、サーベルを振るい続けるクリス。彼が率いていた騎兵達は、既に地面に横たわり、その躯《むくろ》を晒していた。

「俺を殺してみろ！　俺を殺せ！　殺せ！　殺せ！」

「しからば、望み通り」

「ぐぅッ……!?」

背中に熱を感じた刹那、クリスの腹部から長槍の穂先が貫き出《い》でる。

「弑し奉つる」

そのまま背中からオルジフに突撃され、宙を舞う様に落馬するクリス。

「……遺す言葉はあるか？」

背中から地面に叩きつけられ、口から鮮血を吐きながらも、オルジフの長槍を掴み、自身の胸へと当てがうクリス。

「こ、ころしてくれ……」

介錯を命じられ、オルジフは長槍を引き絞る。

「む、むすこのところに、いかせてくれ、たのむ……」

右手に馬の玩具を握りしめながら、譫言《うわごと》のように呟く。

「……さらば」

クリスの胸を長槍が貫き、一際大きく身体が跳ね上がる。引き抜かれた長槍から、血が滴《したた》り落《お》ちる。

クリスはそれっきり、動かなくなった。

「引き続き、敵軍を追撃致しますか？」

有翼騎兵《フッサリア》の一人が、オルジフへ尋ねる。多少時間は取られたとはいえ、まだ追撃可能な距離ではあった。

オルジフはクリスの亡骸を一瞥すると、指を頭上で回し、部隊反転の合図を出した。

「敵軽騎兵に追撃を阻まれ、掃討は失敗に終わった。そう伝えろ」

「はっ！」

手綱を引いて馬の向きを反転させると、有翼騎兵《フッサリア》は西の方角へ消えて行った。

雨が止んだ街道。
木製の馬の玩具だけが、クリスの傍に寄り添っていた。

◆

【リヴァン市退却戦：戦果】

―オーランド連邦軍―
パルマ・リヴァン連合駐屯戦列歩兵連隊　503名→503名
南部辺境伯連合義勇軍　875名→875名
パルマ軽騎兵中隊　30騎→19騎
臨時カノン砲兵団　7門→0門
コロンフィラ騎士団　200騎→196騎
死傷者数：15名

―ノール帝国軍―
帝国戦列歩兵第一連隊　1122名→1063名
帝国戦列歩兵第二連隊　1345名→963名

帝国戦列歩兵第三連隊　１４１９名↓１４１９名
帝国重装騎兵大隊　40騎↓40騎
帝国榴弾砲小隊　３門↓３門
有翼騎兵大隊　１００騎↓98騎
死傷者数：４４３名

《了》

あとがき

初めまして、村井啓と申します。

まずもって、本書を手にとって頂いた読者の方々へ、厚く御礼申し上げます。誠に有難うございました。

もともと私がカノンレディを書こうとしたキッカケは、近世が舞台の戦記物が読みたい、という自分自身の欲求に応える為でした。

それ故に、小説家になろうに投稿を始めた当初は、書籍化が目標というよりかは、同好の士と繋がりたいが為に執筆していた気がします。

つまりカノンレディを通じて「戦列歩兵いいよね！　砲兵いいよね！　騎兵いいよね！」という言葉に「いいよね……」「いい……」と反応してくれる人とワイワイしたかった訳であります。

しかし人間とは欲深い存在でして、投稿開始から半年ほど経過すると『カノンレディを通して近世戦記物を流行らせたい！』という新たな欲求が顔を覗かせてきたのです。

そう決意してからは、如何に読みやすく、分かり易くするかに重点を置いて文章を書くようになりました。自分の為から、読者の為へと目的がシフトした、とも言えるかもしれません。

その努力が今回、一二三書房様のＷＥＢ小説コンテスト受賞という形で実った事、重ね重ね大変嬉しく思います。

話を作品に戻しまして。カノンレデイという物語が、実際に近世の戦いを描けているかどうかで言えば、甚だ疑問の多い作品であることは作者自身も痛感しております。現在も小説本編を更新している最中ですが「近世なんもわからん……」とデスクの上で頭を抱えております。

そんな私ですが、近世戦記物のロマンの何たるかは、理解しているつもりです。

捧げ銃の姿勢を崩さず、行進曲のテンポで邁進する戦列歩兵達。

「切っ先を向けよ《Give Point》！」の号令と共に、一斉にサーベルを前に突き出す騎兵達。

敵が眼前に迫ろうとも、相棒たる大砲と共に一矢報いようとする砲兵達。

命懸けで戦う彼らの姿に主人公エリザベスの心は惹かれていく訳ですが、彼女だけではなく、読者の皆様をも惹きつける描写が出来ていれば幸甚です。

また、近世当時の華美で豪著な軍服についても、ロマンの塊と言えるでしょう。

派手な色模様のロングコートに身を包んだ兵士達の姿は、現代の迷彩服に慣れた私達からすれば大変奇異に映るかと存じます。

しかし彼らの軍服は、黒色火薬の噴煙の中で敵味方を判別する為であったり、兵科を遠目からでも目視判断する為であったり、はたまた敵を威圧する為といった、極めて実用的な理由で採用されていた事が分かっています。

ただ、その実用性の中にも『あった方が格好いい』『付いていたほうが格好いい』という理由で誂えた装飾という物も確実に存在しております。

この実用と装飾のバランスを取りながら――まぁまぁの割合で装飾が優先されましたが――作り上げられていったのが、当時の軍服なのです。

今申し上げた当時のロマン溢れる要素をなるべく削ぎ落とさずに、しかして分かり易く読者に伝える。この点だけは守りながら、続きを書いていこうと考えている所存です。

最後に。

カノンレディをお読み頂き、少しでも近世という時代に興味を持って頂けたのなら、これほど嬉しい事はありません。是非、そのまま突き進んで頂ければと存じます。

それでは皆様、ごきげんようですわ～！

村井　啓

唯一無二の最強テイマー
～国の全てのギルドで門前払いされたから、
他国に行ってスローライフします～
原作：赤金武蔵　漫画：田村紘一
キャラクター原案：LLLthika
異世界還りのおっさんは
終末世界で無双する
原作：羽々音色　漫画：ダンタガワ
ジャガイモ農家の村娘、
剣神と謳われるまで。
原作：有郷　葉　漫画：たぢまよしかづ
キャラクター原案：黒兎ゆう

雷帝と呼ばれた
最強冒険者、
魔術学院に入学して
一切の遠慮なく無双する
原作：五月蒼　漫画：こばしがわ
キャラクター原案：マニャ子
どれだけ努力しても
万年レベル0の俺は
追放された
原作：蓮池タロウ　漫画：そらモチ
モブ高生の俺でも冒険者になれば
リア充になれますか？
原作：百均　漫画：さぎやまれん　キャラクター原案：hai
COMIC
NoVA
ノヴァ
https://www.123hon.com/nova/
話題の作品
続々連載開始!!

転生貴族の異世界冒険録
～カインのやりすぎギルド日記～
原作：夜州
漫画：香本セトラ
キャラクター原案：藻
レベル1の最強賢者
原作：木塚麻弥
漫画：かん奈
キャラクター原案：水季
我輩は猫魔導師である
原作：猫神信仰研究会
漫画：三國大和
キャラクター原案：ハム

カノンレディ1
～砲兵令嬢戦記～

発 行
2024年2月15日　初版発行

著 者
村井啓

発行人
山崎　篤

発行・発売
株式会社一二三書房
〒101-0003　東京都千代田区一ツ橋2-4-3 光文恒産ビル
03-3265-1881

印 刷
中央精版印刷株式会社

作品の感想、ファンレターをお待ちしております。
〒101-0003　東京都千代田区一ツ橋2-4-3 光文恒産ビル
株式会社一二三書房
村井啓 先生／※ kome 先生

Printed in Japan, ISBN 978-4-8242-0093-8 C0093
※本書は小説投稿サイト「小説家になろう」（https://syosetu.com/）に
掲載された作品を加筆修正し書籍化したものです。